Patricia Hempel

MetRo

ROMAN

FolklOre

TROPEN

MIX
Papier aus verantwortungsvollen Quellen
FSC www.fsc.org FSC® C083411

Tropen
www.tropen.de

Printed in Germany
Cover: ANZINGER UND RASP Kommunikation GmbH, München
Gesetzt von Fotosatz Amann, Memmingen
Gedruckt und gebunden von CPI – Clausen & Bosse, Leck
ISBN 978-3-608-50381-4

Für Anika und Helene

[…]
E car beutatz e valors vos onransa
sobra tutas, c'una no • us es denan,
vos prec, si • us platz, per so ce • us es onransa
ce non ametz entendidor truan.
Bella dompna, cui pretz e gioi enansa
e gent parlar, a vos mas coblas man,
car en vos es saess' e alegransa,
et tot lo ben c'om en dona deman.

Und da Euch Schönheit und Tugend ehren
vor allen anderen Frauen und keine über Euch steht,
beschwöre ich euch, um Eurer Ehre willen,
keinen treulosen Verehrer zu lieben.
Schöne Dame, die Tugend und Liebesglück auszeichnen
und Sinn für schöne Worte, Euch sende ich meine Strophen,
denn in Euch versammeln sich Weisheit und Frohsinn
und alles, was man sich von einer Frau nur Gutes wünschen kann.

Na Bieris de Roman
Na Maria, pretz e fina valors III–IV
(12. oder 13. Jahrhundert)

1
Aufgesang

Weil ich mich nicht für die Poesie entschieden habe, archiviere ich frühgeschichtliche Knochenreste in Müllbeuteln. An unserem Institut ist Fundbearbeitung Studentensache, und die Obrigkeit hat uns extra einen Raum zur Verfügung gestellt, in dem sich Material aus über 20 Jahren bis zur Decke türmt. Das gibt gute Noten und spart den Geizhälsen ein paar Euro.

Heute stehen in Pril-Wasser eingeweichte Speisereste einer elbgermanischen Siedlung auf meiner To-do-Liste. Natürlich gibt es spannendere Tätigkeiten, als sich mit einer zahnfleischfreundlichen Dr.-Best-Bürste durch den Müll untergegangener Zivilisationen zu schrubben. Das Archiv ist der perfekte Ort, Zeit totzuschlagen und seinen Schöngeist zu verabschieden. Letzte Woche sprach mich die verschrumpelte Honorarprofessorin auf meine Pointenfestigkeit an und riet mir, meine Karriere bei der Springer-Presse auszubauen. *Germanenfürst Prostatakrebs* klingt zwar nach Schlagzeile, aber ich finde, *Grab 12: Fragmente Pelvis (Metastasen?)* reicht völlig. Meine Fundberichte waren schon immer die besseren Geschichten. Den Expertinnenvortrag habe ich mir nur deshalb angehört, weil sie ihn mit ziemlich heißer Stimme darbot. Wenn es mit den anatolischen Rinderknochen nicht mehr so gut läuft, könnte sie gut Karriere bei einer Hotline machen.

Die Wahl meines Studiengangs ist das Ergebnis einer THC-lastigen Schullaufbahn, könnte aber auch die intelligente Erweiterung einer Störung sein, die durch den Friedhof unter meinem Fenster entstanden ist. Als Kind hatte ich Angst vor den verscharrten Leichen. Ich stellte mir vor, wie sie tagsüber in ihren Gräbern verwesten und in den Nächten als Untote meine Hauswand hochkletterten. Die Folgen: Schlaflosigkeit, Albträume, neurotische Empfindungen in Bezug auf geöffnete Fenster, radikale Verlustängste. Dass sich in unserem Hinterhof neben ein paar Mitläufern auch die Überreste von Helmut Newton und der Dietrich befanden, war erst im Nachhinein tröstlich. Wenn man sich zur ehrbaren Prominenz zählen darf, dann bleibt man es bis auf die Knochen und adelt seine Umgebung sogar post mortem. Ich kenne niemanden, der von sich behaupten kann, neben dem Sternum der Dietrich aufgewachsen zu sein, doch bleibt es absurd, in direkter Nähe des Familiengrabs zu pubertieren.

In Wirklichkeit war es so: Meine Mutter hielt mir mit 22 die Knarre an den Kopf und verlangte von mir *die* Entscheidung. Willst du mein Geld zum Studieren oder gehst du arbeiten?

Ich hätte die Nummern *Probier-dich-aus*, *Mach-wertvolle-Erfahrungen*, *Geh-auf-Reisen* mehr begrüßt. Ich wollte ein paar Wartesemester zugunsten meines Abi-Durchschnitts und mehr Bedenkzeit. Erst die Welt kennenlernen, dann ein Studium mit Mehrwert. Aber gut. Ich hatte mein Praktikum in einem dieser Berliner Stadttheater, und jetzt ist es sowieso zu spät.

Inzwischen habe ich ohne gesundheitliche Folgen ein paar Grabstätten zerstört. Das entspricht 44 fachgerecht exhumierten Gebeinen, die ich nach einem unschlüpfrigen Polaroid Stück für Stück in der Schubladengruft des Volkskundemuseums verschwinden lasse. Das war's.

Am Nebentisch scheitert eine brünette Kommilitonin (Charleen) an der Exceltabelle und textet mich zum Ausgleich mit ihrem Schwachsinn zu, bei dem es um ein gestohlenes Fahrrad geht. Ihr Vorname lässt auf ein proletarisches Elternhaus am Niederrhein schließen. Vermutlich ist sie eine dieser Dorftrullas, die ihren Umzug nach Berlin immer noch nicht verkraftet haben und deshalb alle Negativerfahrungen mit jemandem teilen müssen. Wenn sie hübsch wäre, könnte ich versuchen, ihrem Monolog etwas abzugewinnen, doch so bleibt mir nur die frisch eingeweichte Rippe eines weiblichen Individuums aus dem zweiten Jahrhundert. Der Umgang mit toten Frauen ist simpler, weil sie nicht jammern.

Generell ist es egal, was ich in meinem Leben so ausgrabe. Es läuft in der Regel alles glatt, weil ich die Dinge nicht zu ernst nehme. Falls doch, dann nur als Teil situativer Selbstinszenierung. Das bringt mir den Vorteil einer Existenz mit Zufriedenheitsfaktor, ohne in ein akademisches Lesbenpunk-Image abdriften zu müssen.

Während ich der Loreley am Nebentisch die Datenbank erkläre, wird klar, dass die Prähistorische Archäologie fürchterlich unsexy sein kann. Dagegen hilft nur Poesie, da in ihr das Unmögliche und Schöne ihren Platz finden. Manche Bräute unterlassen auf Ausgrabungen die gängige Tomboy-Klamottage und erzielen mit ihrer Spatengymnastik sogar beachtliche Bikini-Effekte – doch die Mehrheit sieht anders aus. Sie zieht sich beschissenen Oldschool-Metal rein, frisst den ganzen Tag über Urweizenkekse und masturbiert zu *True Blood*, weil sie den Fetisch, von einem Vampir verführt zu werden, irgendwie ausleben muss.

PornTube: Unshaved fangbanging goth-fatty masturbates

Es ist hart, lesbisch zu sein, wenn die Weiber um einen herum aussehen wie Walküren mit stark erhöhten Cholesterinwerten. Die Frauen aus der Klassischen Archäologie sind zwar hübscher, aber alle auf die gleiche Art versnobt. Natürlich ist es leichter, neben einer hellenistischen Vase gut auszusehen, als vor einem klobigen Germanenkrug, dessen Material zu einem Drittel aus Pferdescheiße besteht. Aber wer will schon eine Galatea flachlegen? Und bei spontaner Bisexualität erwarten einen in der Prähistorik nur Männer, die jeden Sommer mit Kotze in den Bärten auf dem Wacken abhängen oder in brandenburgischen Wäldern zu Mittelalter-Rollenspielen die Doppelaxt schwingen. So ein Mann bringt einen hochwertigen Kapuzenponcho in die Ehe mit, aber keine Erotik. Die Kollegen der Winckelmann-Fraktion tragen im Sinne athenischer Knabenliebe eher ein Klistier bei sich. Wo bleibt da die Poesie?

Romantik ist aus meiner Sicht nicht zu verwechseln mit Kitsch. Für mich ist es romantisch, eine Frau auf einer Clubtoilette zu vögeln und ihr hinterher ein Frühstück in meinem Bett anzubieten. Drei Finger in irgendeiner Kellnerin sind genauso poetisch wie die zweisame Rast am Wasser, bei der man sich vom Wind im Röhricht verklären lässt. Zerrissenheit gibt es nicht, wenn man Respekt vor den Dingen hat.

Während ich darauf warte, genug Geld zu haben, um mir das Wassergrundstück mit Schilfgürtel leisten zu können, vergeht neben dem Studium ein unterbezahltes Leben mit Nebenjobs und Rettungsgrabungen an Baustellen im Sommer. Wenn wie jetzt der Bodenfrost einsetzt, ist nicht viel zu tun. Man lernt die Fundorte irgendwelcher Bauernknochen auswendig oder zieht sich Latein, Altgriechisch und ein paar Drogen rein, bis die Saison von Neuem losgeht. Man steht mit der Arbeiterklasse auf, um sich in einem Brandenburger Kaff mit den Bauleitern zu streiten. Als Archäologe tut man nicht mehr, als ihr Tagewerk aufzuhalten. Natürlich nur, wenn man keine Frau ist, die in der Baugrube aussieht wie das Prolomädel von Seite Drei.

PornTube: Ugly Slut works her big ass off

Im Winter kommt man zwar um die Blicke notgeiler Arbeiter herum, doch an hässlichen Kommilitoninnen wie Charleen führt kein Weg vorbei. Auch am Auswendiglernen nicht, wenn man den Überblick behalten und nicht dumm rumquatschen will.

Ein Leitsatz aus dem Freimaurer-Repertoire unseres Institutsleiters lautet: Man muss die Vergangenheit begreifen, um die Gegenwart zu verstehen. Wenn sich Charleen nicht erst seit gestern mit Datenerfassung beschäftigen würde, hätte uns das viel Zeit erspart. Sie glotzt auf den Bildschirm und verfolgt den Cursor mit dem Temperament einer unserer Bäuerinnen aus den Müllbeuteln.

Ich bin zu faul, mich mehr als nötig hervorzutun. Mühe und Fleiß haben in meinem Leben mit Begeisterung zu tun und die findet bei mir immer spontan statt. Ich beschäftige mich lieber mit der Libido lebendiger Frauen. Tote Mädels müssen sich hinten anstellen.

Im Prinzip habe ich ausgesorgt, weil sich meine Mutter schon vor meiner Geburt den Arsch aufgerissen hat. Sollte ich sie überleben, kann ich später von ihren Zinsen leben, werde genauso borniert, wie sie es ist, und wähle die CDU wegen irgendwelcher Steuervorteile. Eines dieser Bonzenkinder, denen man jede positive Eigenschaft abspricht. Aber momentan wehre ich mich noch gegen geistige Stagnation. Für die dauerhafte Existenz im Westberliner Goldkäfigambiente bin ich zu lebensfroh und nehme zu viele Amphetamine.

Doch ab und an kommt Dankbarkeit auf. Ich habe aufgehört, meiner Mutter vorzuwerfen, dass sie früher keine Zeit für mich hatte und ich mir nach der Schule Scheiße in die Mikrowelle stecken musste: mein Leibgericht von Iglo oder Sandwichtoasts mit Analogkäse. Ich wäre die perfekte Probandin zur Untersuchung von Spätfolgen elektromagnetischer Wellenstrahlen.

Das Thema Kind und Karriere ist überholt. Im Nachhinein hat sie es gut hingekriegt, jetzt, da ihre Milchdrüsen höchstens noch Probleme bei der Mammographie machen. Natürlich steckt sie mir das eine oder andere zu, und manchmal dauern unsere Umarmungen sogar schon länger als drei Sekunden. Sie ist eine dieser toughen Geschäftsfrauen, denen ich auf der Straße ohne Bedenken hinterhergucke, wenn sie frisch vom Frisör in ihren SL steigen. Ein Engel für Charlie auf unglaublichen Absätzen und mit perfekter Welle.

Ich finde Tussis gut, auch solche, die sich schminken. Aber man sollte alle Frauen mögen, die ganze Skala in sämtlichen Graustufen. Von der Lindgren-Räubertochter-Fraktion bis zur Opernglasriege kann ich mir alles vorstellen, was ein hübsches Gesicht hat und daran glaubt, etwas zu sagen zu haben. Selbst kunstgebräunte Bräute auf Fernsehzeitungen kann man sich schön trinken – aber wer braucht schon Fake-Brasilianerinnen, wenn das echte Feuer auf dem Campus der Freien Universität tanzt? Highlights, die mir werktags direkt in die Arme laufen, allerdings nicht in Verbindung mit Charleen.

2
Mensa Love

Die Mensa. Das fettige Rom im Zentrum unseres Hauptgebäudes. Ein Ort, an dem Speisefaschismus toleriert wird und Nachwuchsakademiker zur Matebrause zusammenkommen, um vollwertige Gespräche zu führen. Ich bin für Konversation, doch gegen die Brause. Sie schmeckt, als hätte man einen Klumpen Kautabak in Mineralwasser aufgelöst. Das Erstaunlichste aber ist der Coolness-Effekt, den das Getränk auf die Leute hat. Sie fühlen sich gleich besser, wenn sie ihrer Unsicherheit durch ein Etikett Ausdruck verleihen können. Der Aufruf zu einem kollektiven WIR. Ich bin nicht im Mate-Club und offensichtlich auch nicht cool. Wenn ich die nächsten fünf Monate überlebe, gehöre ich auch nicht mehr zum Club 27 und denke erst mit 30 wieder an Krebs. Gute Aussichten.

Unsere Uni ist einer dieser Elitetempel, in denen jede Etage gleich aussieht. Man muss nur einen geraucht haben, schon ist man verloren. Aber egal wie sehr man sich in den Gängen der alphabetisch sortierten Fachbereiche verläuft – es führen sowieso alle Wege vor die beschlagene Schwingtür des Speisetraktes, der vom studentischen Schrottradio dauerbeschallt wird. Wenn man unglücklich verliebt ist, steht Gang U der Ur- und Frühgeschichte für etwas Ungenießbares, den eigenen Universaldilettantismus zum Beispiel, oder für unterbezahlten Urlaub in deutschen Grabhügellandschaften. Vielleicht für etwas Ultimatives in tiefschwarzen Lettern.

Mitte 20 muss man unglücklich verliebt sein, damit man in den Dreißigern das Liebesglück noch mehr zu schätzen weiß. Es ist egal, ob es sich dabei um etwas Festes oder einen Lebensabschnittsgefährten handelt. Ich höre immer wieder, dass Ehe out ist und bei Frauen ab 30 die Qualitätskurve in allen Bereichen drastisch anzieht. Zwar nicht immer optisch, doch man könnte sich mit einem visuellen Abstieg anfreunden, wenn alles andere passt. Unabhängig davon ist eine Abfuhr Mitte 20 immer noch abenteuerlicher, als wenn gar nichts passiert. Ich bin mit Würde unglücklich verliebt, Hauptsache, irgendwie verliebt.

Das Abenteuer heißt Helene und stellt alles in den Schatten, was sonst so am Institut herumläuft. Sogar meine eigene On-off-Freundin Anika, die im Endeffekt keine schlechte Wahl ist. Vielleicht etwas zu solide, aber sie ist gerade 31 geworden, wofür sie nichts kann. Wir wollen nicht erwachsen werden oder enthaart und schön bis ins hohe Alter. Vielleicht liegt das an den vielen Nintendo-Spielen oder an Disney, obwohl – bei Anika im Osten gab es höchstens diese tragbaren LCD-Games, und die Schneewittchen-LP kam nicht aus den USA.

In dieser prekären Verfassung hänge ich zwischen den Plastikyuccas an einem klebrigen Gruppentisch mit der Körperspannung eines Jetlagpassagiers, vor der Nase ein schlecht paniertes Pferdeschnitzel der EU-Fleischmafia mit Pommesbeilage. Für die Mensa spricht außerdem, dass es hier nicht nur Archäologen gibt. Ein natürlicher Genfluss wird wiederhergestellt, und wenn man Glück hat, ergibt sich in der Essensschlange eine Unterhaltung, in der es weder um Institutstratsch, noch die nächste Themenparty oder vegane Hirserezepte geht.

»You look for f-icken?«

Mehr fragt das Erasmus-Girly nicht, und es vergehen ein paar Sekunden, bis mir klar wird, dass sie einen Sprachfehler hat und das Hühnergericht meint.

PornTube: Speech impaired foreigner tries dirty talk

Ich sage: Yeah, fühle mich zwar ertappt und billig, dafür cool und fremdenfreundlich. Sie hat etwas von Lara Croft, deshalb belästige ich sie einfach weiter: »I'm looking for horse!« Aber natürlich kapiert sie nicht, worauf ich anspiele. Ihr Blick sagt: Freak. Ich erwarte einfach zu viel.

Auf ihrem Tablett landen zwei Portionen Chicken-Frikassee für sie und den Spanier, der ihr zärtlich den Lunch abnimmt und zu einem Tisch am Fenster trägt. In der Wintersonne hat ihr Haar einen Goldstich. Wenn ich nicht bereits so destruktiv in Helene verknallt wäre, würde es mich jetzt in diesem Augenblick erwischen, wo sich ihr geiler Arsch an den Mensastuhl schmiegt und die gesamte Sitzgruppe aufwertet. Der Spanier weiß das scheinbar auch, denn er guckt zu mir rüber und grinst mit Unterbiss ein dämliches Dreier-na-klar-Grinsen, das meine Konzentration auf das Pferdefrikassee lenkt. Allerdings muss ich zugeben, dass Leute dieses Kieferntyps die besseren Küsser sind.

In meinem Augenwinkel hängt ihre Hüfte, die absolut klarmacht, dass sie eine Einführung in das lesbische Kamasutra verdient hat und es in Ordnung ist, wenn ihr mein Name nicht so einfach über die Lippen geht. Während ich von der Aussichtsplattform meines Resopaltisches aus über ihren Hintern sinniere, gehen mir ein paar Dinge durch den Kopf, die ich ohne den Spanier mit ihr tun würde:

1. »¿Cómo te llamas?«

Und andere Fragmente. In der Regel imponiert es Frauen, wenn man sich auf ihre Kultur einlässt. Man muss aber aufpassen, sich nicht anzubiedern. Deshalb ist es gut, mit Wissenslücken aufzutrumpfen, auch wenn sie erlogen sind. Fremdländische Kommilitoninnen sollten unauffällig in den Genuss einer Überlegenheit getrieben werden, um die Gespräche in ihrer Muttersprache nicht nur zu schätzen, sondern auch als aufrichtigen kulturellen Austausch zu verstehen.

2. »I really loved your presentation«

Schmeichelhafte Feststellungen. Es fällt ihr sowieso nicht auf, dass man keinen Kurs zusammen hat. Dafür sind die Seminare zu überlaufen und Berliner Studenten viel zu anonyme Einzelgänger. Vor allem in ihrem Fall könnte der Flirt tragen, weil sie in der Oberstufe wegen ihres Sprachfehlers mit Sicherheit gemobbt wurde. Nur eine narzisstische Frau fragt nach, welchen Vortrag man genau meint, und dann gibt man sofort zu, sie mit einer anderen zu verwechseln. Es lohnt sich nicht, eine Frau zu daten, die sich selbst über- oder unterbewertet.

3. Die Horoskop-Nummer

Astropsychologie ist ein Mittel, Frauen zu signalisieren, dass man für die absolute Begegnung bereit ist und keine Projektionen nötig hat. Das kann exotisch, esoterisch durchgeknallt und im schlimmsten Fall indiskret rüberkommen, auch wenn man die eigentliche Blöße sich selbst gibt.

Hat man jemanden im Visier, sollte man zunächst auf ein Wasserzeichen tippen, weil sie als tief und gefühlvoll gelten. Liegt man falsch, empfiehlt sich ein prätentiöses Erdzeichen, was immer noch besser ist als Feuer oder Luft – beides zielt zu sehr darauf ab, jemandem den Menschenverstand abzusprechen oder etwas Umtriebiges zu unterstellen. Wenn man danach nicht pathologisiert wird, hat die Frau den Spiritualitätstest bestanden und ist eine Verabredung wert.

4. Die Ur-Berliner-Karte ziehen

Wahlberliner behaupten immer, sie lieben die Hauptstadt. Allerdings tun sie das, ohne sie in ihrer Gesamtheit anzuerkennen. Ihnen geht es um ein schmuddelglamouröses Lonely-Planet-Bild, das sich seit den späten 90ern bis heute immer wieder neu auflegt. Sie werden vor ihrer Einreise zu Besserhipstern und innovativen Fehlromantikern, feiern in einem 15-Kilometer-Nordost-Radius um Kreuzkölln und übersehen dabei das unscheinbare *Neue Ufer* in der Hauptstraße. Dabei hat doch gerade dort in den 70er Jahren der Iggy dem Bowie legendär den Hintern frisiert.

Der Ur-Berliner verliert momentan die Lust am Geschehen oder hatte sie noch nie. Viele werden von Zugereisten regelmäßig auf ihren postsowjetischen Kleidungsstil oder gleich auf ihr Mauertrauma angesprochen. Dabei sind vor allem FKK-feindliche Wessis im Grunde ihres Herzens aufrichtige Spießer, wählen Rot, Grün oder Schwarz und schließen mit Anfang 30 ein Dutzend private Zusatzversicherungen ab. Überwiegend sind sie im Besitz mindestens eines vermaulkorbten Wolfdomestikats.

Wenn es also fremdländische Wahlberlinerinnen weder beeindruckt, dass man ihre Sprache spricht, noch reizt, kosmisch durchschaut zu werden, hilft es, den gewieften Lokalpatrioten raushängen zu lassen: a) weil es mich amüsiert, wenn man offen hinterfragt, was andere für sich selbst zum Hype erklären, und b) weil Berlin nach wie vor angesagter ist als Barcelona.

5. Mit ihr zur *Wilden Renate* wegen der Freigetränke

Kein Geiz, nur zu mittellos für die Berliner Clubszene. Auch ein taktvoller Weg zu demonstrieren, dass man sogar in den coolen Bezirken coole Freunde mit coolen Tresenjobs hat. Wenn ihr die Kohle ausgeht, ist der Abend noch lange nicht vorbei, aber leider impliziert mein natürliches Beuteschema die perfekte Enthemmung durch Alkohol. Auch wenn manche Lesben behaupten, es gebe keine Heterosexualität – es gibt sie in den unterschiedlichsten Härtegraden und man kann sich daran die Zähne ausbeißen.

Fazit

Wenn die Frau einen trotzdem abblitzen lässt: kein Drama. Spanische Erasmus-Studentinnen gibt es in Berlin wie Sand am Mittelmeer und generell macht es keinen Sinn, die eigenen Skills zu hinterfragen, nur weil man glaubt, das Gesicht verloren zu haben. Solange man Verrücktheit und pathologischen Wahnsinn für sich trennen kann, ist alles okay. Wenn man sich hinterher dumm fühlt, liegt das häufig an der Unzulänglichkeit der Außenwelt.

Der in Folge vom Spanier inszenierte Zungenkuss hebt den Hintern der Katalanin vom Stuhl und drängt meinen Blick weiter durch die Halle. Die Leute sehen alle beschissen aus, hocken in Grüppchen zusammen oder schlurfen wie Gehirntote mit ihren Tabletts zur Essensausgabe. Aus dem Volksempfänger der Mensa dröhnt Obamas drei Jahre alte Antrittsrede, begleitet von geistreichen Kommentaren einiger Studenten aus der Politikwissenschaft, die es gut finden, wie er Romney nach der Wahl in den Arsch gekrochen ist. Sie halten es für taktisch schlau, weil nach der Wahl ist vor der Wahl. Offensichtlich haben sie ein Problem damit, couragiert und gleichzeitig politisch zu sein, deshalb geht es weder um Flüchtlingsströme, noch um die Gründe, warum alle gerade Europa die Bude einrennen. Seit den letzten Anschlägen reicht es den meisten, ihre Profilfotos bei Facebook mal wieder in den Farben der Trikolore zu halten. Alle sind jetzt so lange Paris, bis sie neben dem Tannenbaum ihren neuen Kindle auspacken und per Touchscreen die Sorgen aus ihren Köpfen wischen. In den sozialen Netzwerken ist der Eiffelturm momentan das Symbol für Frieden und Solidarität, aber niemand hinterfragt die Bomben, die in Syrien gerade die Bevölkerung dezimieren. Bevor ich kotze, wird es Zeit für etwas Selbstunterhaltung. Vielleicht ein queeres Romero-Kopfkino, weil es dem Voyeurismus unserer Zeit gerecht wird:

Von der Essensausgabe wanken Zombies auf uns zu. Ich, der Spanier mit dem Unterbiss und die Katalanin in einem roten, hautengen Body. Sie hat natürlich einen heißen Namen, etwas wie Lola, der jede Kameraeinstellung auf ihren Arsch rechtfertigt. Wir kämpfen uns durch das Unigebäude und schießen uns eine Schneise durch die Mutierten. Es folgt eine dramatische Szene, in der ich Helenes Kopf wegblase, als sie mich von hinten angreift – Tränen, echte Emotionen, bevor der Spanier mutiert und ich Lola vor ihm rette, wir die Flucht zu zweit durchstehen und auf ein paar Soldaten treffen, die uns in einer riesigen Jeepkolonne evakuieren. Heißer Klischee-Lesbensex auf der Ladefläche des Militärwagens und im Abspann The Kinks. Credits auf nackter Frauenhaut – ein Abspann, den sich die Leute im Kino bis zu Ende ansehen würden.

Girls will be boys and boys will be girls
It's a mixed up muddled up shook up world
Except for Lola

Und während ich mir die Kinobesucher vorstelle, die inklusive mir selbst einfach nur dasitzen und glotzen, kommt Julie an den Tisch: »Darf ich dir sagen, dass du eine Schlampe bist?«

Als Entschuldigung, sie versetzt zu haben, nehme ich ihren Handrücken und küsse ihn mit Zunge, weil Lola gerade hinsieht, die sich aber nichts anmerken lässt oder darauf scheißt. Es folgt eine Tirade über meine Unzuverlässigkeit und dass sie wegen mir ihr Wikingerseminar verpasst hat. Außerdem sei ich völlig selbstzerstörerisch, wenn ich mich weiterhin wegen Helene so hängen ließe. Weil mich sogar eine Marienstatue feucht mache, sagt sie, dürfte es doch bitte nicht so schwer sein, einen Ersatz zu finden. Na klar. Während Julie mein Frikassee aufisst und zu den Vorteilen unseres WG-Putzplans überleitet, muss ich mir eingestehen, dass Lolas Glamour bereits nach zehn Minuten nicht mehr genügt, mich vom eigentlichen Sehnsuchtsmotiv abzulenken. Nur weil Helene hetero ist und mit dem Dekan unseres Instituts ausgeht, heißt das nicht, dass die Situation völlig aussichtslos ist.

Zugegeben: Professor Frederik Baumann ist der DILF. The Dean I Like To Fuck. Nicht nur eine gute Pornokategorie, auch die perfekte Kurzbeschreibung für Alphamännchen seines Kalibers: charismatisch, durchsetzungsstark und international ein Begriff in akademischen Kreisen. Zumindest im Dunstkreis der übersichtlichen Szene von Stararchäologen. Ein Mann von Welt im George-Clooney-Alter, der die Lausbubenattitüde seiner Jugend konserviert hat. Und ja, man schläft sich lieber nach oben als nach unten. Verständlicherweise ist es lukrativer, sich eine Assistenzstelle zu ervögeln, als mit einer Masterstudentin zwischen dem Archivmüll abzustürzen. Doch genau genommen wird Helene eines Tages von selbst heiß auf eine Nummer mit mir, wenn sie von ihrer besten Freundin Romy erfährt, dass ich es dieser so richtig schön auf dem Campus besorgt habe. Ohne die Antikschinken meines Lateinseminars wäre mir der Gedanke gar nicht gekommen, sich unerreichbaren Frauen zu nähern, indem man deren engste Vertraute angräbt. Das klingt weder kunstvoll noch zärtlich, funktioniert aber in Ovids *Ars amatoria* ganz gut. Natürlich beginnt der eigentliche Venusdienst bei Helene, doch ihre beste Freundin wäre das perfekte Trittbrett ins Elysium.

In Zeiten wie diesen sind Helden und Märtyrer nicht gerade der Inbegriff von Sexyness. Aber weil man eine Frau wie Helene nicht einfach von der Seite anquatschen kann, bleibt mir nichts anderes übrig, als die Grundwerte perfekter Verführung pseudohumanistisch wiederzubeleben. Um Seneca zu zitieren: per aspera ad astra.

Ich erkläre Julie meine Taktik, die losprustet, mich dabei mit Chicken bespuckt und das Thema auf Carstens Intimpiercing lenkt, von dem sie in letzter Zeit gerne redet. Warum sie ihr Herz an einen sadomasochistischen Telekom-Fuzzi verschenkt hat, ist mir immer noch unklar. Seitdem wir diese Highspeed-Flatrate haben, hege ich den Verdacht, dass Carsten samt seinen Kabelbindern bei uns eingezogen ist. Ich solidarisiere mich nur mit ihm, weil Julie momentan an diesem fetischgeprägten Lebensentwurf so viel liegt, dass sie zum ersten Mal in ihrem Leben versucht, die Siebenmonatsmarke zu knacken.

Ich bin froh, dass ich mir Leidenschaft im Gegensatz zu meiner besten Freundin nicht einprügeln lassen muss. Im Fall Romy: Dicke Frauen zu befriedigen ist ein sportliches Plaisir, vor allem wenn sie hübsche Freundinnen mitbringen. Romy hat etwas von Kate Middleton in Fett, deshalb könnte ich es ruhig darauf ankommen lassen, selbst wenn die westliche Gesellschaft das klinisch Schlanke und Metrosexuelle so sehr feiert. Wann sieht man schon dicke Frauen in der Werbung, wenn es nicht um rezeptfreie Appetitzügler oder Weight Watchers geht? Selbst die Kinder in den Spots sind nicht dick, auch wenn sie sich für Süßwaren und Tütennahrung hergeben. Eigentlich ist es an der Zeit, eine korpulente Venus an den Strand zu schicken, für ein Ergebnis samtig glatter Schienbeine.

Während ich mir meine Finger vorstelle, tief versunken in Romys Hüftfleisch, steht Lola auf und zieht grußlos ab, nur der hässliche Spanier dreht sich um. Sie schlängelt sich durch das Labyrinth der Sitzreihen wie Lara Croft im Säulengang des barcelonischen Augustus-Tempels.

3
Die Suebin

Und gestern in der *Lupita* am Kotti war alles wie immer: alle voll und in den 90ern hängen geblieben, aber aufgestylt wie 1982. Am Eingang knutscht der 40-Jährige eine Lolita in H&M-Montur, neben dem Bildungsbiker sitzt der erfolglose Punkmusiker aus Chelsea, der sich die D-Mark zurückwünscht und über Ängste faselt, die den zugekoksten Atari-Zocker am Tresen links überhaupt nicht interessieren. Ich selbst klammere mich an einen Dry Martini, weil mir die Marke schmeckt und ich mir die überteuerten Cocktails zum Monatsanfang, dank des Immobilienmonopols meiner Mutter, noch leisten kann. Flirte dabei mit einer blauen Perücke, die wie Katy Perry aussieht. Endlose Blicke. Wenn der Abend bei ihr endet, ist die Pseudoromantik perfekt und ich fühle mich Helene ein ganzes Stück näher. Es ist egal, zwischen wessen Schenkeln ich meinen blamablen Alltag aufgebe – sie gehören jedes Mal ihr. Seitdem sie auf dem Sommerfest unseres Instituts die Tanzfläche zum Artemis-Tempel gemacht hat, bin ich im Besitz einer Freikarte in die Unterwelt. Der klassische Bam!-Moment, der einen mit schmutzigen Fantasien zurücklässt. Natürlich hat sie an diesem Abend mit fast jedem getanzt und kann sich an unsere Twerking-Einlage zu Justin Timberlake nicht mehr erinnern. Sie ignoriert mich wie sonst auch, doch alles in mir wartet auf die nächste Gelegenheit, bei der ich ihr zu beschissener Musik meine Aufwartung machen kann.

Anstatt mit Katy auf die Go-go-Plattform zu rennen, und arschlastig auf Le Tigre abzugehen, halte ich mich an meinem Drink fest und lege ein unnahbares Gesicht auf. In der *Lupita* trifft man damit ins Schwarze. Alle ziehen diese unterkühlte Heroinschick-Nummer ab und tauschen Körperflüssigkeiten via Drogenkuss aus. Danach verlieren sie sich im Dunst ihrer Selbstgedrehten aus den Augen. Mir ist das recht. Wochentags ist Anonymität das Vielversprechendste in einer dieser Abfuck-Bars, in denen sich nicht nur Generationskonflikte, sondern auch Hemmschwellen auflösen, die man vor 20 Uhr mit sich durch die Stadt trägt. Wenn ich einsehen muss, dass sich Alltag nur mit Weltflucht ertragen lässt, ist eine Bar wie die *Lupita* der perfekte Ausstieg auf Zeit. Ich würde mich gerne zu den Menschen zählen, die am Ende den Absprung wagen, aber noch bin ich zu feige für meine Auswandererfantasien. In den überlaufenen Bezirken Berlins ist man zwar nie alleine, doch die Stadtneurotik ihrer Einwohner führt zur richtigen Dosis Einsamkeit. Das fehlende Gefühl der Unabhängigkeit wird von meiner Neuköllner Dreier-WG unterstützt, in der es viel um Sex, Drogen und Zärtlichkeit geht. Themen, für die ich offen bin, die aber in zu hoher Konzentration nicht die Formel für Glück bedeuten.

Julie. Beste Freundin und Lieblingskommilitonin. Neben Helene die einzige Person von Interesse am Institut. Seelischer Beistand und moralische Stütze. Die Freundin, mit der man am liebsten feiern geht, die dir beim Kotzen die Haare hält und hinterher Tee kocht. Eigentlich ist sie immer auf der Suche nach dem richtigen Typen. Seit Carsten ihr Leben bestimmt, hat sich die Partyfrequenz gegen null verschoben und ich kann mich nicht daran erinnern, wann wir das letzte Mal ausgiebig um die Häuser gezogen sind. Eine Bilderbuchromantikerin, die an Monogamie glaubt und in jedem Mann den potentiellen Erlöser sieht. In den letzten paar Jahren haben unter anderem Jon Bon Jovi und ein Typ, der aussah wie Jennifer Lawrence mit kurzen Haaren, unsere heiligen Hallen entweiht, doch inzwischen steht sie auf die gepflegte Gilette-Fraktion. Musikalisch ist sie, typisch für unsere Generation, wieder bei Snap und Ace of Base angekommen. Ohne Julie wäre ich längst Single, der Kühlschrank leer und die WG ein Altglaslager.

Julek ist das männliche Pendant zu Julie: Modestudent und Egozentriker vom Dienst. Gelegenheits-DJ, Tuntenzar und Großmeister von Privatpartyformaten. Er ist der Grund für das Fusionambiente unserer Wohnküche und das permanente Überangebot an Rauschmitteln. Wenn er mal nicht in einen verklemmten Bildhauer oder eines seiner Models verliebt ist, kennzeichnet sein melodramatisches Leben Ausschläge nach unten. Alles, was oberflächlich ist und sich aufblasen lässt, führt bei ihm zu Spontanerektionen, weil es ihn von der Tristesse seiner Selbstwahrnehmung ablenkt. Designer müssen so sein, um den Mist zu glauben, den sie auf den Laufsteg bringen. Die UDK verdirbt den Charakter und ist nur gut für das eigene Image. Beginnt man auf dieser Hochschule seine Karriere als geplagtes Wesen, verlässt man sie als selbstverliebtes Arschloch. Trotzdem: Julek glaubt noch an das Prinzip der Muse. Er ist der wahre Poet unserer WG und der Einzige, der meine Obsession für Helene versteht. Echte Freundschaft zwischen Schwulen und Lesben ist angeblich selten. Ich kann das nicht bestätigen. In schwierigen Zeiten der Verblendung möchte ich nicht auf die Abende verzichten, in denen wir bei *Germany's Next Topmodel* und tödlichen Sportunfällen auf YouTube unseren Humor wiederfinden.

Der eigentliche Grund für meinen Soloabend ist meine Auserwählte Anika, die ihren gleichgeschlechtlichen Sexualdarwinismus auf mich projiziert. Ich verstehe, dass man ab 30 über Nachwuchs nachdenkt, sogar darüber, wie man ihn nennen wird. Aber es ist besorgniserregend, dass sie bei jedem zweiten Treffen von der Kindernummer anfängt. Offensichtlich kann sie das Ticken ihrer Uhr nicht mehr überhören, und wenn Frauen dieses Stadium einmal erreicht haben, ist der Zug abgefahren. Für Anika ist die Rollenverteilung dabei klar: Sie ist die mit der überschäumenden Mutterbrust, und ich gebe dem Zögling hinter ihrem Rücken so lange Süßigkeiten, bis wir uns das Dope teilen.

Anika hat genaue Vorstellungen. Für sie muss es ein kurzer Name sein, weil die gefragt sind und das Image pränatal aufwerten. Weniger im Trend: die Frage nach der Spermabeschaffung in lesbischen Beziehungen. Mir wäre ja egal, in welcher Befruchtungslitanei wir uns verlieren, solange der ganze Quatsch nicht gleich morgen stattfindet, doch für Anika kommen weder der wichsende Athlet von der Samenbank noch die Fatalität des klassischen Samenraubs infrage. Ein schwules Spenderpärchen wäre allerdings das Schlimmste. Sie glaubt, das Kind würde schnell zu einem Rechtsstreit führen oder nach den ersten Badeurlauben die tuntigen Attitüden seiner Väter übernehmen. Sie ist radikal altmodisch. Ihr ist es wichtig, dass unser gemeinsames Kind unsere DNA hat, und philosophiert über befruchtete Eizellen, die man mir entnimmt, um sie ihr einzupflanzen. Für mich klingt das eher nach einem Mengele-Experiment. Es erscheint sinnvoller, mit einer Flasche Prosecco vor der Babyklappe abzuhängen, bis sich irgendeine arme Sau ihr Problem abkaufen lässt.

Mein Lachen beschlägt das Glas und lockt die blaue Koksperücke zu mir an den Tresen. Katy schnurrt ein Hi und spendiert mir neben einer Line ungefragt Martini. Das passt zusammen, deshalb lasse ich mich auf den sinnlosen Partytalk ein: Was ich so mache und ob ich später noch Pläne hätte (mit ihr). Wer ich denn eigentlich sei und wie oft ich mich allein in einer Absteige wie der *Lupita* mit James-Bond-Cocktails abschieße. Ich stelle mich vor und verwerfe gleichzeitig die Option auf Tourisex. Erfinde eine Geschichte, in der ich einen wahnsinnig interessanten Job habe, bei dem man unter der Woche früh aufstehen muss, aber trotzdem zu seinen Martinis kommt.

Ich bin nicht tief genug gesunken, ihr zu erzählen, dass ich vor meiner reaktionären Freundin auf der Flucht bin und keine Nummer mit ihr durchziehen kann, ohne an Helene zu denken. Aber Katy tut alles für das Gespräch: Sie zupft ihr enges Teil zurecht und nimmt die Perücke von ihrer Steckfrisur. Ein sogenannter Sueben-Knoten, der seitlich am Kopf von einer unnötigen Masse an Haarnadeln zusammengehalten wird. Ich könnte sie loswerden, wenn ich sie darauf hinweise, dass man diese Frisur schon vor 2000 Jahren mit weniger Haarnadeln getragen hat. Aber anstatt auf die Minuspunkte ihrer Aufmachung hinzuweisen, kommentiere ich den Barbarenknoten ambivalent: Wird es dir zu heiß unter der Perücke?

Eine Hündin hätte unkompliziert mit dem Schwanz gewedelt und sich den Kopf tätscheln lassen, doch ihr Gesichtsausdruck gibt zu verstehen, dass sie es begrüßen würde, wenn wir uns an dieser Stelle mit den Oliven aus unseren Drinks füttern. Also kleben wir die nächste halbe Stunde wie Ziervögel aneinander, die sich zum Vorspiel Hirsekörner in die Schnäbel würgen. Ich fühle ihre French-Style-Maniküre an meinem Schritt kratzen und habe mein Ziel für den Abend erreicht – eine Kölner Suebin, die auf unsere Küsse abgeht und mein Ego in Verbindung mit hochwertigen Rauschsubstanzen aufrichtet. Ein DJ-Wechsel rundet die Sache ab und mein Puls erhöht sich schlagartig. Bevor Katy den zweiten Reißverschluss meiner Zimmermannshose befingert und wir auf dem Damenklo ziervögeln, versuche ich, die Züngeleien elegant auf die Tanzfläche zu verlagern. Setze mir dazu ihre Perücke auf und werde mich mit ziemlicher Sicherheit bescheuert fühlen, sollte ich mich an die Szene morgen früh noch erinnern. Sie reibt ihren Unterleib beatgerecht an meinem Arsch und umklammert von hinten meine Brüste *(Wow, sind die fest!)*. Das nächsthöhere Level wäre eine Katy-Perry-Imitation, bei der ich die Perücke abfackele und einfach gehe. Doch mein Niveau an diesem Abend ist niedriger als das von MTV und ich zähle auf Befriedigung durch Autosuggestion: Halluziniere mir das Mädchen einfach blond und versetze ihren Seitenknoten gedanklich auf das Zentrum ihrer Schädeldecke. Schon tanze ich mit Helene und nicht mehr mit mir selbst, so dass ich plötzlich noch mehr Spaß an der Kokain-Martini-Situation habe. Ich vergesse alles um mich herum, was nicht künstlich ist.

#dulceestdesipereinloco
#süßistesamrechtenortausgelassenzusein
#horaz
#ikissedagirl

Nach der *Lupita* endet der Tag am U-Bahnhof neben den Kotti-Junkies, die um diese Zeit zum Schore-Brunch auf Picknickdecken zusammenkommen. Katy hält sich am Geländer fest und sieht im Rotlicht der Sparkasse viel zu beschissen aus, als dass es sinnvoll gewesen wäre, sich die ganze Nacht an ihrer Taille festzuhalten. Sie lallt Belangloses zum Abschied, während ich ihr eine falsche Telefonnummer zustecke. Ich übergehe zusätzlich den Fakt, dass es unter der Woche keinen Nachtzug gibt, der sie ins Hostel nach Mitte kondoliert. Aber das wird sie spätestens am Bahnsteig des wahren Berliner Untergrunds feststellen.

Schluss damit! Zeit, zu Anika zu fahren, für eine dieser Arm-in-Arm-Chosen, die frisch geduscht eine saubere Sache sind und Anika nicht schwanger machen. Oder für eine dieser Nächte, in denen gemeinsame Orgasmen darauf hinweisen, woran man ist, selbst wenn eine von uns nur Scheiße im Kopf hat.

PornTube: Hot wet lesbian couple tries to get pregnant

Vielleicht befindet sich unsere Beziehung an dieser Schnittstelle: Anika und ich brauchen diesen Nachwuchs, um die Kläglichkeit unserer Existenz ein für alle Mal zu überwinden, und ich brauche in diesem Winter Helene für die absolute Poesie. Auch wenn ich einige Umwege gehen muss: Die erste Etappe verläuft nach antikem Vorbild über Romys Fleischberge. Ich bin mir sicher, dass Romy genauso viel Spaß am Sexualalpinismus haben wird wie ich, weil ihr letztes erotisches Abenteuer eine Weile her sein dürfte.

4

Der Raub der schönen Helene

Der Linearbandkeramik-Kurs ist eines dieser überfüllten Pflichtseminare. Man schreibt vom Flur aus mit und versucht, Ordnung in die Steinzeit zu bringen, indem man die ersten sesshaften Bauern zwischen Schwarzem Meer und Pariser Becken in einen Topf schmeißt – weil sie ähnliche Keramik herstellen. In diesem Zusammenhang kommen den Archäologen der Zukunft die Wegwerfteller von Ikea ganz entgegen. Die Welt als Einheitskultur vereinfacht vieles, vor allem quellenkritische Fragen, die an unserem Institut nur was für Revoluzzer, Arschkriecher oder echte Fachidioten sind.

Noch bevor Professor Baumann seine Show abzieht, hängt im Raum diese neolithische Atmosphäre, die mich besser runterbringt als Ritalin und Helene zu einem exotischen Wesen werden lässt. Sie sitzt neben Romy auf einem der Logenplätze vor der Fensterzeile mit Blick auf promovierten Bizeps und bühnenreife Selbstdarstellung. Es geht um Kunsthandwerk in Form von Kleinplastiken. Ein Abriss durch die Steinzeiten, bei dem das Arschvolumen weiblicher Figurinen anzeigt, in welcher Epoche man sich gerade befindet. In solchen Momenten erreicht Baumanns Berufssexismus seinen Höhepunkt: Steinzeitliche Mutterkulte zählen für ihn zum Goddes Groupietum ungevögelter Frauen, die sich als vollwertige Forscherinnen behaupten wollen und dem Matriarchat nur aus moderner Naivität heraus eine Chance geben. Genau. Barbusige

Frauenplastiken mit überdimensionalen Schamlippen sind archaische Pin-up-Girls. Nichts weiter als leblose Vorläufer aufblasbarer Vierfach-D-Gespielinnen, die notgeile Steinzeitsingles als Wichsvorlage benutzten. Das wird nur von der Theorie getoppt, bei den Figurinen handele es sich um Spielzeugpuppen für den aufgeklärten Höhlennachwuchs.

PornTube: Craving caveman carves out massive load

Baumanns PowerPoint-Monolog ist belanglos, lässt aber genug Raum, das Tableau vivant in Ruhe abzuscannen: Über dem Stoff eines schwarzen Polyestersakkos trägt Helene einen Goldarmreif und wirkt mit angewinkelten Beinen wie die Venus von Milo. Das lässt Romy zwar fetter wirken, als sie ist, spricht ihr aber den eigenen Venus-Status nicht ab. Nicht auf die grazil-klassische Art wie bei Helene, dafür vollbusiger – der Urmuttertyp Willendorf passt sowieso besser zum Steinzeitseminar. Wann immer ein zweideutiges Wort fällt, tauscht Baumann mit Helene lüsterne Blicke, und es sieht ganz so aus, als würde später in seinem Büro eine harte Nummer für Fortgeschrittene auf sie warten.

Baumann hat ein Talent für junge Archäologinnen, die am Anfang ihrer Karriere stehen – leider auch für politisch überholte Vorträge: Steinzeitliche Frauendarstellungen mit Fruchtbarkeitskulten in Verbindung zu setzen, ist ein radikales Historikerkonstrukt des vorletzten Jahrhunderts. Es ist stillos, prähistorischen Frauen nach wie vor den Jagdtrieb abzusprechen. Wie sollte es auch anders sein: Die Kerle schleppen den Waldelefanten an und sie machen Wildbret daraus. Nebenbei halten sie die Apside sauber und haben zwei Plagen am Busen hängen. Das einzig Faire ist, dass die Gesellschaft vor 27 000 Jahren großzügiger im Umgang mit dicken Schenkeln war, abzüglich mehrerer Size-Zero-Wellen. Zumindest lassen das die anorektischen Frauenplastiken der Linearbandkeramiker vermuten.

Helene schmachtet, Romy schreibt mit und ich mutiere: Ich wünschte, Helene und ich hätten die Art von Verhältnis zueinander, in dem es möglich ist, ohne Fremdscham zu erzählen, dass mein Kampfanzug noch vor 24 Stunden mit ihrem zerplatzten Hirn beschmiert war. Dass sie selbst als Zombie noch einen Fick wert ist oder besser: eine gute Figur macht. Sie ist eine von diesen Frauen, die mich dazu verführen, galant sein zu wollen, und mich zwingen, das rechte Maß an Bescheidenheit und Geltungsdrang zu halten.

Nicht nur heute äußerte sich die Nervosität vor gemeinsamen Seminaren in Schweißausbrüchen und Harndrang. Es ist natürlich, dass sich Begeisterung über das vegetative Nervensystem artikuliert, doch zum Glück sind wir uns noch nie auf einem der Klos begegnet. Ich weiß nicht, wie ich reagieren würde. Eigentlich bin ich da nicht so – aber vor Helene in Hörweite zu pinkeln, wäre frühestens etwas für das dritte Date und auch nur, wenn es sein müsste. Vermutlich würde es mir sowieso vergehen, während ich mir Mühe gäbe, unerkannt zu bleiben. Günstig, wenn man diese japanischen Upperclass-Toiletten mit Gezwitscher aus dem Regenwald oder Bachgeplätscher zur Unterstützung hat. Sicher geht dann alles besser und ist im natürlichen Fluss nicht aufzuhalten. Meditieren und pissen.

Wenn ich mal nicht aufs Klo renne, rauche ich eine Kippe nach der anderen, um nicht völlig auszurasten. Es ist sogar schon vorgekommen, dass ich bewusst eine der Sorten aus dem Automaten zog, die ich irgendwann einmal zwischen ihren Lippen gesehen habe. Das ist wirklich armselig, zumal sie mich noch nie nach einer Zigarette gefragt hat. Wozu auch? Um sie herum gibt es genug Homies, die nur darauf warten, ihr die Kippen nach Athen zu tragen.

Natürlich achte ich vor Kursen mit Helene auf meinen Style und kleide mich figurbetont. Oder versuche wenigstens, gut zu riechen. So wie ich Helene einschätze, steht sie auf blumige Synthetik. Aber für meinen Geschmack trägt der Unisexduft eines frisch geduschten Menschen, der sich mit den Erdnoten meines Körperöls paart, dick genug auf. Okay. Seit ich in Erfahrung gebracht habe, dass man in manchen Ländern damit Leichen zum Schutz gegen Insekten einreibt, bekommt Douglas leider auch für mich einen ganz neuen Wert. Trotzdem habe ich es noch nicht fertiggebracht, mich dem Überangebot wirklichen Gestanks auszusetzen und mich der Mittelstandsschickeria in einer Parfümerie anzuschließen.

Die Prozedur endet in meinem Kopf mit 90er Wrigley's Werbung. Gemeint ist der alte Doublemint-Renner, der von zwei Squashkumpels angepriesen wird, indem sie sich erst eine Riesenportion Zwiebeln reinziehen und dann kalifornische Minzblätter in den Rachen schieben. So nimmt das Date mit den zwei föhnfrisierten Aerobic-Barbies genau den richtigen Ausgang. Genauso schlimm ist die überdimensionale Wrigley's-Packung, die von zwei Poppern sargartig durch eine belebte Großstadt getragen wird: *Jetzt auch praktisch für unterwegs*, vielleicht sollte das witzig sein. Heute klingen Kaugummistreifen wie Kondomsorten: *Tickling*, *Purity* oder *Hot & warm mint*. Ich speichele also aus Angst vor Mundgeruch auf gefühlsechten Gummis herum, bereit für einen zahnfreundlichen Flirt. Heute spricht niemand mehr von der Herkunft der Minze und dass sie im Klima Kaliforniens viel besser wächst als anderswo auf der Welt. Der Kalte Krieg ist ja auch vorbei und die USA wirbt inzwischen ganz anders für ihre Vorzüge.

Vor dem Seifenspender ein bedauerlicher Blick in den Spiegel und für die herkulaneische Mission eine meiner zwei guten Blusen über den Brüsten glattziehen. Im Normalfall würde ich auf diesen Anblick verzichten, leider sind Spiegel fester Bestandteil jeder öffentlichen Sanitäranlage und Helene die Quelle sämtlicher Selbstzweifel. Manchmal wäre es einfacher, zu der Art Frauen zu gehören, die sich jeden Morgen zwischen lächerlichen Internet-Schminktipps verlieren, um sich über die Fassade eines hübsch drapierten Alltags selbst zu verarschen. Aber ich mache mir schon genug vor. In den 20 Minuten vor den Seminaren mit Helene nehme ich mir jedes Mal vor, mich nicht zu blamieren, und rede mir ein, sie nicht zu begehren.

Ich setze mich immer so, dass ich Helene unauffällig ganzkörperbestaunen kann. Innerhalb des Konglomerats an Individuen übersieht sie meine Zuneigung und es scheint ihr nicht weiter suspekt zu sein, dass sich jedes Mal unsere Blicke treffen, wenn sie in meine Richtung schaut. Es läuft darauf hinaus, dass ich mich ständig melde, um ihr einen Grund zu geben, in meine Richtung zu sehen. Heute stütze ich dabei mein Kinn ab und lege den kleinen Finger in den Mundwinkel, weil mir mal jemand gesagt hat, dass mich das sexy macht. Ich bilde mir ein, dass sie deshalb länger hinsieht als sonst, bevor sie sich nervös das Haar umsteckt und auf Romy stürzt.

Da meine Beiträge in der Regel nicht unschlau sind, dürfte Helene ein akademisch geschultes Bild von mir haben, obwohl mich die vielen Oralfantasien mit ihr oft an den Rand eines totalen Blackouts treiben. So auch jetzt, als sich bei der Referatsvergabe meine Zunge gedanklich in einer ihrer Körperöffnungen befindet und Romy sich zeitgleich mit mir für einen Vortrag meldet. König Freddys Diplomatie holt mich direkt an seinen Hof: Das Angebot, den Vortrag mit Romy zusammen zu halten, stürzt mich in einen Taumel, wie ihn nur Dämlichkeit oder Euphorie möglich machen. Der Moment ist gekommen, erste Fortschritte zu feiern und das Trojanische Pferd einzureiten. Operation Helene steht in den Startlöchern und beginnt nächstmöglich mit einer Offensive gegen die Vernunft. Egal wie die Treffen mit Romy laufen – die Themen werden uns während stundenlanger Erörterungen über Massengräber zumindest nicht ausgehen.

Die Verbindung von Totenkult und Erotik ist neu für mich und macht neugierig auf unsere anstehenden Dates. Etwas Subversives hängt im Raum: Mein Leben macht plötzlich noch mehr Sinn als ohnehin und wenn es einen Gott gibt, heißt er für mich ab jetzt Freddy Baumann.

#spesquidemfallaxsedtamenaptadeaest
#hoffnungisttrügerischabereinegeeignetegöttin
#ovid
#arsamatoria
#uhh
#crassus

Um Viertel vor vier weiß Romy genau, dass es Zeit ist, mit mir Nummern zu tauschen. Ich genieße, wie sich der Raum im Schritttempo leert. Das Gefühl ist vergleichbar mit etwas Tantrischem, das sich mit äußerster Wucht entlädt. Ich sehe Sterne an der Wand tanzen und weil meine Hände zittern, als hätte ich eine Nervenkrankheit, bin ich froh, dass Romy mich anklingelt, statt mir ihre Nummer zu diktieren. Helene gefällt der Twin-Peaks-Badalamenti (cooler Klingelton!). Ein Punkt für sie. Ich nicke: Perfekt, danke, und Helene behauptet: Die Nummer des Teufels, womit sie auf die vielen Sechsen in meiner Telefonnummer anspielt. Ich verdränge den affigen 0190-Porno-Jingle, der sich in meinem Kopf abspielt, während wir synchron unser Zeug zusammenpacken und gemeinsam mit Freddy den Raum verlassen. *Ficken wie die alten Römer! Willige Archäologinnen zeigen dir, was Sache ist. 0190, sechs Mal die sechs. 0190 Sex Sex Sex, Sex Sex Sex.*

Im Flur stehen wir wie ein frisch verliebtes Bauernquartett voreinander, kurz vor den ersten verstörenden Küssen. Ich blende die anderen vollständig aus: Helenes Körper verströmt einen Geruch, der zurzeit an vielen Mädchen klebt (bebe Young Care?), und hat trotzdem dieses gewisse Extra. Unmittelbar vor mir sieht sie aus wie Julianne Moore in Blond. Es umgibt sie eine Kühle, die meinen Jagdinstinkt forciert. Anders als Romy, die das Ganze herzlicher angeht, mit Wangengrübchen und Krähenfüßen. Ich versuche, cool zu bleiben, klebe aber in den äußersten Winkeln meiner schlüpfrigen Gedankenwelt und der Makellosigkeit von Helenes Dekolleté. Die Regeln sind klar, deshalb sollte ich mich einfach auf Romy und unser Treffen konzentrieren.

Wenn ich das Spiel verliere, wird es mich bitter bloßstellen. Sollte ich es gewinnen, reißt sich Helene im Glücksfall die Kleider vom Leib und wird eine Nacht nur mir gehören. Sollte ich jemals die Archäologin in mir überwinden und einen Roman schreiben, wird mein Debüt eine feurige Minne für Helene. Ich mache ihr den Petrarca und schreibe Sonette auf ihre Reizmittel, weil ich in der Realität nie herausfinden werde, welche das sind. Während ich in den Idealen vergangener Epochen festhänge, gibt es nichts, was die Gegenwart meinen Illusionen entgegenzusetzen hätte. Der neoliberale Zeitgeist ist und bleibt ein Arschloch. Er wird es so lange bleiben, bis es auch der Letzte kapiert. Rimbaud wollte die Liebe neu erfinden. Ich glaube, sie tut das ungefragt seit über 80 Jahren, und es sind die Rätsel der verkümmerten Romantik unserer Zeit, die meine fragwürdigen Lebensentwürfe ins Abseits schießen. Gefühle sollen passieren. Für Projektion und Hoffnung sind sich alle viel zu fein. Und vielleicht geht Helene gar nicht so ab, wie ich denke, und hinterher wartet der absolute Clash. In diesem Moment ist sie sowieso auf dem Sprung, weil es Professor Baumann plötzlich sehr eilig hat, mit ihr sein Büro zu erreichen. Romy folgt ihrer Freundin in Zofenmanier und tut genau das, was von ihr erwartet wird: den Institutskoryphäen hinterherdackeln und sich in der Hierarchie nach oben orientieren. Profillose Heterofrauen sind fatal. Die mit gutem Aussehen noch mehr, aber meist die Blöße wert. Troja fiel langsam, aber es fiel. Der Gipfel liegt immer so hoch, wie man bereit ist zu gehen, außerdem belohnt Amor keine Faulheit, geht es nach Ovid.

Helenes Zauber hängt mir noch nach, als ich Julie gemeinsam mit Carsten am Parkplatz vor meinem Auto treffe. Ich will ihnen die Entwicklungen des Tages präsentieren, aber die Antwort auf *Wie habe ich das hingekriegt?*, interessiert Julie nicht. Sie nennt mich *Opfer* und hilft mir, das Eis von den Scheiben zu kratzen. Es folgt ein Hinweis, dass mir diese Ups und Downs wegen Anika nicht stehen. Carsten gähnt etwas Unverständliches, bevor er sich nach hinten ins Auto setzt und uns beim Kratzen zusieht. Ich verstehe nicht, was sie an dem Typen findet. Wenn ich an Carsten denke, schießt mir nicht mehr als ein massiver Eichelring in den Kopf, der über eine Kette mit irgendeiner Brustwarze verbunden ist. Das Interessante an Carsten: Sein Gesicht ist der Beweis, dass es Neandertaler in israelischen Höhlen tatsächlich mit Homo sapiens getrieben haben und es über 30 000 Jahre später Richtung Westen und auf meinen Rücksitz geschafft haben.

Bevor ich den Zwischenstand meiner Helene-Odyssee vertiefen kann, schaltet sie im Auto das Radio ein und freut sich über den 70er Sound. Deswegen hört sie mir am Ende auch nicht richtig zu und singt stattdessen bei jedem Lied zwanghaft mit, während sie Carsten via Rückspiegel anmacht. Er ignoriert sie. Vermutlich haben sie mal wieder eine ihrer schrägen SM-Nummern am Laufen.

Beim Ausparken sehe ich, wie Helenes Lippen ein *Ich liebe dich* formen, bevor sie zu unserem Dekan in den VIP-Bereich eines Cabriolets springt. Er legt den Arm um ihren Sitz und fährt mir im Rückwärtsgang fast in den Kofferraum. Ich grinse, aber in Fahrt ist nur Julie.

5
Erfolgsrezepte

Julek sitzt mit einem Sixpack völlig zugekifft am Fenster in meinem Zimmer. Seitdem er Single ist, passiert das öfter. Ich schmeiße meine Sachen aufs Bett und stelle die Dienstag-19-Uhr-Frage: Habe ich was verpasst?

»Sie seift sich schon die Titten ein!«

Der Teil, in dem die rotgelockte Polizistin von gegenüber ihre Uniform auszieht, ist eigentlich meine Lieblingsstelle, und ich bin etwas enttäuscht, dass mich der Stau auf der Stadtautobahn aufgehalten hat. Am Unfallort gab es zwar gleich drei Beamtinnen auf einmal, aber keine von ihnen war in Striplaune.

Ich bin mir sicher, dass Agent Ginger genau weiß, was dienstags bei uns Sache ist, und es genießt, von uns bespannt zu werden. Sie zieht sich jedes Mal sehr aufreizend aus – vermutlich hat sie einfach das Alter erreicht, in dem Frauen anfangen, sich über jede Art von Aufmerksamkeit zu freuen. An Dienstagen steht ihr Badezimmerfenster so weit offen, dass der Dampf der Dusche den Nebelmaschinen vom Lapdance-Schuppen aus dem Erdgeschoss Konkurrenz macht.

PornTube: Dirty shower cop cops it

Allerdings habe ich sie einmal an der Supermarktkasse in Zivil getroffen und ihr Blick verriet, dass sie mich nicht zuordnen konnte. Gemessen an meinem Promillewert hat sie wohl an einen Sondereinsatz gedacht. Mir wurde im Abstand von zwei Metern klar, dass ich auf eine Leibesvisitation verzichten kann und ihre Qualitäten aus der Ferne mehr zu schätzen weiß. Hinzu kam ihre Produktauswahl, die an diesem Tag weder sexy war noch zu aufregenden Projektionen einlud: Offensichtlich leidet sie an Vaginalausfluss und kämpft mit einem trägen Darm. Slipeinlagen, Pflaumensaft und Dörrobst kommen auf dem Kassenband nicht sonderlich heiß, schon gar nicht in Verbindung mit einer Familienpackung Klopapier.

»Gib mir das Fernglas!«

Julek ist Voyeur und kurzsichtig, aber weil die Kommissarin sowieso immer auf die gleiche Art duscht, langweilt mich ihre Intimrasur schon nach zwei Minuten. Julek lebt beim Spannen irgendwelche passiven Frauenfantasien aus. Das ist mir schon oft bei schwulen Modestudenten aufgefallen: Frauen können durchaus als attraktiv empfunden werden, allerdings nur bei ausreichender Distanz. Inzwischen ist das Thema Uniform sogar Teil seiner Abschlussarbeit, die sich mit genderfreier Oberbekleidung beschäftigt. Aber anstatt mich wie jeden Dienstag von Beinrasur und Juleks Ideen zum neuen Unisex unterhalten zu lassen, speichere ich Romys Nummer unter *Duchess of Cambridge* und lasse mir viel Zeit dabei.

Anders als Julie gratulieren mir die Heidi-Klum-Anteile in Julek zum ersten Etappensieg, weil er versaut genug ist, den Wert des Ganzen zu kapieren (Diese Woche hast du dir dein Foto endlich mal verdient!). Er findet das Wagnis angemessen, weil er mir ein Liebesleben zutraut und schon seit Längerem rät, mich von Anika zu trennen. Die Familiennummer würde 1. nicht zu mir passen und 2. zu einer vorgezogenen Midlifecrisis führen, in der ich Kind und eingetragene Partnerin gegen etwas Willkürliches eintausche, um mich hinterher noch einsamer zu fühlen. Und obwohl Selbstbefriedigung ein wirksames Mittel gegen Einsamkeit ist, reicht es nicht, sich begehrenswerte Frauen nur vorzustellen. Gerade bei verkopften Frauen wie Helene, die bestimmte Gedanken gar nicht erst zulassen, muss man es auf die Spitze treiben. Entweder können sie es hinterher gar nicht mehr abwarten oder sich zwischen schmeichelhaft und abstoßend nicht entscheiden.

Es ist praktisch, die Telefonnummern schöner Frauen in Form prominenter Persönlichkeiten zu archivieren. Man weiß dann, worauf es hinausläuft, selbst wenn man nicht viele Worte miteinander gewechselt hat und die Nummer unter Umständen gar nicht benutzt. Kate Middleton ist zwar mit Abstand das royalste Objekt in meinem Speicher, aber noch lieber hätte ich eine gepflegte WhatsApp-Konversation mit Julianne Moore. Im Grunde habe ich eine Schwäche für alle meine Nokia-Musen:

Scarlett Johansson
Catherine Deneuve (jung)
Romy Schneider
Oscar Wilde
Ziggy Stardust
Sarah Wiener

Das ist die Bestenliste. Delikat ist auch meine Mutter als Pamela Anderson. Blond, schön und vor allem reich, aber eine schlechte Schwimmerin. Nach der Trennung von meinem Vater hat sie sich die Brüste machen lassen und ihre Männer von der Poolliege aus abgeschleppt. Ich habe bis heute keine Meinung dazu und nichts gegen Toyboys, die sich im Tausch gegen eine Massage die Cocktails bezahlen lassen. Singlefrauen sollten nicht nur in ihren Ferien Urlaub von sich selbst machen. Egal, wie es nach außen wirkt und ob es sich um die eigene Mutter handelt.

Die einzig nicht prominenten Nummern in meinem Telefon gehören Julie und Julek. Beim Durchscrollen fällt mir auf, dass Ziggy trotz ihrer Androgynität die größten Titten von allen hat. Sie ist außerdem die einzige Frau in meinem Speicher, die ich mir noch nicht in Dessous vorgestellt habe. Im Besitz ihrer Nummer bin ich nur, weil sie sich unsere WG zum Couchsurfen ausgesucht hat und zwei Wochen lang meine Libido strapazierte. In dem Augenblick, als meine Gehirnleistung die Zehn-Prozent-Marke erreicht, teilt mir Julek mit, dass die Kommissarin drei Silbersterne auf den Schulterklappen ihrer Uniform trägt, was eine vulgäre Debatte über ihren Dienstgrad auslöst. Dann kommt Anika in mein Zimmer (die Sarah Wiener meines Telefonspeichers), und das, obwohl sie genau weiß, dass ich sie nach unserem letzten Streit nicht sehen will. Ich sage nichts, aber Julek, der Depp, bietet ihr schon Bier an und stellt zusätzlich dämliche Fragen: »Habt ihr euch vertragen?«

Zeit, ihn als J. Depp auf meiner SIM-Karte zu verewigen, und weil Anika diesen wässrigen Blick auflegt, erwidere ich etwas, das erfolglos die Situation auflockern soll.

Anika war meine bessere Hälfte, weil ich vier Jahre lang ihre schlechtere gewesen bin. So oft, wie sie mich aufgebaut hat, habe ich sie zum Heulen gebracht. Partydrogen-Desaster, dilettantische Alpentrips und die Endlosdebatten zum Thema Polygamie – für Tränen gab es jede Menge Gründe.

Doch genauso oft habe ich mir Sorgen gemacht, dass sie vor ihren Dreißigern nicht mehr zum Leben kommt, um dann gediegen alt zu werden. Das ist momentan in vielen Kreisen so üblich. Wir leben in Zeiten, in denen man sich wieder nach etwas Schläfrigem, einer Art Neo-Großbürgertum, sehnt und vor lauter Müdigkeit zum Protestwähler avanciert. Jetzt allerdings geht es darum, dass ich das große Versöhnungsessen auf dem Biedermeier-Sofa in unserer WG-

Küche verpennt habe. Für mich ist das völlig ok – alarmierend daran ist eher die Tatsache, dass Anika nicht annähernd so kochen kann wie Sarah Wiener. Wenn man sich nach Auseinandersetzungen bekocht, spricht das für den gemeinsamen Nenner oder bedeutet, dass der Ofen längst aus ist.

Im Flur kann sich Julek für keines der Schuhpaare begeistern. Julies Ballerinasammlung findet er genauso unmodisch wie meine überschaubare Converse-Batterie, deren letzter Hype vier Jahre her ist. Während wir warten, dass er sein Drama überwindet, um sich am Ende für den Beatles-Schick seiner Chelsea-Boots zu entscheiden, sitzt Carsten am Küchentisch mit einem Brot in der Hand, das mit dicken Scheiben Harzer Käse belegt ist. Seit ich von Julie erfahren habe, dass die Sorte mehr nach Anus als nach Milchprodukt schmeckt, steigert der Anblick weder meinen Appetit noch meine Sympathie für Carsten. Gleichzeitig wird mir klar, wie Anika an Julie vorbeigekommen ist. Hinter verriegelter Zimmertür ruft sie mir zu, dass sie die Klingel nicht gehört hat – oder nicht hören durfte. Zwischen den Zeilen bedeutet das: Unser Vorspiel ist längst am Laufen, keine Zeit für deine Beziehungsprobleme! Carsten spielt mit dem Zimmerschlüssel und beißt in seinen Analkäse. Mir ist unklar, wie man darauf stehen kann, sich von seinem Partner erst einsperren und dann flachlegen zu lassen. Anders als bei Julek dauert es bei ihm eine Weile, bis er mitbekommt, dass wir die Küche an diesem Nachmittag für uns alleine beanspruchen. Bei Carsten läuft Versöhnung über den Schwung seines Nietengürtels.

Dass Anika überhaupt kocht, ist deshalb suspekt, weil sie es hasst, am Herd zu stehen, und ihre zweieinhalb Gerichte im Normalfall nicht schmecken. Heute gibt es etwas Neues auf der Karte zu verzeichnen: Rotbarsch auf Kartoffelsalat.

Ich versuche, hinter die Psychologie des Dinners zu steigen: Ein Menü, das etwas hermachen soll, dessen Feierlichkeit aber durch den einfachen Salat abgeschwächt wird. Ein Riesling mittlerer Preisklasse. Der Fisch steht für: Ich liebe dich und gebe mir Mühe, das zu zeigen, während ein simpler Kartoffelsalat bedeutet: Ich bin immer noch sauer auf dich, aber bereit, dir zu verzeihen. Weil mich der Salat an die Grillfeste ihrer Schwester erinnert, ist klar, dass sie am Telefon erst auf mich abgekotzt hat, bevor sie sich das Rezept durchgeben ließ. Der Riesling sagt nicht mehr als: Ich weiß, du magst lieber Rotwein, aber du trinkst zu viel.

Wir müssen reden – wieder mal eine dieser Grundsatzdiskussionen. Wie immer wird Anika im Verlauf des Essens einige Forderungen stellen: Du siehst schlecht aus.

Ich sitze an der Tafel wie ein Drogenkalif und verwandle mein mieses Karma in eine amüsante Anekdote, in der ich einen der letzten faden Abende so schlecht wie möglich mache. Suggeriere ihr, dass heute genau der richtige Tag für ein Versöhnungsgespräch ist, erst dann schenkt sie Wein ein: Ich habe nachgedacht!

Was folgt, ist ein Endlosmonolog, der klarmacht, was in den letzten Jahren unserer Beziehung alles scheiße gelaufen ist. Ich stimme ihr in jedem Punkt zu und unterbreche sie nicht, weil sie eine Frau ist, die im Streit erst dann eine Meinung hören will, wenn konkrete Fragen fallen: Hast du auch nachgedacht?

Ich bin Anika vollständig ausgeliefert. Besser, ich hätte Julek ins Kaufhaus begleitet und mich von irgendeiner durchgestylten Orsay-Schickse zum Thema Dessous beraten lassen. Gehe gedanklich Flirtoffensiven durch, die im Idealfall zu einer aufregenden Begegnung in der Umkleidekabine führen. Aber weil es sich leichter flirtet, wenn man nicht auf der Anklagebank sitzt, widme ich mich Anikas Fragen- und Forderungskatalog, anstatt mich dem möglichen Sexklima in fragwürdigen Bekleidungsketten hinzugeben. Der absolute Stillstand in unserer WG-Küche.

Wir müssen zugeben, dass wir einige Routinen leben, versuchen aber, an diesem Nachmittag ehrlich zueinander zu sein und den Dialog nicht eskalieren zu lassen. Ich kaue, sie redet: Wir brauchen mehr Abwechslung und ich soll meine Gefühle zeigen. Vielleicht noch ein großer Urlaub, bevor sie schwanger wird. Wenn wir uns nicht gleich ganz neu ineinander verlieben, wäre es sinnvoll, Routinen zu durchbrechen. Offensichtlich sind die Lösungen der letzten Endlosdiskussionen an ihr vorbeigegangen. Vielleicht liegt es am Notstand ihres Hormonspiegels oder Helene ist der Grund, warum ich nie bei der Sache bin und mich seit Wochen selbst verarsche.

Obwohl mir bei jeder ihrer Feststellungen der Barsch im Hals stecken bleibt, gehe ich auf alle Punkte ein und lüge so wenig wie möglich. Natürlich lobe ich das gastronomische Experiment, während sie im Filet herumsägt, als würde ich auf ihrem Teller liegen, speisefertig und fast ertrunken in einer Überdosis Salatmayonnaise. Ich lasse Anika den Raum, mit mir in Revision zu gehen:

Take 1: Mein Auftritt auf dem Geburtstag ihrer Mutter vor zwei Wochen, als ich neben das Steakhaus kotzte, noch bevor irgendeiner der Gäste betrunken war.

Take 2: Mein letztes Peyote-Experiment, das drei Tage dauerte und in der Sammelstelle Spandau endete, weil ich überzeugt war, mit dem Kreuzberg die Anapurna zu besteigen – daher auch der Sauerstoffmangel, der mich im Streifenwagen kollabieren ließ.

Take 3: Der Ausrutscher auf der Kaukasusexpedition mit Swetlana, als Anika ihren Cognac-Rausch ausschlief.

Take 4: Die Geschichte unter der Fitnessraumdusche mit Sophie, der Sportanimatrice auf unserem Balearentrip.

Blödsinn, den sie mir zu 100 Prozent nachsieht, wenn ich jetzt schalte. Ich nehme ihre Hand, und was folgt, ist unsere Entscheidung des Jahres. Einvernehmlicher Samenraub und ein potentielles Opfer: Konrad. Der schmierige Nachbarsohn aus Anikas Kindertagen, aktuell Assistenzarzt in einem Babelsberger Bonzenklinikum. Die Reanimierung einer alten Liebesgeschichte mit klassischem Symptomverlauf. Gemeinsame Urlaube mit den Eltern, in denen die ersten Doktorspielchen auf den Plan treten. Später Klassenkameraden, dann Erzfeinde, weil Jungs im Anfangsstadium weiblicher Sexualität so lange obskur bleiben, bis der Groschen fällt. Anikas Umzug nach Berlin gab der Verbindung den Todesstoß.

Im ersten Moment setzt man Ärzte mit gesundem Sperma gleich. Sofern sie sich nichts Meldepflichtiges einfangen oder ein im Studium aktiviertes Suchtverhalten vorzuweisen haben, assoziiert man mit ihnen etwas Halbgöttliches. Zumindest tut das Anika. Die Fantasie von Unsterblichkeit und einem prallen Bankkonto rückt in greifbare Nähe. Schon wandert ihre Hand auf den Bauch, fühlt den Fötus treten oder die Mayonnaise rumoren.

Ob ich mir *Konni* als Spender vorstellen könnte? Es fällt mir schwer, das zu beantworten, da unsere erste Begegnung eine Weile her ist. Das zufällige Treffen im Doppelhausgarten ihrer Eltern mündete in Gesprächen, deren Pseudointimität mich verstörte. Noch übler waren seine Blicke, die mir nahelegen sollten: Ein-großer-Verlust-für-die-Männerwelt, Was-ist-falsch-gelaufen? oder Ich-hatte-ihre-Muschi-zuerst-im-Gesicht. Anika kicherte über die Krankenhausanekdoten, bis mich die Weihnachtsgans ihrer Mutter erlöste. Vermutlich haben sie an diesem Tag den Spermadeal ausgemacht. Ich kann mir vorstellen, dass Konrads Interesse, seine DNA in Anika zu versenken, mit dem Wunsch einhergeht, sie nach erfolgreicher Befruchtung jederzeit wieder flachzulegen.

Einige Dinge sprechen für Anikas Vorschlag: Die langjährige Bekanntschaft mit Konrad führt zu einer vertrauten Atmosphäre, in der Frauen schneller schwanger werden. Sie müsste sich mit etwas Glück nicht allzu oft mit ihm verabreden. Gleichzeitig brauche ich mir keine Sorgen zu machen, Anika könnte sich bei ihm etwas einfangen, von dem auch mein Genitalbereich profitiert. Außerdem gibt es in seiner Familie keine Krebsfälle.

Dass Konrad angeblich meine Augenfarbe hat, ist nicht weiter tröstlich. Wenn wir mit Alternativlesbos in einem dieser überflüssigen Mutter-Kind-Cafés bei Sanddorneis und verstrahltem Matcha Macchiato zusammenhocken, wird keine von ihnen behaupten, unsere Brut habe meine Schlupflider geerbt. Mutterschaft wird in gleichgeschlechtlichen Beziehungen anders zelebriert, weil der größte Kraftakt eben nicht die Geburt ist, sondern ihre Vorbereitung. Alles, was danach kommt, ist wie ein schlechter Film: Der Schwerpunkt der Gespräche liegt auf der nachhaltigen Qualität von Tragetüchern und Kinderwagen, angesagten Strickmustern für Babyjäckchen oder den besten Erziehungsstrategien für Patchwork-Retorten. Nicht zu vergessen die Floskeln zu Vitalität und Ernährung der Nachkommen! Auf die Besitzer der Leihpenisse fällt das Thema selten. Statements wie *In der Kartei stand, er ist Arzt* sind genauso schlimm wie *Wir kennen den Erzeuger nicht und das ist gut so.*

Deshalb freut man sich einfach über das Gekreische im Außenbereich, wo kübelweise milchbildende Kräuter zum Selbstpflücken wachsen.

Ich sehe in dem Unterfangen einige Probleme. Konrad ist nach wie vor in seine Jugendliebe verschossen und es besteht konkrete Duellgefahr. Wenn es ganz schlecht läuft, wird er darauf plädieren, dem Kind biologisch näher zu sein als ich, und am Ende nicht nur meine Freundin annektieren. Insgesamt führt das Ganze zu einer Kostenexplosion. Für den Notfall sollte ich mir mit Anikas nächstem Eisprung den passenden Rechtsschutz aus dem Netz ziehen und akzeptieren, dass sich über den Befruchtungszeitraum meine Spritkosten verdoppeln, wenn ich sie jedes Mal nach Potsdam in seine Eigentumswohnung kutschiere.

Entweder beuge ich mich Konrads Schwellkörpern oder hoffe auf *immaculata conceptio*. Ansonsten steht noch Proll-Dieter von der Bodendenkmalpflege zur Auswahl, der Anika bei den Sommerbarbecues schon länger Avancen macht. Er hofiert sie mit der Romantik eines Drittligisten, stellt aber wenigstens keine Konkurrenz dar. Angehende Single-Frührentner wie Dieter fragen nicht nach dem Grund, warum man auf ein Kondom verzichtet, wenn sie die Chance bekommen, eine Frau unter 40 zu vögeln. Spontane Latexallergie und Fühlt-sich-ohne-sowieso-besser-an reichen als Begründung. Dann doch lieber Konrad. Irgendwie fällt es Anika leichter, mir Kompromisse aufzuzwingen, als auf meine Bedürfnisse einzugehen.

Der Deal steht, doch bleibt unklar, wie viele heimliche Telefonate mit Konrad der Barschsitzung vorangegangen sind. Egal. Wir zeigen unsere Gefühle über die Einfühlsamkeit des Rieslings und versuchen, irgendwie die Beziehung zu retten. Niemand hat drei Wochen vor Weihnachten Lust auf Trennungsdramen, auch wenn hinter den Kalendertürchen Konrads septische Arztvisage wartet. Insgesamt ist der Kompromiss okay für mich, weil sich meine Zunge während des Abends gedanklich immer mal wieder zwischen Helenes Lippen rumtreibt.

#amorverusneminemtimerepotest
#wahreliebekanniemandenfürchten
#seneca
#medea
#headporn

6
Three of a kind

Wenn man am Institut ein Buch ausleihen möchte, kommt man an Romys ausladenden Hüften nicht vorbei. Anstatt mit Julie eins dieser Pizzateilchen aus der Mensa zu ergattern und etwas Heißes zwischen die Finger zu bekommen, entwickelt sich der Nachmittag zum Offensivbalzakt in schummriger Buntglasatmosphäre. Romys Euphorie lässt auf sich warten, und obwohl es wichtig wäre, ihr die Initiative zu überlassen, opfere ich meiner Ungeduld eine Freistunde. Sie sitzt vor der Kulisse eines ausrangierten Zettelkastens und vergräbt sich hinter einem dieser Flachbildschirme, die man als abgenabelter Langzeitstudent in der Postwurfsendung bewundert.

Menschen, die sich unbeobachtet fühlen, tun seltsame Dinge. Romy leckt sich die Schminke von den Lippen und kratzt sich mit einem Kugelschreiber zwischen den C-Körbchen.

PornTube: Chubby spycam girl enjoys herself at work

Man sagt, wenn die Brüste jucken, gibt es bald Schnee – eine Binsenweisheit, die mir entgegenkommt. Verschneite Landschaften laden zum gegenseitigen Wärmen ein. Auf einem Weihnachtsmarkt könnten wir vor einem Heizpilz stehen und jede Menge Glühwein kippen, bis die gelockerten Zungen zu den richtigen Themen führen (Helene).

Berliner Weihnachtsmärkte gibt es in erdrückender Menge. Je

nach Absicht findet sich was Passendes: Möchte man sich nicht unterhalten und das Blamagepotential reduzieren, baut man auf Konsum mit Achterbahn, Schießbuden und einem Überangebot an Fressständen. Für so etwas eignet sich der in Schlager getauchte Megamarkt nach amerikanischem Vorbild am Alexanderplatz. Ein besinnliches Adventsambiente zwischen Holzhandwerk und Essgeschirr in der Preislage von Villeroy & Boch ergibt sich dort nicht. Wahrscheinlicher ist es, von der Kotze eines Kettenkarussell fahrenden Kindes getroffen zu werden. Besser, wir gehen auf einen dieser ritterlichen Burgmärkte der Umgebung und tauschen den Heizpilz gegen einen Feuerkorb. Nicht nur, dass man damit den Historienfimmel einer Klischeeprähistorikerin wie Romy befriedigen kann – auf einem Burghof knallt Met aus Trinkhörnern einfach besser. Wenn sie nichts gegen Bonzen hat, geht zur Not auch der Ku'damm, allerdings fällt dort das Trinkhorn weg. Ansonsten braue ich ihr in der Festivalzone unserer WG ein Süppchen. Der Vorteil wäre, dass das Bett notfalls ganz in der Nähe ist.

Doch wenn sich Romantik zu früh zu erkennen gibt, geht sie nach hinten los oder scheitert an ihrem Vorhandensein. Romy ein schlechtes Gewissen zu machen, ist der bessere Plan. Deshalb sitze ich die nächsten 90 Minuten an einem der Gründerzeittische vor Büchern mit lustvollen Titeln wie *Das Massaker von Talheim* oder *Das Totenritual der Linearbandkeramik östlich des Rheins.* 6000 Jahre alte Schädeldecken, die von Flachhacken und Schuhleistenkeilen durchlöchert sind, bringen einen nicht gerade in Stimmung – sind in diesem Fall aber ein wirksamerer Einstieg als Blumen.

Zur Stichzeit zwischen zwölf und zwei gleicht die Bibliothek einem Geisterschiff, weshalb Romy die Zeit findet, ihr Gesäß auf meine Tischplatte zu hieven (Na, du bist aber fleißig!). Genau. Ich bin die Einzige, die sich um sinnvolle Dinge kümmert. Gehe sofort in den Elitemodus und schüttele mir ein Konzept für den Vortrag aus dem Ärmel. Ich benutze genau die Floskeln, die man braucht, um Archäologen anständig heiß zu machen: Totenrituale spiegeln nicht die reale, sondern die idealisierte Gesellschaft wider! Schiebe hinterher, dass es wahnsinnig aufregend wäre, wenn wir Alter, Gender, Religion und Ethnizität der Bestatteten um ethnoarchäologische Perspektiven erweitern. Feministische, marxistische Ansätze! Gräbersoziologie! Es lebe der Poststrukturalismus und die *Archeology of Emotions!* Das sind bewegende Themen und ich wünschte, Helene könnte das hören. Sie wäre sicherlich genauso beeindruckt wie Romy, die sich scheinbar lieber am Spaten betätigt, auch wenn man es ihren Oberarmen nicht ansieht. So ist das bei Archäologen: Die einen treiben die Forschung voran, die anderen wühlen lieber in frühzeitlichen Kloaken.

Romy nimmt ein Buch vom Stapel und tut so, als würde sie den Inhalt kennen. Leider fällt mir wieder auf: Romy ist einfach nicht mein Typ. Das liegt weniger an ihrem Umfang als an der Tatsache, dass mich ihre Klamotten neurotisch machen. Heute wartet sie mit einer prêt-à-porter Blusen-Hosen-Kombination in nebelsicherem Pink auf. Ich verstehe den Trend nicht, Geld für neonfarbige Klamotten auszugeben. Die Farbe sieht einfach scheiße aus. Und selbst wenn man eine Frau damit im Fernlicht nicht übersehen kann, würde ich vor Schreck erst recht das Pedal durchdrücken. In Verbindung mit den Fakeleder-Pumps, die sie trägt, ergibt sich ein für diese Jahreszeit waghalsiges Gesamtergebnis. Aber weil es nicht darum geht, sich in sie zu verlieben, sondern frei nach Ovid ein Gesprächsthema aus mir zu machen, geht der Style in Ordnung.

Was ich Desinteresse nenne, bezeichnet Romy als Stress. Dass sie sich nicht gemeldet hat, liegt an einer aufreibenden Trennungsphase. Von einem Religionswissenschaftler mit der Ausstrahlung eines Detlef betrogen zu werden, ist erniedrigend. Im Prinzip kein

Schwachkopf, aber er sollte nicht seine Freundin, sondern den Optiker wechseln. So ein Kassenmodell, das nach pädophilem Busfahrer aussieht, bietet nicht viel Raum für Tränen, und ich weiß nicht, woher Romy ihre Betroffenheit nimmt.

Frauen, die von ihren Lovern abserviert worden sind, freuen sich besonders über Komplimente von anderen. Ich rede ihr ein, dass Detlef eine Frau wie sie nicht verdient, wenn er sie bei der kleinsten Krise gegen eine rothaarige Ägyptologin mit Fliegenschenkeln eintauscht. Ihr Kummer wird schnell zur Hetze gegen den untreuen Freund und die Dahergelaufene. Natürlich mache ich mit und streue meine Erkenntnis zu seiner Brille ein. Zum Glück lacht sie und greift sich den Stuhl neben mir. Wir erreichen Augenhöhe. Was folgt, ist die Erkenntnis, dass er sowieso nie kapiert hat, was man mit einer Klitoris anstellt und wie er mit diesem Knick in seinem Penis umgehen soll. Dass Detlef ihr offensichtlich keine echten Orgasmen verschafft hat, ist die perfekte Intimitätsplattform. Leider ist es noch zu früh, ihr die Vorteile gleichgeschlechtlicher Liebespraxis zu predigen.

Ich habe mich schon oft gefragt, wie es in der Liebe zu diesen Geschmacksverirrungen kommt. Es gibt viel zu viele Frauen, die sich von hässlichen oder charakterschwachen Männern verarschen lassen. Wenn sie dann noch scheiße vögeln, gibt es keinen Grund, einer Geschichte hinterherzutrauern. Eine Einstellung, die man sich erarbeiten muss. Vor meiner Frauen-Ära hatte ich einige Begegnungen mit Typen, die nicht mehr als Fragezeichen hinterlassen haben.

Robert der Entjungferer

Ich nenne ihn Robert, weil mir sein Name entfallen ist. Leider kann ich nicht behaupten, dass es sich bei meinem ersten Mal um etwas Denkwürdiges gehandelt hat. Das Einzige, woran ich mich erinnere, ist sein schlechter Musikgeschmack und dass er einen Schwanz hatte, der gerade so reinpasste. Während wir es trieben, lief *Quit playing games with my heart* von den Backstreet Boys in Wiederholungsschleife. Im Nebenzimmer eine Schulfreundin, die das Ganze tierisch anmachte und mich hinterher mit Fragen löcherte. Das war eine von den Nummern, bei denen man nicht feucht wird, aber die Schmerzen auf sein nicht reißen wollendes Jungfernhäutchen schiebt. Nicht nur, dass er ewig brauchte, um zu kommen, zwischendurch verlor er mehrmals das Kondom und pulte nervös in mir herum.

Das Schlimmste ist der Moment danach. Der Typ hat sich völlig verausgabt und atmet dir weggetreten in die Schulter. Du streichelst seinen Kopf, als hätte er eine wahre Heldentat vollbracht, und beantwortest die beschissene Frage *Bist du gekommen?* mit *Nein (war trotzdem cool!)*.

Auf einer Schulnotenskala von eins bis sechs gebe ich Robert eine knappe vier. Abzüge gibt es für die Backstreet Boys und seine Computersucht. Nach meinem historischen Moment zog er sich an und setzte auf der Playstation seine *Resident-Evil*-Mission fort. Pluspunkte gibt es für die Skaterposter an der Wand und die Teelichter aus Mamis Küchenschrank.

Pete der Rosettentänzer

Der rassige Bartender einer All-inclusive-Absteige in Santo Domingo. Unser Vorspiel lief über Merengue, bis wir uns auf einer Strandliege vor dem Rauschen des Karibischen Meers befummelten. Dazu gab es Cuba Libre, klebrige Küsse und jede Menge Antillengras. Eine Überdosis Hispaniola also, während der ich die ganze Zeit seinen Schwanz im Arsch hatte und ihm auf Französisch erklärte, wo er meine Muschi findet. Inzwischen bin ich mir sicher, dass es Pete von Anfang an auf meinen Hintern abgesehen hatte. Sein Schwanz hatte den Umfang eines Zeigefingers, weshalb auch hier ein Kondomproblem vorlag, mit dem Unterschied, dass sich Pete nicht die Mühe gemacht hat, nach dem Ding zu suchen. Gott sei Dank bestand keiner von uns auf der Romantik der Meeresbrandung, sonst hätte ich es mittendrin mehrmals darauf angelegt, mich in der Gischt zu ertränken.

Auf einer Skala von eins bis sechs schneidet Pete schlecht ab. Das einzig Gute an ihm war, dass er mir vorher die Plätze zeigte, wo man in Hotelnähe ordentlich Gras pflücken konnte. Ansonsten: glatte sechs für Physis, Motivation und Umsetzung. Außerdem habe ich tagelang Sandkörner gepinkelt.

Gregor der Gnädige

Ein Gentleman, der mir im Nachhinein leidtut, denn ich weiß nicht einmal mehr, wie unsere Nummer aussah, auf die er so lange warten musste. Aufgegabelt hatte ich ihn auf einer der Partys meiner damals besten Freundin Lena. Es imponierte mir, dass er malen konnte und *Anna Karenina* las. Eine Dreimonatsfliege mit Liebesbriefen, Tränen und viel Eifersucht. Und nachdem Graf Wronsky endlich bekam, was er wollte, kotzte ich im Delirium in sein Bett. Gregor hat seine zwei verdient. Die Nacht verbrachte er neben mir und der Kotze, und half am nächsten Morgen sogar, das Zeug aus den Zwischenräumen der Dielen zu kratzen. Den einzigen Abzug gibt es für seine Naivität, denn sogar sein bester Kumpel wusste, dass Lena und ich zum Knutschen auf dem Klo verschwanden, wenn wir nach einer Dreiviertelflasche Irgendwas zusammen pinkeln gingen. Das letzte Lebenszeichen war ein Anruf, in dem er mir mitteilte, dass es würdigere Mädchen gebe, die ihn regelmäßig ranließen und ihr Maß kannten.

Ein beliebiger Auszug, der Romy ermuntern soll. Es gibt viele traurige Königsgestalten in meiner Chronik: José, das katalanische Pferd, der mir jedes Mal den Schlafsack versaute, oder Halil, der DJ, der mir ins Auge wichste und hinterher ein Passfoto von sich zusteckte. Begegnungen auf Reisen und Partys. Episoden, die die Welt nicht braucht und die den Drei-Sterne-Jahren mit Anika eine völlig neue Bedeutung geben.

Dann passiert, worauf ich die ganze Zeit gewartet habe: Helene betritt die Bibliothek mit der Aura einer Halbgöttin und bewegt sich auf unseren Tisch zu. Ein Event in Zeitlupe, das Kopfkino ab 18 in Gang setzt: Sie steht im Spot der Buntgläser und zieht mich für einen Kuss an sich, der die Glut direkt in den Schoß treibt. Ich lehne mich zurück und lasse zu, wie ihr Gesicht zwischen meine Schenkel wandert und sich im Stoff meiner Unterhose verbeißt. Natürlich flüstert sie dabei jede Menge schmutzige Sachen und umklammert meinen Arsch.

Die Realität sieht verklemmt aus, und Helenes Anwesenheit führt zu den gewohnten Spasmen. Der typische Ablauf: Ich muss dringend aufs Klo und fühle, wie sich feuchte Flecken an meinen Achseln bilden. Jetzt kommt es darauf an, sich nicht zu bewegen und abzuwarten, bis sich meine Seele akklimatisiert hat. Krame in meiner Tasche nach Kaugummi und Helenes Lieblingszigaretten, aber es ist wie immer. Sie wirft mir nervöse Seitenblicke zu, doch ignoriert mich sonst komplett. Die Intimität zwischen Romy und mir ist verflogen. Es spricht für ihre Treue, dass sie sofort zur besten Freundin wird.

Ich versuche, so unbewegt wie möglich dem Gespräch zu folgen, in dem es offensichtlich um Helenes Geburtstag geht. *Wir müssen das unbedingt bei Freddy machen!*, prophezeit eine dekadente Ballnacht in einer dieser SS-Stadtvillen im Grunewald. Ein rauschendes Fest im beheizten Wintergarten mit Liveband und Blick auf den zugefrorenen See. Die nächste Viertelstunde träumt Helene von einem Antikbüffet nach Aspicius, Kleidermotto und einer Sitzordnung, die den Gesprächsfluss fördern soll. Verkopfte Partys sind zwar die langweiligsten, aber Gast wäre ich schon gerne.

Wenn man sich neben einem Zweiergespräch unsichtbar fühlt, ist es besser, man räumt das Feld mit Würde. Das tut man entweder über einen Einwand, der intelligenter ist als die laufende Konversation, oder ruft sich über Tricksereien in Erinnerung. Ich spiele mein einziges Ass aus und schiebe Romy einen der Bücherstapel zu – mit dem Kommentar, dass zu Kostümpartys viel Selbstbewusstsein gehört. Sowas macht man U30 oder Ü40, jedenfalls wenn man sich nicht zu ernst nimmt, kann ja auch in die Hose gehen.

Frauen wie Helene, die von ihrer Außenwirkung abgestumpft sind, muss so etwas aus dem Konzept bringen. Ich genieße den Moment, in dem sie kurz den Faden verliert, weil ich ihr Partyformat schlechtmache. Ich fühle mich scheiße, höre aber auf zu schwitzen. Die Arschlochmasche funktioniert bei eitlen Menschen immer. Wenn sie denkt, ich finde sie und ihr historisches Geburtstagsbüffet zum Kotzen, ist das effektiver, als ihr in den Arsch zu kriechen. Jedenfalls hat Ovid mit der Annahme recht, dass gute Werbung über Ego und Revier einer Frau läuft. Romys Umarmung führt zum Royal Flash des Tages: Beim Gehen spüre ich Helenes Blick in meinem Rücken. Und weil Julie vor der Bibliothek auf mich wartet, sieht es so aus, als gäbe es ein Mädchen, das von mir nach Hause gefahren werden will.

7
Pättink

Mir ist aufgefallen, dass sich Frauen mit Schwangerschaftswunsch permanent auf der Suche nach dem geeigneten Kinderzimmer befinden. Bei Anika äußert sich das so: Jeden Sonntag laufen wir die Trödelmärkte ab in der Hoffnung, auf das Möbelstück zu stoßen, das über das Image des Ungeborenen entscheidet. Aber anstatt auf den neuesten Schrei zu treffen, findet sich der letzte Scheiß.

Entweder zu retro oder völlig überholt. Eine Art Sperrmüllveranstaltung, die zur Geldverschwendung animiert und einem ins Gedächtnis ruft, dass man mal wieder bei Ikea essen gehen könnte.

Der optimale zweite Advent findet mit Hot Dog und Kanelbullar statt. Man feiert seine Kaufkraft, während nur Unnötiges im Einkaufswagen landet. Für das zukünftige Kinderzimmer lässt sich nichts auftreiben, dafür Billigwachskerzen, zwei Latte-Macchiato-Gläser mit passenden Löffeln und eine Metallic-Klobürste mit dem Namen Sven. Das sind Momente, in denen mein gefühltes Alter die 50 übersteigt und Anika aufblüht. Und weil sie sich für eine Frau hält, die nichts anderes kann, als gesunde Söhne zur Welt zu bringen, gibt es auch schon Namensvorschläge:

Noah. Bei Noah gehe ich mit, obwohl jedes zweite Kind so heißt. Vielleicht wird der Junge später gefragt, ob sich die Mutter für das Judentum interessiert oder nicht vielleicht doch jüdisch ist. Zumindest in Anteilen. Für die Deutschen ist das immer noch spannend und interessant. Und weil Anika ihrem Sohn keinen Haarschnitt gönnt, fragen sich die Leute sowieso, ob sich etwas Orthodoxes oder Esoterisches in dem Jungen verbirgt. Und dann ist der Vater auch noch Arzt. Ganz toll. Der Name stimmt mich politisch unkorrekt.

Hätten wir noch Lasse: Das klingt blond. Man denkt gleich an den skandinavischen ADHS-Lausbub, der später zum Haudegen wird. In diesem Namen schwingt die romantische Vorstellung eines räuberischen Wikingers mit, der im frühen Mittelalter Frauen zwischen Kanada und Krim vergewaltigt. Eigentlich gefallen mir nordische Namen, weil sie vom Klang her Neutralität verbreiten. Aber bei Lasse muss ich an einen Surfertypen denken, der auf Fuerteventura pubertierende Touristen knallt. Lasse klingt nach Problemkind.

Es könnte auch ein Kai werden. Na, dann lieber Sven, auch wenn die neue Klobürste schon so heißt. Der einzige Vorteil ergibt sich über die Geschlechtslosigkeit des Namens, sollte Anika doch keinen Sohn zur Welt bringen. Offensichtlich kann man auch ein Mädchen Kai nennen. Außerdem weiß man nicht, ob mit dem Namen das deutsche, hawaiianische, burmesische oder Navajo-Kai gemeint ist. Auf Maori bedeutet Kai *Essen* und passt deshalb eher zu Anikas Mageninhalt als zu ihrer Gebärmutter. Um einen Konsens zu finden, müssten wir Kai nach meinem Geschmack noch ein N anhängen und schon nähern wir uns wieder der Noah-Variante.

Auf der Suche nach dem geeigneten Kinderzimmerspirit laufen wir durch die Ausstellungsräume und stellen fest: Am besten zimmert man sich das Bett selbst zurecht und erspart sich die giftige Beize, die jemand in Rumänien liebevoll aufgetragen hat. Natürlich sollte man kein Kind dazu zwingen, ausschließlich mit heimischem Holz zu spielen oder sich das Bett mit dem muffigen Steiff-Bären meiner Tante Eva zu teilen – doch Kuscheltiere müssen nicht nach etwas riechen, das man gegen Milben auf Geranien sprüht. Die nächste Stunde macht klar, dass wir beide unser handwerkliches Geschick in dieses imaginäre Kinderzimmer einbringen müssen, um die Vorwürfe zu vermeiden, die wir unseren Eltern gemacht haben. Das heißt, nur ich, weil bei Anika im Osten gab es kein Ikea und ihr linientreuer Vater hätte den Teddy sowieso lieber aus Strumpfhosen und Verbandsmull zusammengeschustert, als seine Westkontakte zu nutzen.

Nach dieser Erkenntnis wird der Ikea-Trip egoistisch. Wir gucken vollgefressen erst nach Bettwäsche und probieren dann verschiedene Bettmodelle aus. Unser Favorit: Pättink. Ein naturbelassener Schlafgarant im Landhausstil, mit viel Stauraum und Federholzrahmen. Die Matratze ist nur aus Schaumstoff, fühlt sich aber gut an. Wir unterziehen das Gestell mehreren Belastungstests. Wenn man gemeinsam ein Kind großzieht, bleibt es nicht aus, dass es auf dem Bett herumhüpft und gelegentlich hineinpinkelt. Möchte man auf eine Latexmatratze verzichten, sollte man den Schutzbezug gleich dazukaufen. Dank unseres einzigen Vier-Sterne-Urlaubs ergibt sich die zweite Auflage. Kein Wasserbett! Erst haben wir es gefeiert, dann verflucht. Ich glaube, Anika hat – wenn überhaupt – nur tagsüber am Strand geschlafen und während der drei Capri-Wochen mehrmals an Trennung gedacht. Diese Erfahrung zwingt uns zu einem Testliegen, bei dem es am wichtigsten ist, dass man den anderen nicht bemerkt. In Langzeitbeziehungen scheint das ein großes Thema zu sein, bevor es zu getrennten Schlafzimmern kommt.

Es ist noch nicht lange her, da hätten wir uns, anstatt uns mit Pättink zu begnügen, hinter den Vorhängen des Himmelbetts gegenüber vernascht. Ein Bett, in dem man Sex haben muss und das deshalb in jedes Schlafzimmer gehört. Anika und ich haben unsere Lustkurve einige Jahre in Schuss gehalten. Seit sie vom Kinderkriegen besessen ist, erreichen wir das sexuelle Niveau unserer Eltern: Weihnachts- und Geburtstagssex, vielleicht noch ein paar Urlaubsgeschichten, nach denen man sein Kind tauft. Wenigstens zweimal pro Jahr sollte man sich beweisen, dass die Beziehung noch nicht ganz eingeschlafen ist, auch wenn die Tochter hinterher Paris, Eschede oder Riga heißt.

Ich gewöhne mich daran, dass sich Konrads Schwanz für den guten Zweck häufiger zwischen Anikas Beinen aufhält als ein Doppeldildo aus hypoallergenem Kautschuk. Es ist okay, dass wir auf einem Bett liegen, das zwar Pättink heißt, uns aber nicht auf abenteuerliche Gedanken bringt. Ich betrachte Anika und muss zugeben, dass es nicht mich, sondern sie schlecht getroffen hat. Ich kenne viele Lesben, die ihr ganzes Leben darauf warten, eine Frau zu treffen, mit der man sesshaft wird und die einem Kinder schenkt. Ich warte auf den Moment, wo sich etwas wie Vorfreude und Dankbarkeit einstellt. Vielleicht bin ich nicht für die monogame Welt gemacht und werde es am Ende meines Lebens sogar feiern, keine Kinder zu haben. Möglicherweise muss ich sogar meine Beziehungsfähigkeit hinterfragen und darf mich am Ende über Einsamkeit nicht wundern. Aber ich habe auch gar nicht den Anspruch auf ein langes erfülltes Leben, von dem auf Beerdigungen so gerne gesprochen wird. Lieber kurz, schnell und heftig. Wer Angst vor dem Sterben hat, hat das Leben nicht kapiert. »Woran denkst du?«, fragt Anika und ich lüge, wie jedes Mal, wenn sie Dinge hören will, die man als Paar zueinander sagt. Selbst wenn einem der adäquate Mist nicht einfällt: Die Feiertage stehen vor der Tür. Zeit für Besinnung und Entschleunigung im Kreis von Anikas Vorzeigefamilie. Festliche Ausschweifungen wären mir lieber, aber wer braucht bei einer Überdosis Schwiegereltern-Nonsens noch guten Sex?

Während wir nebeneinander auf dem Rücken liegen und Händchen halten, ruft mir Pättink die Frauen ins Gedächtnis, mit denen ich vor Anika schwedische Bettgestelle geteilt habe. Zwei Stück. Die Erste: ein Kreuzberger Wildfang mit schlechten Manieren, Rufname Lotte. Die Zweite ein Hipster aus Glasgow, noch bevor man in

Berlin von Hipstern sprach. Wegen ihrer Kieferanomalie, wie sie auf den Britischen Inseln oft vorkommt, ist sie als Oscar Wilde in die Annalen meines Telefonspeichers eingegangen.

Ich glaube, Lottes Kanada-Austausch, bei dem sie in einem Hippiedorf am Fuß der Rockys lebte, hat ihr den Rest gegeben. Sie hat sich von den Aussteigerfantasien nie erholt und wohnt inzwischen in einem Bauwagen auf irgendeinem Ökohof für drogenaffine Bioschranzen, die mit der Welt nicht klarkommen und nach Räucherstäbchen riechen. Lotte sah aus wie Nora Tschirner. Es war Liebe auf den ersten Blick. Ein langhaariges Waldorf-Mädchen mit bestickter Indianerweste, das hinter einem Cello hockt und Bach-Präludien spielt. Sie hat mir natürlich das Herz gebrochen und mich für ein paar Monate zu ihrer Stalkerin gemacht. Erst zwischen den Schenkeln von Oscar Wilde nahm das Leben eine erträgliche Wendung, obwohl er der Grund ist, warum ich mein Abitur in den Sand gesetzt habe.

Passend zu den glitzernden Plastikgirlanden, die an Tannengestecke erinnern sollen, fällt mir auf, dass Anika die erste Frau ist, mit der ich gemeinsam Weihnachten gefeiert habe. Um die spießigsten Tage des Jahres miteinander zu verbringen, braucht es vielleicht eine gewisse Reife. Mit Oscar gab es mal einen progressiven Advents-Techno im SO36, der aber im Dunst meines Langzeitgedächtnisses untergegangen ist.

In den Wochen vor Heiligabend ist Ikea überschwemmt von Last-Minute-Ideen und Menschen, die zu fantasielos sind, sich aufrichtige Geschenke auszudenken. Meine Laune sinkt proportional zur Aufenthaltsdauer in den Schauräumen. Dass wir in der Lagerhalle auf Konrad treffen, ist kein Zufall. Das anstehende Befruchtungsdate in Babelsberg ist für Anika die einzige Klimax während unseres heutigen Versuchs, die Zweisamkeit nicht in den Sand zu setzen.

Konrads Einkäufe untermauern die Sinnlosigkeit seines Charakters: Am schlimmsten sind das Paar Hausschuhe in Rentier-Optik und einer dieser Eierschneider, die niemand braucht. Hinzu kommen die Wartezimmertopfpflanze und ein Schaffell aus Kunstfaser *(Fass mal an – schön weich!)*. Lässt sich super darauf vögeln und passt spitze zur Kaminfeuer-DVD. Netter Versuch.

Das Ikea-Intermezzo bleibt besser eine schnelle Nummer, wenn es nicht zu geschmacklosen Ausschreitungen kommen soll. Konrad und ich wechseln nicht mehr Worte als nötig, weil wir es noch nie hinbekommen haben, ein Gespräch zu führen, das ohne Sarkasmus auskommt. Keine Eifersucht. Vielleicht ein primitiver Überrest urzeitlicher Verhaltensbiologie. Oder liegt es daran, dass er ein Mann ist? Über Mittel zum Zweck sollte man sich nicht aufregen, schon gar nicht in meiner Position. Mir schwirrt Helene im Kopf herum und Anika vögelt den Vater unserer Kinder. Das ist fair. Die einzig beunruhigende Tatsache ist, dass Konrad und Anika wirklich ein hübsches Paar abgeben. Auf dem Parkplatz hilft er ihr, Sven und das neue Küchenregal in meinem Kofferraum zu verstauen. Konrad ist so galant und zuvorkommend, dass es mich anwidert. Edelmut ist gut, aber zu viel davon erträgt kein Mensch. Sollte ich es am Ende doch verkacken, weiß ich, wo Anika schon heute landet: auf dem Beifahrersitz in Papis GMC-Pick-Up mit Prollfelgen und Navi-Radio-Einheit. Der perfekte Wagen für Großeinkäufe und Wochenendausflüge in den Offroad-Bereich. Ein Wagen, der *Vierköpfige Familie* und *Fröhliches Kinderlachen* auf dem Kotflügel stehen hat.

Und wieder eine Nacht, in der Anika und ich separat schlafen. Als sie in den Pick-Up steigt, ist es leider nicht die Reue in ihrem Blick, die mich erschüttert, sondern der Triumph in Konrads Mundwinkeln. Eine Vorzeigezukunft verlangt Opfer, und am besten warte ich auf die Knut-Tage in der Hoffnung, dass mich einer der Tannenbäume erschlägt.

8
Küchen-Tarot

Glückliche Paare starten die Wochenenden mit einem harmonischen Bed & Breakfast. Bei Anika und mir allerdings wartet der späte Sonntagnachmittag mit einem ausgedehnten Frühstücksfight zum Thema Eierschneider und Hausschuh-Zoomorphismus auf. Die leidigen Erkenntnisse: Ich bin verloren und kann einpacken. Zigaretten für Helene kaufen und nicht mehr wiederkommen. Seit sich Anika mit Konrad trifft, hänge ich fest. Mein Leben stagniert zwischen Uni, WG und der Sinnlosigkeit, Helene verfallen zu sein. Konrad ist genauso, wie ich ihn mir vorgestellt habe, und bietet meiner Freundin den Luxus, den sie sich heimlich wünscht. Restaurantbesuche, Theater und kleine Geschenke – mein Status als ewige Studentin outet mich als Loser. Heute Abend fahren sie zusammen in eine Therme, in der man Kristallaufgüsse macht. Schön, wenn sich Bergkristall positiv auf das basische Gleichgewicht der Sexualorgane auswirkt. Plötzlich klaffen zwischen Anika und mir die fünf Jahre Altersunterschied wie eine bodenlose Schlucht. Erwartet mich dieser Verantwortungsschub bald auch? Wacht man plötzlich auf und weiß, was zu tun ist? Aber bevor man sich auf einen langweiligen Museumsjob einlässt, muss es doch noch einmal richtig krachen! Ich habe Verständnis für Männer, die in der dritten Hälfte ihres Lebens ausrasten, um für irgendein Flittchen alles stehen und liegen zu lassen. Lebt eine Beziehung doch nicht von Gegensätzen, wie ich immer geglaubt habe? Bis jetzt war es völlig okay, dass ich mich für bestimmte Dinge nicht reif genug fühlte, aber Konrad bedroht das Konstrukt, das ich mir so erfolgreich aufgebaut habe. Tageskarte: *Der Gehängte.*

Ich wollte nie mit Anika zusammenziehen und das gängige Beziehungsding leben, auch wenn es das über die Jahre geworden ist. Aber wenn man sein Schicksal nicht absehen kann und Chaos zur Vorschrift wird, sind die Vorteile einer Studenten-WG temporär das Nonplusultra. Die klassische Wohngemeinschaft bedeutet ein erschwingliches Zimmer in einem der Kneipenviertel, die von Partytouristen am liebsten vollgekotzt werden. Aber gemeinsam Haschplätzchen zu backen und einmal pro Monat ein Chefkoch.de-Festessen in der Wohnküche zu veranstalten, tröstet nicht über den Fakt hinweg, dass es nichts Besseres gibt als eine eigene Wohnung, in der man die Gesetze alleine aufstellt. Ist das der Anfang von Spießertum, und ich bin versnobter als gedacht?

»Na, du Hänger?«

Julie setzt sich zu mir auf das Küchensofa und beginnt einen Monolog über ihr erfülltes Liebesleben. Feingefühl war noch nie ihre Stärke. Neuerdings vergeht kein Gespräch, ohne mir klarzumachen, dass sie ihren Zenit und ich meinen Tiefpunkt erreicht habe. An Anikas Stelle hätte sie mich längst in den Wind geschossen, und meine Begeisterung für Helene sei keine Schwärmerei, sondern Verdrängung. Allerhöchstens krankhafter Idealismus. Ich liebe Julies Pseudoweisheiten. Wäre ich sie, würde ich zuallererst bei Carsten anfangen. Seit ich in unserem Wäschekorb eins ihrer blutverschmierten Bettlaken gefunden habe, verändert sich mein Blick auf die BDSM-Bewegung. Bislang habe ich sie als saubere Sache betrachtet, mit präzisen Schlägen, Safewords und handfertiger Fesselkunst. Dass Carsten den Trieb hat, eine Frau so lange auszupeitschen, bis ihr Rücken an Selbstgeißelung erinnert, lässt meiner

Fantasie etwas zu viel Spielraum. Die Leiden Christi in unserer Waschecke bieten aber nicht nur Einblicke in das Intimleben meiner besten Freundin. Sie stehen im krassen Gegensatz zu unserer ersten Begegnung vor sechs Jahren in der Boeing 747, einer Icelandair-Maschine: Wir verstanden uns so gut, dass wir zwei Wochen zusammen entlang der Ringstraße Richtung Osten trampten. Ein Trip durch spektakuläre Landschaften – Sturmasyle unter Dächern verlassener Tankstellen. Die letzte große Freiheit, bevor ich an der Uni Anika traf. Auf dem Gay Pride in Reykjavik entdeckte Julie für eine Nacht etwas wie eine lesbische Seite an sich, die wir in einem Hostel für sie überprüften. Vom Balkon aus verfolgten wir in der Glorie räudiger Spirituosen die Parade, die mehr einem Volksfest ähnelt, auf dem Mütter ihre Kinderwagen mit Regenbogenfahnen schmücken. Nach mittelmäßigen Küssen in der Mitternachtssonne trieb ein Aquavit-Verschnitt Julie dazu, nicht mich, sondern das Toilettenbecken zu umarmen. Was Besseres hätte uns gar nicht passieren können. Und weil man in Berlin mit einem schlechten Abitur nur NC-freien Schrott studieren kann, teilen wir uns heute sogar die Lehrbücher und berufliche Albtraumperspektiven. Endstation Archäologie.

#ubiamiciibidemopes
#wofreundesinddasindschätze
#plautus
#truculentus
#epischeniederlage

Ich habe die Eigentumswohnung meiner Mutter am Savignyplatz ungern aufgegeben, um mit Julie dieses Dreizimmerloch am Tempelhofer Flugfeld zu beziehen. Nach vier Jahren Internat für Wohlstandsjunkies und schwererziehbare Bildungsbürger hatte ich in Charlottenburg zum ersten Mal das Gefühl, eine Privatsphäre zu besitzen. Keine Strafdienste mehr, keine Essensreste zwischen Besteckfurchen oder schimmligen Erdbeerjoghurt zum Frühstück. Sich das Zimmer mit einer verhaltensauffälligen Türkin zu teilen, deren Drogenverstecke im Kleiderschrank zu regelmäßigen Razzien führten, war auch nicht so der Hit. Burcus Angewohnheit, nach Schlafenszeit im Jungenhaus zu verschwinden, brachte mir kein Plus an Nachtruhe ein, sondern eine Englischlehrerin, die mit der Taschenlampe unsere Betten ableuchtete. Außer dass es in unserer WG legal ist, Drogen zu konsumieren, hat sich am Komfort nicht viel verändert. Wenn Julie einmal pro Monat in Putzstreik tritt, ist das Angebot schimmliger Lebensmittel größer als im Internat, und wenn Julek eine seiner UDK-Partys in unsere Wohnung verlegt, teile ich mein Bett mit elitären Schnapsleichen.

Während Julie sich hinter geschlossenen Vorhängen die Wunden leckt oder – so wie jetzt – kocht, bis Carsten von der Arbeit kommt, hängt Julek in seinem Zimmer vor der Nähmaschine oder am PC und spielt Browsergames. Ballerspiele in Echtzeitmodus, die ihn seit der letzten Tag-und-Nacht-Gleiche in geheimer Mission beschäftigen. In einem Zimmer fallen Granaten, aus dem anderen dröhnt das Winseln von Robert Smith. Eine dieser Sternstunden unserer WG, in denen ich mit Julies Hilfe mein Leben hinterfrage oder versuche, mich zu belesen.

Mein Fundstück des Tages ist ein Artikel über eine historische Grablege in China. Irgendein blonder Schamane der Gushi-Kultur, dem man in der Nähe von Turpan 789 Gramm Gras mit ins Jenseits geschickt hat. Was für eine Verschwendung. Die Forscher wollen die Samen einpflanzen und das Zeug analysieren, was auch immer das heißt. Ich werde dem amerikanischen Team zu gegebener Zeit eine Mail schreiben und nachfragen, wie sich der Drogenanbau im Namen der Forschung ausgewirkt hat. In Holland wäre die Sorte der

Renner. Auf den Coffee-Shop-Menüs fände man sie unter *Gushi* oder *Turpan*. Und wenn sie nichts taugt, als Kreuzung mit hochgezüchteten Gehirnkillern: *White Turpan, Gushi Kush, Turpan Haze* – das macht Lust auf einen Joint vom Typ Punkerplatte aus der WG-Drogen-Box. Die Box ist einer der wesentlichen Vorteile unseres Zusammenlebens, weil man sich mit ihrem Inhalt an alles gewöhnen kann. An Zerrissenheit, die seltenen After-Eight-Routinen mit Anika und daran, dass Helene einfach zu sexy für mich ist.

Das wurde mir erst gestern wieder bewusst, als sie über den verschneiten Institutsgarten in meine Richtung stiefelte und nach Feuer fragte. Rauchen gerät langsam außer Mode, und deshalb hängt man in der Regel alleine an zwei bis drei Filtern, bevor man der Welt mit dem nächsten Seminar klarzumachen versucht, wie sehr man die ganze Sache verdient hat. Helene ist zwar in jeder Hinsicht modisch und zählt bei den Dozenten zum Führungskader, aber frei von Lastern ist sie nicht. Eine Zigarette ist die perfekte Grundlage, um nebeneinanderzustehen und wortlos Rauchsäulen in den Himmel zu stoßen. Ich verlor mich in den Konturen ihres Profils und beobachtete, wie ihre Lippen den Filter umklammerten. Praktisch eine Live-Vorstellung von A *Single Man*: Julianne Moore, die mit Ready-to-fuck-Frisur auf ihrem Bett liegt und die Augen schließt, während sie den Rauch einatmet. Den passenden Soundtrack dazu lieferte mein iPod: Léo Delibes' Blumenduett verwandelte das Unigebäude in einen indischen Tempel und den Garten in das Flussufer, von dem aus sich Mallika und Lakmé, umhüllt von Lotusblüten- und Jasminduft, in die Wogen stürzen. Und Mallika sieht die Herrin lächeln: »Warum guckst du eigentlich immer so?«

Helenes Frage war ein Hinweis, mich auf meine Kippe zu konzentrieren. Wie sonst auch stieß sie meine Aufmerksamkeit ab. Ich hätte einfach nichts sagen sollen, denn wenn es darauf ankommt, kriege ich nie die Kurve: »Deine Eleganz ist irritierend!« Dämlichster Kommentar ever. Helene zog den Mantel enger, als hätte ich sie sexuell belästigt, und trat ihre Zigarette aus: Na dann! Es wäre die Chance auf Intimität gewesen, stattdessen konnte ich nur noch beobachten, wie sie elegant über den vereisten Mooshain Richtung Seminarraum rutschte. Kitsch kommt bei Frauen nicht gut an, weil heute niemand mehr aufrichtig kitschig sein kann, ohne dramatisch oder hilflos zu wirken. Kitsch ist eine Kunst, die nicht jeder beherrscht. Immerhin habe ich ihr eine halbe Zigarette erspart und damit etwas für ihre Gesundheit getan. Die Begegnungen mit Helene sind so erhebend, wie sie frustrierend sind. Ich sollte aufhören, mich über Julies Masochismus lustig zu machen.

Es ist Samstag und der Küchenboden erzittert unter den Bombendetonationen an Juleks kommunistischer PC-Front. Offensichtlich hat ein Nerd vom Saarland aus mit einem Mausklick seinen gesamten Stab ausgelöscht. Kriegsspiele haben etwas Unreflektiertes. Sie spiegeln die Langeweile der Generation Spielkonsole, denn wer vor dem Schreibtisch einen Krieg simuliert, scheint nichts Besseres mit seiner Zeit anfangen zu können. Der Nahe Osten liegt offensichtlich zu weit weg. Erst wenn in der eigenen Stadt die Autobomben hochgehen, hat niemand mehr Lust auf Krieg. In Juleks Fall machen die Spiele einfach keinen Sinn. Als polnisch-jüdischen Schwulen hätte man ihn früher ins KZ gesteckt, heute werden Andersgläubige per Live-Schaltung erschossen. Mir war die Computer-Drogen-Suchtkombination nicht klar, als Julie und ich uns zwischen 32 Zimmerbewerbern für ihn entschieden haben. Julie wollte einen Kerl und ich eine Tunte. Es hat vom ersten Augenblick an gepasst.

Zu Semesterbeginn stürzen sich die Leute wie Ratten auf freie Zimmer. Die meisten kommen aus Baden-Württemberg, Bayern oder linksrheinisch-römischen Exprovinzen. Wundersam sind solche Bewerbertypen, die sich mit olympischer Disziplin den harten

WG-Geschäften opfern: Habe für zwei Jahre einen Job in Berlin, yeah! Ein Statement von Menschen, die es geschafft haben, in der Hauptstadt eine lukrative Fristanstellung zu finden. Eigentlich sind sie die angenehmeren Zeitgenossen, bedenkt man, dass sie nach zwei Jahren die Stadt wieder verlassen. In der Regel fahren sie eine 50-Stunden-Woche, in der ihre Existenz kaum auffällt. Die Nahrungsaufnahme findet mit den Kollegen in Mittagspausenbistros statt, was sich positiv auf den Platz in Kühlschrank und Küche auswirkt. Keine Gespräche über Befindlichkeiten und keine Anekdoten in Wiederholungsschleife. Man verbringt nur so viel Zeit wie nötig miteinander und tauscht höchstens Informationen organisatorischer Art. Wenn man einen Mitbewohner auf Zeit sucht, ist das die angenehmste Bewerbervariante. Gold für den beschäftigten Unsichtbaren.

Ich wollte immer schon nach Berlin und bin ganz aufgeregt, behaupten Menschen, die ihrer Kleinstadt den Rücken kehren, um in die große Welt zu ziehen. Das sind die, die alles *krass* finden und monatelang als Wundertüte durch die Stadt laufen, bis man ihnen im Club das Smartphone klaut. Sie würden alles für ein Zimmer in einem der Bezirke geben, von denen sie so viel gehört haben, und lassen sich beim Mietpreis ganz gerne mal verarschen. Diesen Bewerbertyp zeichnen Naivität und Anschlusssuche aus. Anstrengend wird es, wenn ständig Gründe gesucht werden, miteinander zu reden. Ausgehtipps und: Wo kann man hier gut essen gehen? Anders als vermutet, stellen sich echte Kontakte in Berlin nur langsam her, deshalb steht nach der ersten Euphorie die Zimmertür grundsätzlich offen, damit man zumindest das Gefühl hat, irgendwo angekommen zu sein. Schwierig und Silber.

Ich wollte immer schon nach Berlin, um mich zu verlieren, ist der Typ, den man übersehen kann, ohne sein Karma zu gefährden. Meist treibt ihn ein Scheinstudium in die Stadt als Vorwand, sich bei einer durchschnittlichen Lebenserwartung von 76 Jahren ein Zehntel seiner Seele auf Privatpartys wegzuballern. Diese Kandidaten hängen jeden zweiten Tag verkatert in ihren Zimmern und vermeiden den Kontakt mit der WG-Welt. Darin liegt vielleicht ihr einziger Vorteil. Ein Lebenswandel, der sich auf Optik und Putzverhalten auswirkt und bei dem es auch mit der Miete problematisch werden kann, wenn die Eltern keinen Dauerauftrag einrichten. Bei solchen Mitbewohnern merkt man, wie spießig und intolerant man ist, obwohl man das Feiern selbst nicht scheut. Jemand, der eine Stadt verbraucht, bis ihm nichts anderes übrigbleibt, als auf die heimatliche Dorfidylle zurückzugreifen, ist an Destruktivität kaum zu übertreffen. Solche Menschen fallen unter die Kategorie *Erbärmlich* und verlassen Berlin so einsam, wie sie gekommen sind. Im Idioten-Ranking landen sie aber auf dem Siegertreppchen.

Julek war in jedem Fall die richtige Wahl, auch wenn seine Vorliebe für Mode unseren Flur in einen begehbaren Kleiderschrank verwandelt hat und sein sexuelles Mitteilungsbedürfnis etwas zu detailliert ausfällt. Er mischt sich nicht in alles ein, flickt freiwillig unsere Klamotten und hält unsere WG noch dann zusammen, wenn alle vom Feiern zerschossen ihr Bett hüten. Außerdem hat er heiße Kommilitoninnen, bei denen er immer gute Worte für mich einlegt.

Während Julie ein 50er-Jahre-Menü auf Bratenbasis für Carsten in die Röhre schiebt, mische ich die Karten neu und ziehe den Narren aus dem Stapel. Ein grünbeschürztes Ampelmännchen mit Hörnern, dem es an Bodenhaftung fehlt. Wie soll es auch anders sein?

»Was sagt die Zukunft?«, fragt mich Julie, aber ich bin viel zu stoned für ein Gespräch mit Tiefgang. Nach den Statuten des Tarots folgt auf den Narren der Magier, vorausgesetzt, man entwickelt sich spirituell weiter. Magische Hände scheint auf jeden Fall Konrad zu haben. Bisher gab es keinen Streit, in dem mir Anika nicht vorgeschwärmt hätte, wie angenehm der Umgang mit ihm ist.

Ich schließe mich in meinem Zimmer ein und lege gregorianische Gesänge auf. Eine Zeit lang bilde ich mir ein zu meditieren, bis die Hoffnungslosigkeit einen Punkt erreicht, an dem ich zu einem Buch aus der Atheistenecke unserer Flurbibliothek greife, das aus Julies Gothic-Phase stammt: *Rituale für moderne Wiccas*. Im Vorwort wird auf die Risiken von Schwarzer Magie hingewiesen, aber der okkulte Flair hält sich in Grenzen: Die Zaubersprüche klingen nach B. Z.-Horoskop und werden von einem rothaarigen Model, Typ Scheiterhaufen, illustriert. Ein Mädchen, das nicht wie eine magische Großmeisterin wirkt, sondern so aussieht, als würde es unter ihrer Bettdecke nach Sauerteig und Kuhstall riechen.

Die moderne Zauberpraxis wirkt zwar unauthentisch, ist aber im Vergleich zu den Hardcore-Ritualen der *Patrologia Latina* aus der Institutsbibliothek immer noch die dezentere Lösung. Kein Wunder, dass man Weiber verbrannt hat, die sich im Auftrag magischer Liebe lebende Fische in die Muschi steckten, um sie hinterher dem Adressaten ihres Verlangens aufzutischen. Da halte ich mich doch lieber an die Sterilität der Neuzeit, um die nächste Helene-Aventure nicht so peinlich ausfallen zu lassen wie die von gestern Vormittag, und kämpfe mich durch verschiedene Liebeszauber, die meine Körperflüssigkeiten ausklammern. In Verzweiflungstaten liegt gerade meine einzige Stärke. Der Rosenblütenzauber ist der aufrichtigste und kommt deshalb nicht infrage. Er dient dazu, die wahre Liebe herbeizurufen, und mündet entweder in Anikas Intimbereich oder in einer längeren Durststrecke. Fatal wäre auch das Schlangenhautritual, das die Lust befeuert. Weil noch mehr Begierde ungesund wäre, entscheide ich mich für den Spiegelzauber. Ein Weg, in den Träumen seiner Angebeteten zu erscheinen. Alles, was man dazu braucht, sind eine Kerze, Räucherwerk, ein Spiegel und eine Schale

Quellwasser aus der Leitung. Ich räuchere erst mein Zimmer aus und zünde dann die Kerze vor dem verhüllten Spiegel an. Die magische Formel, die man anschließend aufsagen soll, zerstört den Zauber des Augenblicks:

Ich rufe die Kräfte des vollen Mondes.
Sonnenlicht scheint in dunkler Nacht.
Erfülle meinen Zauber und trage mein Abbild,
den Träumen der Liebsten zugedacht.

Ich enthülle den Spiegel und sehe eine bekiffte Braut mit eingefallenen Schultern, die ich mit Leitungswasser bespritze. Auch wenn es in meinem Zimmer jetzt spukt – Helene einen Cunnilingus-Traum von mir zu schicken, klingt nach einer Maßnahme gegen die Sehnsucht. Bleibt nur zu hoffen, dass mein spirituelles Alter Ego nicht ganz so scheiße aussieht wie das Elend, das mich im Spiegel angrinst.

9
Das Nachthorn

Ich bin ein frustriertes Arschloch, und entsprechend gestaltet sich die Weihnachtsfeier des Instituts für Ur- und Frühgeschichte. Im Eingang hängt ein Banner mit der Aufschrift: Allen Prähis frohe Weihnachten! Schon das macht deutlich, welches Partyklima auf der Veranstaltung zu erwarten ist. Der Abend besteht aus den angestauten Fantasien meiner Kommilitonen und dem Trieb, sich drogentechnisch auszutoben, weil man vom Land kommt, wo man während seiner Jugend die vielen bunten Pillen nicht ausprobiert hat. Diese werden hinter den Rücken der Altsemester, sogenannten Volkskundlern, eingeschmissen. An Abenden wie diesen kriechen sie aus ihren Löchern und kehren ihre Berufsalkoholismen nach außen. Natürlich beeinflusst Rotwein das Durchhaltevermögen etwas anders als die chemischen Substanzen der BAföG-Fraktion, deshalb ist die Party für den durchschnittlichen Heimatforscher schneller vorbei. Die Studenten hängen noch zusammen, wenn sich der Volkskundler am nächsten Morgen wieder aufrafft, mit der Grunderkenntnis, dass sein Hangover mit zunehmendem Alter nicht besser wird.

Spannend bleibt, ob Helene und Romy aufkreuzen. Es wird leicht sein, zumindest mit Romy in einen Flirt zu geraten, jetzt, wo wir uns einander annähern. Wenn die Sterne günstig stehen, werde ich Anika los, bevor sich Julianne Moore von mir zu unserer beider Freude beminnen lässt:

Mit senen ich den slaf bekrenk,
daz ich dy nacht gar vil an dich gedenk;
süzz trëum dy machent mich so gail,
daz ich mir wünsch das hail,
daz ich slaffen
solt an straffen in sölcher liber sach an end.

Die Sehnsucht lässt mich nicht schlafen,
da ich nachts sehr viel an dich denke.
Süße Träume wecken meine Begierde,
so dass ich mir wünsche, ich hätte das Glück,
sorglos eine Liebesnacht
ohne Ende verbringen zu können.

Dic Party ist schon voll im Gang, aber die Stimmung lahm wie erwartet. Julek rennt mit Anika direkt zum Büffet. Obwohl sie erst ein paar Treffen mit Konrad hinter sich hat, macht ihr Körper auf schwanger: Stimmungsschwankungen, morgendliche Übelkeit und dann dieser abartige Appetit. Anika schiebt die Symptome auf ihre Monatsmigräne oder das große Unglück, in mich verliebt zu sein. Ich verstehe das, ich würde mich selbst höchstens auf einen Drink einladen.

Bevor ich mir den Bauch vollschlage, checke ich die Gäste ab. Die Professoren haben ihre Ansprachen zum Glück vor unserer Ankunft beendet und stehen in Traubenformation, um sich gegenseitig in den Arsch zu kriechen. Einige Studenten umschleimen den Kader. Eine fiese Mischung aus Ehrgeiz und Selbstbestätigung. Am liebsten würde ich jedem von ihnen zum Saisonausklang auf die Fresse hauen. Wenn ich im VIP-Bereich herumstreune, dann weil einer der Dozenten es aus ästhetischen Gründen verdient hat. Die anderen sollten es dabei belassen, ihrem Beruf nachzugehen, anstatt sich den Abend über wie Festtagsbraten im eigenen Saft zu suhlen.

Die verhaltensunauffälligen Studenten sitzen an zwei langen Tafeln, auf denen die Weihnachtsgestecke vom Vorjahr stehen. Und weil man nichts anderes tun kann, außer Folienkartoffeln zu essen oder langweilige Gespräche über neue Forschungshighlights zu führen, ist die Enttäuschung groß, dass weder Helene noch Romy dem Partyverschnitt Folge leisten. Das XXL-Poster mit Keramik keltischer Massenware aus dem Oppidum von Manching unterstreicht die Würze der Location und die Notwendigkeit, meinen Zustand zu korrigieren. Ich teile mir mit Julek eine überholte Designerdroge, was einen Streit mit Anika auslöst, in dem sie mir nahelegt, professionelle Hilfe in Anspruch zu nehmen. Ihr Vorschlag kommt mir gelegen, ich wollte mich immer schon mal von einer Prostituierten therapieren lassen.

Die Institutsleitung hat keine Kosten gescheut und eine Band eingeladen. Ich liebe Frauen, die in Bands spielen, besonders Bassistinnen, deren Hände das Instrument sinnlich bearbeiten. Denselben Effekt haben Cellistinnen auf mich, die mit ihren Fingern auf Saiteninstrumenten Vibrati herstellen. Bei dieser Band handelt es sich allerdings um Spielleute, die Musik aus dem Mittelalter zum Besten geben und denen eine Bassistin für den Erotikfaktor abgeht. Die Lieder sind cool, aber das Speed-MDMA-Gemisch macht mich zu nervös, um die eigentliche Tiefe der Darbietung zu erfassen. Die Sängerin hat zwar strophenweise ein hübsches Gesicht, doch in ihrem grünen Kleid sieht sie eher wie ein reptiloides Mischwesen aus. So auch die Fettwadige mit der Trommel, die das Beste aus der Lichtorgel rausholt und dabei unglaubliche Mengen Schweiß absondert. Der kreisrunde Haarausfall des jungen Mädchens an der Drehleier erinnert mich an Carsten, der Julie verboten hat, mit auf die Party zu kommen.

Die Welt ohne Helene ist eine Komödie, was von mir und meiner Partybegleitung unterstrichen wird: Julek hat Augen wie Plattenteller und nichts Besseres zu tun, als mit einem Metaltypen zu flirten, der das Shirt einer homophoben Band aus Norwegen trägt. Die blutverschmierten Mitglieder sehen so aus, als würden sie sich eher auf eine Prügelei als auf etwas Ordentliches von hinten einlassen. Anika zieht ein Partnergesicht, das durchblicken lässt, sie in der nächsten halben Stunde nicht anzusprechen – mehr Zeit für schwülstige Gedanken an Helene, von denen leider nur ich etwas habe, weil ich sie an diesem Abend mit niemandem teilen kann. Und da Helene eine Frisur trägt, die bei Frauen mit langen Haaren gerade angesagt ist, erschrecke ich mehrmals ganz umsonst, wenn eine ihrer Trägerinnen im Zwielicht der Partybeleuchtung zu Helenes tragischem Phantom wird.

Dich lät nicht ain meins herczen gir,
dar umb so wünsch ich me wenn zwit,
daz dir sol traumen auch von mir,
wy ich gar frölich sey bey dir
und doch in gut
nach deinem munt
behut

Meine Sehnsucht lässt dich nicht los
deshalb wünsche ich mir oft
auch du würdest von mir träumen
davon, dass ich ganz unbeschwert
bei dir wäre
so wie du es magst
ans Herz gedrückt und
immer wieder

Der Abend ist nichts weiter als ein Krampf, bis sich die Trobairitz der Band an meinen Tisch setzt und eine Kippe schnorrt. Ihre Augenform ist furchteinflößend. Meine Pille flüstert, dass es sich bei ihr um eine Außerirdische handelt. Sie heißt Patrizia, kommt aus Graz und studiert Literarisches Schreiben in einem dieser Käffer bei Hannover. Glücklich ist sie damit nicht und mittelalterliche Musik ist ihr Hobby. Der Studiengang lässt vermuten, dass sie einen an der Waffel hat und sich tierisch geil findet. Das Schlimmste ist aber, dass sie nicht aufhören kann zu quatschen und ich immer wieder aus unserem Gespräch aussteige, weil es mich sonst auf einen Abturn schickt. Ich stecke ihr eine Kippe zwischen die Lippen, um ihren Redeanteil zu korrigieren, aber es scheint sie anzumachen. Für Anika ein Grund, nach Hause zu gehen. Sie findet es zum Kotzen. Und weil es nichts bringt, ihr hinterherzurennen, muss ich noch mehr über Patrizia erfahren. Dass sie morgen wieder abreist, sie ihre Schalmei selbst gebaut hat und nichts mehr liebt als die Natur. Aha. Ich erfahre in zehn Minuten ihr ganzes Leben und eigentlich fehlt nur noch die Durchschnittskonsistenz ihres Stuhlgangs. Ihr Gesprächsfluss erreicht die Superlative, ich tippe auf ADHS oder eine Dysfunktion ihrer Schilddrüse. Deshalb muss ich sie entweder stehen lassen oder auf die Tanzfläche zerren, auf der sich die Leute inzwischen zu den Klängen von Whigfield versammeln. *Saturday Night* und alle kennen die beschissenen Tanzschritte. Ich verstehe nicht, warum alle gerade auf die Musik der 90er abfahren. Vielleicht lenkt das von den Zukunftsängsten ab, wenn man sich wieder wie zwölf fühlt. Damals war alles besser, und je unsicherer die beruflichen Aufstiegschancen werden, desto ausgelassener stimmen einen die Charts von 1994. Und solange die Bardin ihre Klappe hält, kann man es mit ihr auf einer Veranstaltung wie dieser gut aushalten, außerdem ist sie kein lesbisches Stereotyp.

Patrizia kann sich nicht gut bewegen, aber der Tanzstil lässt auf

Hemmungslosigkeit schließen. Es scheint ihr egal zu sein, was andere über sie denken. Das gefällt mir, und ich versuche herauszufinden, ob sie besoffen genug ist, sich von mir abschleppen zu lassen. Das funktioniert natürlich nur, wenn man Sex von Liebe trennen kann. Das eine bedeutet Selbstaufgabe, das andere ist egoistisch. Mir ist nur nicht klar, welches Konzept auf mich zutrifft. Erschwerend kommt hinzu, dass ich mich an den letzten Orgasmus, den ich mir nicht selbst gemacht habe, nur noch schwammig erinnern kann. Wird mal wieder Zeit, warum also nicht?

Es ist schwierig, einer Frau anzusehen, inwieweit schmutzige Gedanken für das gleiche Geschlecht vorhanden sind. Doch Patti ist durchgeknallt genug, dass weder mein Pillentrip auffällt noch der Scan, dem ich sie unterziehe. Eine Hirnrissigkeit, die ich mal in einer US-Serie gesehen habe. Sechs unzeitgemäße Staffeln über L.A.-Lesben mit mittelmäßigen Sexszenen und kitschiger Fickmusik. Der Scan führt oberflächlich zu eindeutigen Ergebnissen:

Ihre krumme Haltung könnte am Gewicht des selbstgenähten Bühnenoutfits liegen oder eine Spätfolge akuter Unsportlichkeit sein. Außerdem trampelt sie. Es scheint ihr schwerzufallen, die Füße dezent auf den Boden zu setzen. Dem Scan zufolge geht es gar nicht lesbischer. Das gilt auch für Patrizias selbstgeflochtene Sandalen, die sie in der Öffentlichkeit lieber nicht tragen sollte. Eine abenteuerliche Konstruktion aus Kork, Sisal und Leinen, die man nur trägt, wenn man keinen Partner sucht, einen orthopädischen Tick hat oder sich als militanter Öko durch die Welt flirtet. Dafür sind ihre beim Tanzen an den Schläfen klebenden Haare mehr als sexy. Irgendwie elfisch. Zu wenig Sex macht willkürlich, denn eigentlich gibt es keine Elfen mit Sexappeal, wenn man keinen speziellen Fetisch dafür hat. Mir fehlt leider dieser Gay-Radar, von dem heterosexuelle Frauen gerne sprechen, und es gibt nichts Schwierigeres, als den Femme-Typen von einer Hete zu unterscheiden.

Die kurzen Fingernägel, mit denen Patrizia beim Tanzen über ihre Hüften fährt, bedeuten nicht, dass sie Frauen regelmäßig Handjobs verpasst. Es ist die Maniküre einer Musikerin. Der Scan ist für den Arsch. Man merkt, dass die Serie ein Mash-up nutzloser Telefonumfragen darstellt. Über 50 Prozent meiner Beobachtungen sind nicht verwertbar und die Wahrscheinlichkeit, sich selbst zu verarschen, wesentlich höher. Bleiben noch die synthetischen Glücksgefühle und Patrizias Budweiser-Fahne.

Fazit
Gang/Haltung (+)
Schuhe (+)
Frisur (-)
Fingernagellänge (-)
Blicke/Reaktionen (+)
Konversation (?)

Auch unsere Gespräche lassen nicht durchblicken, was in ihrem Kopf vorgeht. Es geht um Österreich, weil Österreicher gerne über Österreich reden, und um die genitale Seele ihres Nachthorns. Die Schalmei funktioniert wie ein Schwanz, sagt Patrizia. Man erweist ihr orale Dienste, um leidenschaftlicher zu spielen oder so. Ich kriege den Schwachsinn gar nicht erst zusammen, will aber auch nicht nachtreten. Also kommentiere ich ihren Monolog mit jeder Menge Ahas. Wir sehen ein, dass wir mit uns selbst beschäftigt und für eine echte Unterhaltung zu betrunken sind. Stelle dämliche Fragen: »Das Nachthorn ist also gut zu blasen?«

Der Abend ist sowieso fast gelaufen. Die Musik wird immer schlechter und Julek muss zwischendurch mit dem Vollbarttypen abgehauen sein. Inmitten der großen Leere, die sich am Ende jeder Party einschleicht, biete ich den Contessas an, sie ein Stück mitzunehmen. Ich kann sie mit einem defekten Tourbus schlecht in der Walachei West-Berlins sitzen lassen.

Obwohl ich die Straße schon doppelt sehe, fahre ich einen guten Stil, was daran liegt, dass ich ein Auge zukneife und mein Gehirn austrickse. Nachdem wir die fette Trommlerin und die Alpecin-Leierfrau am Bahnhof Zoo abgesetzt haben, fängt Patrizia an, sich ungeniert auf dem Beifahrersitz umzuziehen, und ich stelle fest, dass sie unter der Jahrmarktkutte eine heiße Figur besitzt. Sie quatscht wieder nonstop, doch mir selbst fehlen in dieser Nacht irgendwie die großen Themen. Nicht so schlimm, denn sie hört sich gerne selbst reden. Sie erzählt von einem belanglosen Roman, den sie gerade schreibt, in dem es viel um Sex und Drogen geht. Die Hauptfigur ist ein Versager, der von einer Krise in die nächste rennt. Klingt nach einer dieser Trash-Pop-Storys, von denen es genug gibt, aber ich bekunde: Toll, würde ich kaufen! – Sowieso geht das Gespräch die ganze Zeit aneinander vorbei und wenn ich mal etwas sage, scheint sie mich nicht zu verstehen. Liegt vielleicht an meinem Promille-Hochdeutsch. Eigentlich finde ich den österreichischen Akzent reizvoll, aber ich bin froh, wenn wir bei ihrer Bekannten ankommen, wo sie die Nacht verbringen wird.

Plötzlich wird Patrizia ruhig und lehnt sich zurück. Beim Fahren werfen die Straßenlaternen stroboskopartig Lichtkegel auf ihren nackten Körper. Ein Anblick, der fast erotisch sein könnte, bis sie sagt *Fahr rechts ran!*, und ich sie schon meine Armatur vollkotzen sehe. Auf dem Seitenstreifen springt sie aus dem Wagen und schmeißt die Beifahrertür zu. Aus Höflichkeit und Aversion schalte ich das Radio ein: Eine DJane plaudert bei radioeins aus dem Nähkästchen. Der nächste Song ist einer Person gewidmet, die ihr jüngst die Weiblichkeit abgesprochen hat, weil sie nicht auf hohen Absätzen laufen kann. Sie ist ziemlich schlecht auf ihn oder sie zu sprechen: Wenn du gerade zuhörst – das ist dein musikalischer Arschtritt in die Nacht! Wenn man bei Chris Isaak ankommt, weiß jeder, dass er ganz unten ist. Nach den ersten Klängen von *Wicked Game* denke ich an das geile Strandvideo mit Helena Christensen und stelle mir die Moderatorin mit finsterem Blick hinter dem Mikro vor. Vermutlich wäre es sinnvoller, mit ihr die Nacht zu verbringen.

Patrizia öffnet die Wagentür und zerrt mich zu sich auf den Rücksitz. Meinetwegen ist das der Plan. Ich bin zu besoffen für Widerstand und stelle mir vor, dass es Helene ist, deren Küsse auf mich niederprasseln. Oder die der Moderatorin, die mit rauchiger Stimme immer wieder in den Song reinquatscht.

Enczuket wird ich oft so hart,
daz ich wën an der selben vart,
ich seh dich, libstez frëulin zart,
vor mir gepildet schon von art
gar weiblich stan,
daz ich denn han
den wan

Oft bin ich soweit
dass ich geradewegs glaube
dich zu sehen, liebste Freundin
als ob du leibhaftig in deiner ganzen Schönheit
vor mir stehen würdest,
so dass ich meine, es sei wirklich so

Patrizia schraubt wie besessen an meinen Nippeln herum. Man kann sie nicht abschrauben – ich sage das zwei Mal, aber sie ist so mit ihrem Geschraube beschäftigt, dass sie mich gar nicht wahrnimmt. Das Einzige, was sie von sich gibt, ist immer wieder: Ah geil!

Das kommt davon, wenn man seine lesbischen Tendenzen zu lange übergeht. Und ich muss es im wahrsten Sinne des Wortes ausbaden, weil mir trotz der Minusgrade ihr Schweiß über den Rücken läuft. An dieser Stelle bekommt Auto-Erotik eine ganz neue Bedeutung, denn eigentlich masturbiert sie mit meinem Schenkel, aber ich möchte ihr das kleine Abenteuer nicht vermiesen. Es macht mir nichts aus, mit meinem Gesicht zwischen ihren Brüsten Gegenstand ihrer Gay-Fantasien zu sein. Der süße Gedanke an Helenes Fleisch ist verflogen, und ich bin erleichtert, dass es Patrizia nicht wichtig ist, ob ich etwas von der Nummer habe oder nicht. Während sie sich obsessiv an mir vergeht und dabei diese Rodeoshow abzieht, höre ich mir die Songtexte im Radio an. Die DJane und ich sind ganz klar auf einer Linie und fahren dieselbe Wave-Schiene. Ich bin nicht bereit, die Trobairitz in die Geheimnisse der Tribadie einzuführen, was auf dem engen Rücksitz sowieso schwierig gewesen wäre.

Playlist
Chris Isaak – Wicked Game
Tubeway Army – My Love Is a Liquid
Nick Cave & Die Haut – Truck Love
Siouxsie & The Banshees – Carcass

21 Minuten später hält Patrizia endlich die Klappe und lässt sich ohne Zwischenfälle nach Kreuzberg chauffieren. Vor der Haustür tauschen wir Nummern und Facebook-Namen. Ich weiß nicht, warum. Sehe ihr dabei zu, wie sie in eine perfekte Jeans schlüpft, und helfe ihr, das mittelalterliche Gewand zusammenzufalten. Ich speichere sie unter Hildegard von Bingen und verspreche ihr, mir einen Auszug aus ihrem Roman durchzulesen, der mir schon jetzt auf den Sack geht. Nach schlechtem Sex fällt der Abgang peinlich aus, des-

halb besiegelt das Ganze einer dieser Pro-forma-Küsse, um zu sagen: Is' okay.

Die Scheiben sind noch beschlagen, als ich auf dem Parkplatz der Uni ankomme und den Wagen abseits des Haupteingangs abstelle, weil es sich vor dem Vermessungsseminar nicht mehr lohnt, nach Hause zu fahren. Gemessen an meinen Blutwerten, sollte ich die nächsten 24 Stunden vermeiden, wach zu bleiben, aber ich will die Begegnung mit Helene nicht verpassen. Ich mache es mir auf der nassen Rückbank bequem und rauche eine letzte Zigarette, bevor ich mir die Rettungsdecke aus dem Verbandskasten um den Körper lege, damit ich die Nacht vor unserem Kurs überlebe.

10
Die Feuerzangenbowle

Brave Frauen wie Romy denken sich nichts dabei, wenn ihre Schenkel in einem überfüllten Regionalzugabteil die einer Lesbe berühren. Ich mache mir zunutze, dass sie über ihrer Korpulenz steht und nichts anderes erwartet als Sitzplätze, die für ihren Unterbau nicht ausreichen.

Der Grund für den Kuscheltrip ist eine Sonderausstellung im tiefsten Osten der Republik mit dem Titel *Frühe Modernen und Innovationen.* Eine Einladung, die ich via Facebook ausgesprochen habe. Wir sind einsam genug, miteinander Zeit zu verbringen und dabei so zu tun, als ginge es um Kultur und nicht um einen Strohhalm. Zwischen Anika und mir herrscht seit Tagen Funkstille. Wenn ich anrufe, drückt sie mich entweder weg, oder ich muss mir von Konrad anhören, dass meine Freundin keinen Bock auf mich hat. Außer Julek scheinen gerade alle schlecht auf mich zu sprechen zu sein. Sogar Julie. Und so wird der Ausflug zur Weltflucht, weil ich mich sonst in mein Zimmer einschließen würde, um in Selbstmitleid zu ertrinken. Gleichzeitig ein investigativer Weg, mehr über Helene und den Gossip herauszufinden, von dem es an unserem Institut genug gibt. Wir räumen gleich die Kernfrage beiseite: Helene und Freddy Baumann sind nicht fest zusammen und es gibt diese mysteriöse Ehefrau in seinem Leben tatsächlich. Angeblich eine attraktive Holländerin, die die letzten zwei Jahre an einer Universität in Nimwegen unterrichtet hat.

Romy ist bestens informiert: Das Ehepaar hat sich während des Studiums an der Humboldt kennengelernt und niemand kann sagen, ob sie vor ihrer Abreise ein Sexleben hatten. Jedenfalls vertreibt sich Baumann ihre Abwesenheit mit hübschen Studentinnen, von denen Helene nicht die erste ist. Was macht das mit Helene? Das halbe Institut zerreißt sich das Maul darüber, dass sie ihr Zimmer im Friedrichshain zum doppelten Preis vermietet und praktisch in Freddys Villa eingezogen ist. Auf Helene könnte Ende Dezember der große Absturz warten, sollte Frau Professor Baumann über Weihnachten und Neujahr ihren Platz in der Stadtvilla zurückfordern. Das wird hart. Andererseits bekommt sie an Weihnachten ihr Zimmer sowieso nicht los, weil halb Berlin die Feiertage jenseits des Mittelgebirges verbringt.

Auch Helenes angebliche Schwangerschaft ist seit Wochen der Renner in den Instituts-Smalltalks, in denen fehlendes Privatleben durch Garstigkeit ersetzt wird. In Gang gesetzt haben das Gerücht zwei Kommilitoninnen, mit denen man nicht mal im Netz befreundet sein will. Offensichtlich sind sie eifersüchtig, weil nicht sie mit Professor Baumann vor armenischen Wandteppichen liegen. Neid macht hässlich, egal wie eng die Bluse anliegt.

Die eine hat den Teint einer Quarktasche und an schlechten Tagen diese nikotinfarbigen Tränensäcke, die nach Cholera aussehen. Das andere Mädchen ist jedes Mal, wenn ich sie sehe, damit beschäftigt, sich spannende Geschichten über ihr in der Realität belangloses Leben auszudenken. Eigentlich geht es immer darum, dass irgendein Typ unglücklich in sie verliebt ist oder sie undenkbar guten Sex nach irgendeiner Party hatte. Die Blutarme und die pathologische Lügnerin: Selbst wenn ich vergessen würde, wie man das Wort *Ficken* schreibt, wären für mich beide Frauen Ausschlusskriterien.

Helene ist nicht schwanger und wird nicht so geliebt, wie sie es verdient. Das macht Hoffnung. Ich versuche, das Gespräch auf

Romy zu lenken, die immer noch nicht weiß, wie sie mit Detlefs Ägyptologin umgehen soll. Was wäre eine gute Alternative? Am besten gefällt ihr ein Doktorand, der bei Kommilitonen, die intelligenter sind als er, gerne das Wort *redundant* verwendet. Romy hat nichts gegen das Gel in seinen Haaren und findet seinen Migrationshintergrund cool, weil er die vielen rumänischen Fundorte sexy ausspricht. Wie outet man sich vor einer schwanzfixierten Frau, wenn man das Abteil nicht für sich alleine hat? Ich baue auf einen einfachen Dreipunkteplan:

1. Preparing

Ich beginne mit seichten Komplimenten. Bei Frauen mit auffälligen Problemzonen klammert man den Kleidungsstil lieber aus, weil das Thema zu Verlegenheit führt. Besser, man lobt eine Textilie, die ihre Figur ausspart: Schuhe, Halstücher und andere Accessoires.

Ich entscheide mich für Romys wirklich sehr hohe Absätze. Fast rutscht mir raus, dass das Erstaunlichste an ihnen ist, wie sie ihr Gewicht aushalten. Geeigneter ist ein Schwank aus meinem eigenen Leben, der Vergleiche zieht. In dem Fall eine Story, in der mich die Gucci-Pumps meiner Mutter in die Notaufnahme beförderten, anstatt mich durch einen ihrer berühmten japanischen Gartenabende zu tragen. Auch ein idealer Hinweis auf mich selbst als gute Partie.

Wenn sie daraufhin lacht oder sich erhaben fühlt, darf ich ein Stück weiter gehen, ansonsten Klappe halten und eine halbe Stunde warten, dann nachhaken, wie sie ihren Lidschatten so perfekt hinbekommen hat.

2. Shifting

Weil Romy nicht schnallt, dass ich sie anbaggern will, verlege ich den Flirt. Ich könnte subtilen Blickkontakt mit der Hausfrau gegenüber aufnehmen, lobe aber stattdessen den Arsch der Schaffnerin, die im Gang vorbeiläuft. Das irritiert sie dann doch, aber weil nicht ihr Arsch gemeint ist, steckt sie es weg. Je mehr Freiraum man einer Frau in diesem Stadium lässt, desto schneller kapiert sie.

3. Finishing

Romy steigt auch eine halbe Stunde später nicht darauf ein. Heute ist man tolerant und sagt nicht mehr: Ach so, du stehst auf Frauen, hätte ich nicht gedacht! Oder: Cool, eine Freundin von mir ist auch lesbisch! Und so weiter. Man lässt die Tatsache einfach im Raum stehen, es sei denn, die Neugier ist zu groß.

Ich greife also zu Trick 17 und erzähle Romy in pikanten Details von meinem Coming-out, mit dem ich überhaupt nicht gerechnet habe: Ich habe mich lange dagegen gewehrt!

Unfreiwilliges Lesbischsein appelliert gleich noch mehr an die Political Correctness und unterstreicht die Wirkung der Frauenliebe. Ich denke mir passend dazu ein intelligentes und atemberaubendes Mädchen aus, dem ich mich einfach nicht entziehen konnte. Natürlich erzähle ich ihr nicht von Lotte und dass ich mich wie ein Idiot aufgeführt habe, als sie auf ihrem Balkon mit mir Schluss gemacht hat. Ich gebe der Love Story ein Ende zu meinen Gunsten, in dem ich diejenige bin, die sich schweren Herzens für ein noch viel aufregenderes Mädchen getrennt hat. Das macht zwar der Kommilitonin mit dem Münchhausen-Syndrom Konkurrenz, erfüllt aber seinen Zweck: Romy will wissen, wie es weitergeht, und ich bringe jede Menge erotischer Cliffhanger unter, bis wir den Bahnhof erreichen. Zwischendurch kommen zwei anstrengende SMS von Anika gerade richtig, um beiläufig zu erwähnen, dass es momentan nicht nur für Romy kompliziert läuft *(Wo bist du? – Was soll das?)*.

In Städten wie Cottbus ist nicht nur das Museum hässlich, wie ich feststelle. Ich weiß nicht, was der Grund dafür ist, dass in einigen

Teilen Deutschlands die Wiedervereinigung nicht greift. Es liegt an der Architektur, dem Klamottengeschmack der Einwohner oder den lokalen Frisurentrends, dass Romy das Attraktivste auf dem Weg ins Zentrum bleibt.

Romy trägt einen dieser angesagten Stufenschnitte, die mir zu ponylastig sind. Was soll man auch sonst gegen eine hohe Stirn machen? Andererseits passt die Frisur ganz gut zu ihrem Wintermantel.

Ich bin froh, dass ich Anika lange nach ihrer Batik-Vokuhila-Phase kennengelernt habe. Sie kann nichts dafür, dass man in Potsdam Anfang der 90er mehr mit dem Mauerfall als mit einem gefälligen Aussehen beschäftigt war. Vokuhilas sind an Hässlichkeit schwer zu toppen, doch die West-Pendants nehmen sich nichts. Die Dauerwelle à la *Springfield Story* hat schon das Hochzeitsbild meiner Mutter verkackt. Inzwischen sieht sie sogar jünger aus als vor 30 Jahren, vor allem seit sie in den Nullerjahren auch noch ihre Extensions aufgegeben hat. In ihrem SL mit Sonnenbrille und Karstadt-Kopftuch wirkt sie wie eine Frau, die ihre Hollywood-Momente mit jeder Faser auslebt.

Das Problem von Museen in Kleinstädten ist der Mangel an spannenden Exponaten. Man hat eher den Eindruck, einen Fundus zu betreten. Aber wenn ich Kunstsammlerin wäre, würde ich meinen Bruegel auch nicht in einem Kaff wie Cottbus vor der Welt verstecken.

Die Sonderausstellung ist eine Freiluftveranstaltung im Hof des Museums. Ein nachgebautes Langhaus der Jungsteinzeit mit Abbildungen von Pfostenlöchern in eingeschneiten Glaskästen. Es gibt nichts Reizloseres als Fotografien von Pfostenlöchern: kreisförmige Verfärbungen, die man schwer mit dem Auge ausmachen kann, wenn sie nicht bearbeitet wurden. Aber heutzutage ist das halbe

Leben bearbeitet. Ein Teil unserer Abgaben wandert in die Steigbügelgesichter der Hautevolee aus Politik und Medien oder besser: in die Tasche von Graphikern, die per Mausklick die offensichtlichen Probleme in diesem Land ausmerzen.

Meinen Zwecktrip in die Niederlausitz habe ich mir anders vorgestellt. Mir sind die Pfostenlöcher, Luftbildaufnahmen und die vor Vorratsgefäßen knienden Bauernpuppen mit Sichel und Mahlstein scheißegal. Romy und ich sind weit davon entfernt, übereinander herzufallen, und es gibt keinen Grund für einen Themenwechsel in Richtung Helene. Archäologinnen ihres Schlags machen es einem nicht leicht mit Intimitäten. Sie leben in Museen ihre kindische Schatzsucherlust aus und fotografieren mit ihren Smartphones jedes Staubkorn ab. Da erreicht man das Endlevel gar nicht erst, weil man sich vorher über das jungsteinzeitliche Frühstücksservice unterhalten muss. Was für eine lächerliche Idee, hierherzukommen. Es ist Winter und es ist kalt.

Wir frieren in der Mitte eines 40 Meter langen Pfostenbaus mit Flechtwerkwand im angeblichen Wohnbereich. Betten gibt es keine, dafür Laternen und Windlichter, die nach Hippiekreis aussehen. Eigentlich fehlt nur noch die brennende Feuerstelle mit persischen Sitzkissen, doch wir sonnen uns lieber im eigenen Fachwissen. Das ist leider so, wenn man eine Archäologin im Museum dated. Was soll man auch sonst in Cottbus bei minus fünf Grad tun? An guten Kneipen sind wir jedenfalls nicht vorbeigekommen.

Glücklicherweise werden unsere geistigen Höhenflüge von einer Familie gestört, der es wichtig ist, ihren Kindern Kultur nicht vorzuenthalten. Sie mit Geheimratsecken, die auch der Kurzhaarschnitt nicht besser macht, und er in Fliegerjacke mit Bratwurst. Mit der freien Hand zermahlt er herumliegende Haferkörner mit dem Reibstein und füttert seinen Sohn mit Mehl, damit er endlich mal die Klappe hält. Die Mutter begutachtet den Flachsfaserrock der Bauernpuppe und versucht, ihre Tochter davon abzuhalten, das Gelände auf eigene Faust zu erkunden. Eins dieser Mädchen, die mit 14 von zu Hause abhauen oder freiwillig ins Kinderheim gehen.

Das harmonische Familienbild bringt Romy ins Grübeln. Wie immer scheitere ich an der Tatsache, dass es für meine Generation gerade an der Zeit ist, sich fortzupflanzen. Irgendwo muss man ja die ganze Eitelkeit ausleben, die nicht selten im Patchworkmodell endet. Ja. Die blöde Kuh kriegt jetzt Romys Kinder. Obwohl Detlef nicht so aussieht, hat er die Potenz eines Gorillas und es die letzten Wochen im Tal der Toten so richtig krachen lassen. Er ist direkt bei der Hieroglyphenmieze in den Eichkamp nach Charlottenburg gezogen. Schön, sein Kind die ersten zwei Jahre in einem Wohnheim großzuziehen.

Ich habe irgendwo gelesen, dass Kinder hässlicher Männer hübscher werden, als man denkt, wenn die Mütter das Defizit über die eigenen Gene ausgleichen. Weil Miezi aber so aussieht wie das, was man aus Sarkophagen herausschält, sollte sich Romy darüber freuen, dass Detlefs Nachwuchs immer so aussehen wird, als hätte er ihn lieber abgetrieben.

Wir stehen am Museumseingang vor einem Stand, der Feuerzangenbowle zu Hartz-IV-Konditionen anbietet. Nach der dritten werden auch Romys Beiträge interessant. Helenes Geburtstagspläne für den Jahreswechsel sind ausgereift. Ein flottes Kostümfest mit Feuerwerk und Antikbüffet ist der Plan. Das ist natürlich nichts im Vergleich zu den Ausschweifungen auf den Partys des Neuköllner Meskalkollektivs, aber man muss die Feste feiern, wie sie fallen. Neben Romy und einigen Tussis, die ich nicht kenne, steht die komplette VIP unseres Instituts auf der Gästeliste. Um Silvester mit Helene zu verbringen, würde ich mehr als eine lahme Veranstaltung in Kauf nehmen und die bösen Geister am letzten Tag des Jahres sogar mit meinen Dozenten vertreiben.

Für Romy ist der einzige Haken Detlef. Völlig schmerzfrei hat er angekündigt, in Begleitung seiner neuen Freundin zu erscheinen und die Sache amtlich zu machen. Nicht gerade solidarisch von Helene, ihn überhaupt einzuladen. Und da sich das Paar nicht ernsthaft verfluchen lässt, rätselt Romy, wie sie es ihm am besten heimzahlt, ohne das Wiegenfest ihrer besten Freundin zu kippen.

Wenn man von einem Mann betrogen wird und sich zwischen Kummer und Rache nicht entscheiden kann, ist es das Beste, man überlässt das Geschehen dem Zufall. Es sei denn, jemand Durchtriebenes bietet sich an, die Situation mit aller Kraft zu gestalten: Es wäre doch gut möglich, dass Romy in der Zwischenzeit einen adäquaten Ersatz für Detlef gefunden hat. Das neue Pendant ist natürlich redegewandt und auf der Party ein Blickfang. Plötzlich wird Detlef klar, dass er keinen guten Tausch gemacht hat. Wenn Romy sich eine Frau klarmacht und noch dazu Gespräche führt, die das Niveau von Zukunftsplanungen übersteigen, dann bekommt der Abend für Detlef keinen guten Beigeschmack. Was gibt es Schöneres als einen Racheakt, bei dem man dem Opfer direkt in die Augen sehen kann? Soll er ruhig herausfinden, dass sein Schwanz mehr Probleme bereitet als löst und es mit markterforschten Modellen aus Hartgummi einfacher und öfter geht.

Wir beobachten, wie der Zuckerhut auf der Feuerzange abbrennt und in den Topf fällt. Absinth für Arme. Romy hat die Szene vor Augen und findet Geschmack daran. Ich bestelle gleich nach, um die Kurve zu halten. Wir werden die Party gemeinsam verlassen und so tun, als würde der Sex schon im Taxi anfangen. Detlef soll sich darüber ärgern, die wilde Romy gegen eine schwangere Ägyptologin eingetauscht zu haben. Der nette Haupteffekt ist eine Helene, die sich die ganze Zeit fragt, was an mir so spannend sein könnte, dass sich ihre beste Freundin an ihrem Geburtstag hauptsächlich mit mir beschäftigt. Ein legendärer Triumph. Ich werde alles dafür tun, dass es ein paar Tage dauern wird, bis sie meinen Auftritt verkraftet. Eine klassische Win-win-Situation. Wenn man die *Ars amatoria* im Herzen und im Rucksack trägt, kann nicht viel schiefgehen. Jedenfalls ist es das Einzige, woran ich in diesem Winter glaube.

quaeris an hanc ipsam prosit violare ministram?
talibus admissis alea grandis inest.
haec a concubitu fit sedula, tardior illa;
haec dominae munus te parat, illa sibi.

Fragst du, ob es nützlich sei, auch die Dienerin selbst zu verführen?
Erlaubst du dir dies, so gehst du ein großes Risiko ein.
Die eine wird nach dem Liebesgenuss eifriger, die andere träger,
die eine macht dich ihrer Herrin zum Geschenk,
die andere will dich für sich.

Zugunsten des Punschs verzichten wir auf die Textilausstellung im Inneren des Gebäudes, denn Ovids Verschlagenheit macht die römischen Sportbüstenhalter uninteressant. Dass das Date mit Kate Middleton in Cottbus am Ende so fette Früchte trägt, ist das beste Weihnachtsgeschenk, das ich mir selbst hätte machen können. Es geht nichts über Bündnisse, die in Kalten Kriegen geschlossen werden, auch wenn sie ein Wagnis bedeuten.

11
Emot-Ikonen

Heute war es wieder so weit. Mein Versuch, im Seminar etwas Schlaues zu sagen, endete mit Gesichtsentgleisungen bei Helene, die von Baumanns Pfauenrädern tragisch abgerundet wurden. Der Raum war voller Dinger, die es nicht auf den Stühlen hielt, weil sie die Größe einer Karriere mit der von Schwänzen gleichsetzen. Ich kann den Hype um seine D-Prominenz nicht nachvollziehen, noch weniger die Fick-mich-Blicke von Helene an der PowerPoint-Fernbedienung, die sie sich am besten gleich in den Mund geschoben hätte.

PornTube: Deep throat remote control

Als Dozent ist es unfein, sich über den Kleingeist von Studenten zu profilieren, um sich hinterher auf den Händen weiblicher Seminarteilnehmer beim Stage Diving selbst zu feiern. Helenes Schönheit macht offensichtlich nicht nur mich blöd im Kopf. Seit unserem Gartenintermezzo steht es sowieso schlecht um uns. Sie ignoriert mich knallhart. Richtig frostig wird es, wenn ihre beste Freundin meine Nähe sucht.

Gestern kam Romy in ihrer Mittagspause spontan zu mir ins Archiv, um mir bei der akademischen Beschäftigungstherapie Gesellschaft zu leisten. Wirbelsplitter zu zählen ist immer noch spannender, als die zertrampelten Töpfe aus dem Laufhorizont eines langobardischen Privathaushalts zu beschriften, von denen wir tonnenweise in Kisten lagern und deren Wert für die Forschung völlig unklar ist. Wenn wenigstens halbe Gefäße dabei herauskämen, könnte ich mich der Illusion hingeben, etwas Einzigartiges entdeckt zu haben. So wirkt das Ganze wie Knastarbeit, bei der man unter Mindestlohn Vogelhäuser zusammenschraubt. Und weil ich in diesem Semester gemeinsam mit Charleen eingeteilt bin, gibt es jede Menge Nonsens frei Haus dazu. Waschen, föhnen, quatschen – das verstörende Ambiente eines Frisörsalons, das Romy gerade noch rechtzeitig unterbrach, bevor Charleen die Story ihres krebskranken Hamsters weiter ausführen konnte. Wir nutzten die Zeit vor den Halogenstrahlern, um unsere Freundschaft auszuleuchten. Natürlich ging es um Detlef, der eigentlich Jens heißt und mir den Weg in Helenes Leben ebnet. Romy ist an dem Punkt angekommen, wo man den Ex aus seinen sozialen Netzwerken verbannt und die Selfies von seinem Handy löscht. Der nächste Schritt ist die Telefonnummer, und dann ist man so gut wie über den Berg. Ich frage mich, warum sie diese Dinge nicht mit ihrer besten Freundin bespricht, aber die Antwort lag auf der Hand, als Helene das Archiv mit festem Stiefelschritt betrat. Ihre Stimme klang wie frisch geschlagener Obsidian. Scharf, dunkel und gefährlich *(Wo hast du die Bücher für Freddy hingelegt?!)*. Offensichtlich ist sie schwer mit ihrer Karriere als Institutsbesen beschäftigt und merkt gar nicht, dass ihre Freundin echte Probleme hat. Es ist ein Faszinosum, dass manche Frauen völlig legitim über andere Menschen verfügen, ohne dabei anzuecken. Eine seltene Spezies, die Macht ausstrahlt und über die man Lieder schreibt. Ich wäre noch schneller als Romy aufgesprungen, um Helene meinen Dienst zu erweisen. Unsere Blicke trafen sich und wieder umgab sie diese Fashion-Week-Arroganz, die meine Gefühle für sie aus unerfindlichen Gründen noch brisanter machen. Je kühler sie sich gibt, desto mehr habe ich das Verlangen, sie aufzubrechen. Das ist lächerlich und wird eigentlich zerschossenen Männern in der

Balzphase nachgesagt, aber was sollte mich von ihnen unterscheiden? Ich genieße Helenes Eifersucht mit jeder Faser. Unser Bitchfight beweist, wir befinden uns nicht mehr in der Annäherungsphase, auch wenn er bislang keine wirklichen Vorteile bringt. Ist das größere Übel uninteressant oder unattraktiv zu sein?

Die Seminare von Professor Baumann sind nichts weiter als obskurer Personenkult. Irgendwann wirft er einen Film über eine Institutsgrabung bei Leipzig an, in dem Studenten mit Indiana-Jones-Hüten ihre unbefriedigten Tempelfantasien an einem Tachymeter ausleben. Der perfekte Moment, das Gesicht auf den Handflächen abzulegen und in die Dunkelheit abzutauchen, wie sie nur durch Drogenrückstände zwischen Arschlöchern und Langweilern entsteht. Eine Kette dysphorischer Gefühle tritt sich los. Den Rest der Stunde betrachte ich Helenes nylonverpackte Waden unterhalb des Tisches und stelle mir in GIF-Schleife vor, wie die Strumpfhose von ihren Beinen gleitet. Renne nach dem Seminar aufs Klo, um aus dem GIF einen Miniaturporno werden zu lassen. Komme mir schon nach zwei Minuten mit der Hand zwischen den Beinen bescheuert vor, weil neben mir ständig jemand auf die Spülung drückt. Wenn man glaubt, am Tiefpunkt zu sein, geht es immer noch tiefer. Am Ende der Pause kann ich nur noch heulen, bis jemand von draußen fragt: »Alles okay?« Es klingt wie Helene, aber das liegt an den Chemieresten in meiner Blutbahn. Vor dem Klo steht Romy und will wissen, was los ist. Ich schiebe meinen Kummer auf Anika, obwohl sie die Letzte ist, die mich zu Tränen rührt. Romy hat Verständnis, Romy reicht das Taschentuch, Romy versucht, mich aufzubauen, denn Romy hat ja selbst Liebeskummer. Wenn sie nicht diese fürchterliche Bluse anhätte, würde ich ihr glatt um den Hals fallen, um mich an ihrem Busen auszuweinen. Punktmuster sind so niedlich und verspielt, da kommt mir das Kotzen. Ich habe mich schon länger nicht mehr so schäbig gefühlt wie heute und bin froh, dass ich Helene auf dem Weg zum Parkplatz nicht mehr begegne. Ich sollte die Quartalstrategie meiner Drogensucht überdenken. Nichts ist schlimmer als eine Temporärdepression in der Öffentlichkeit, wenn man von entaktogenen Substanzen runterkommt.

Die Distanz zwischen Helene und mir wird sich nicht ändern, wenn ich mich weiterhin so dämlich anstelle. Es kann nur noch blamabler werden. Und die Unnahbare zu spielen, überzeugt nur, wenn man Gegenstand von Interesse ist. Leider nutzt Romy ihre Energie viel zu häufig, der besten Freundin in den Arsch zu kriechen, die den Club der unnahbaren Hiwi-Asse ausruft. Oder besser: Asses?

#istsieheutnochliebloswiebaldschonliebtsieauchwennsienichtwill
#sappho

Ich verliere den Glauben: Eigentlich ist Sappho ein Aushängeschild für die Zeitlosigkeit der Frauenliebe. Dass sie am Ende ihr Herz an einen Mann verlor, verdeutlicht, wie unrealistisch Mythen sind. An Dienstagen wie diesen sollte man die Seminare gleich schwänzen und das Bett gar nicht erst verlassen. Würde Anika für heute am liebsten absagen, denn es geht sowieso nur um dieses beschissene Essen, das Konrad vorgeschlagen hat, um das Kriegsbeil zu begraben. In einem Gespräch wird sie mir nahelegen, seine Einladung anzunehmen, dabei werden wir am Kanal entlangspazieren und dann versuchen, miteinander zu schlafen, bevor wir auf Netflix ausweichen. Bis es so weit ist, bleibt mir nur ein Exilparcours zwischen Kühlschrank, Klo und den totsanierten Altbauten von gegenüber. Wenn ich nicht gerade der Polizistin beim Duschen zuschaue, liege ich im Bett und lese in Ovids Flirtratgeber. Lasse mir von ihm Tipps geben, zu welcher Zimmerbeleuchtung man am besten eine befangene Frau flachlegt, und stelle mir parallel dazu Helene auf einer Kline zwischen einem Berg smaragdfarbener Samtkissen vor. Ein schmutziger Streifen, in dem sie es sich im diffusen Licht einer *villa rustica* hinter halbgeöffneten Fenstern selbst besorgt. Ein paarmal nicke ich dabei weg, immer in der Hoffnung, dieser hässliche Nachmittag möge bald sein Ende erreichen. Short Message an Ovid: Fuck you!

Ich weiß nicht, warum Schwule immer so klingen, als würde man sie von hinten abstechen. Im Nebenzimmer vögelt Julek den Metaltypen, der seit der Weihnachtsfeier Dauergast in unserer WG ist. Mit im Gepäck: ein fleischintoleranter Köter mit Vorliebe für Brioches und Buttercroissants, der auf den Namen Salomé hört. Eins dieser überzüchteten Viecher, die zu jeder Couchgarnitur passen und ihren Herrchen sinnlos am Schienbein hängen, wenn die es mit einem Menschen treiben. Bei diesem Exemplar handelt es sich um einen Kleinterrier der Marke Cesar, der zwar adlige Vorfahren hat, aber um diese Jahreszeit fürchterlich stinkt. Der Geruch hängt in der ganzen WG und mischt sich mit den Dünsten aus der Küche, in der sich Julie an einem Aprikosenhuhn für Carsten abarbeitet. Eigentlich ist es sowieso egal, was auf dem Teller liegt. In der kurzen Zeit seiner Anwesenheit hat er sich als praktisches Hausschwein entpuppt und frisst sogar das Zeug, das bei uns in der Biotonne landet.

Ich bewundere Julie für ihren Elan. Bei ihr läuft es auch nicht rund. Ärger im Paradies, dabei war letztens alles noch so toll. Angeblich will er gerade keinen Sex, weil es mit seinem Piercing Irritationen gibt. Carsten hat mir schon dreimal Geld dafür gegeben, damit ich ihn bei einer völlig zutätowierten Schnalle am Ostbahnhof absetze, um in ihrem Studio seine Eichel zu kurieren. Ich habe Julie gewarnt, jetzt kriselt es und sie verbiegt sich über einem Römertopf. Ein wenig schadenfroh bin ich schon, schließlich kamen alle Tipps von ihr, wie ich mein Liebesleben aufbessern könnte.

Wenn meine Isolation ihren Zenit erreicht, hänge ich bei Facebook. Die Plattform für Sprachlosigkeit, gegen die man Selfies hochlädt. Misanthropisches Cyberstalking ist die gesündere Alternative zu Selbstmord und seit Romy meine Freundschaftsanfrage angenommen hat, macht es wieder Spaß, in sozialen Netzwerken asozial zu sein. Nehme die Posts von Jungkatzen in Kauf, die sich bei YouTube fast das Genick brechen, und ziehe mir die Restaurantstillleben meines digitalen Bekanntenkreises rein: die Sushiplatte aus dem Charlottenburger Szeneladen, der Hot Dog vom Imbiss in Malmö und der zweisame Brunch mit Feigenconfit auf Ziegenweichkäse zu einem Glas Aperol Sprizz vor Bergkulisse. Auf einer Ecke des Fotos findet ein romantischer Sonnenuntergang statt, der unterstreichen soll, dass später auf der Hüttenpritsche ordentlich die Post abgeht. Dann freuen sich Durchschnitts-User über ihre 54 Likes – ein Lauffeuer der Anteilnahme, ansonsten wäre der Trip ins Gebirge ja auch irgendwie sinnlos.

Die 65er-Like-Marke sprengt man mit Porträtaufnahmen oder wenn man der Community seine nackten Beine an einem einsamen Bergseeufer präsentiert. Spätestens dann ist nicht von der Hand zu weisen, dass man Freunde hat. Seine 622 Scheinkumpels an solchen Szenen teilhaben zu lassen, ist ein guter Weg, der Intensität eines Urlaubstages zu entgehen. Oft handelt es sich dabei um Paare, die ihre Beziehung retten müssen oder ihr großes Glück nicht fassen können. Wenn #earthporn und #foodporn im Vordergrund stehen, muss der Fotograf seiner Liebe kein Gesicht geben. Deshalb zeigen nur Selfies frustrierter Paare Kopf-an-Kopf-Szenen, die alle ganz hinreißend finden sollen. Getoppt wird so etwas nur von Usern, die zwanghaft ihr Profilbild ändern. Neben den Neuigkeiten, mit denen man, so oft man will, das digitale Leben seiner Freunde umspült, ist das Profilbild die eigentliche Imagemache. Es ist neurotisch, seiner Außenwelt einmal wöchentlich eine neue Facette seiner Persönlichkeit aufzuzwingen, und irgendwann wird es auch langweilig, jedes Mal auf *Gefällt mir* zu klicken oder ein Kompliment in die Kommentarleiste zu schreiben. Ich selbst habe seit Jahren das gleiche Foto, was wahrscheinlich genauso öde ist.

Mich freut die winterliche Reiselust meiner Mitmenschen. Auf der Timeline erscheint der Schnappschuss einer ehemaligen Klassenkameradin, die im Ringeltop vor irgendeiner Skyline ein Lager trinkt. Like. Ein bequemer Weg, sich über den körperlichen Verfall von Freunden aus Kindertagen zu vergewissern und spontanes Interesse zu heucheln. Und kaum bin ich zehn Minuten online, schreibt mich schon was an: Soo long!! Username: *Orka*. Ich schreibe: Yes, aber es dauert einen Moment, bis ich mich an die Goa-Schickse mit Undercut erinnere. Typische Drogensenilität. Wir haben uns vor drei Jahren mein Zelt auf einem dieser Breitbandfestivals geteilt und tiefe Gespräche über den Sinn des Lebens geführt, sofern das unter der Wirkung von Pferdebetäubungsmitteln möglich ist. Völlig zugedröhnt sind wir hinterher drei Tage zurück nach Berlin getrampt. Ein verstrahlter Kurztrip, der zu einer sinnlosen Krise mit Anika führte.

Orka: still remember the magic trip!
Ich: me too crazy shit
Orka: coming to BERLIN next summer :o)
Ich: cool! we should meet!
Orka: definitely! ;-p ;-p

Definitely not! Ich brauche keine irische Partybraut, die mir während ihrer Nahtoderfahrung auf einem versifften Klo zusammenklappt. Eine von den Lebensmüden, die echte Berliner sexy finden und PMA mit Gin mischen. Sowieso sind mir Frauen suspekt, die ihren aufgesetzten Emotionen über Smileys Ausdruck verleihen, weil sie nicht die richtigen Worte finden. In dem Fall ein Exemplar, das zwinkert und die Zunge rausstreckt. Das wirkt nicht verwegen, sondern sieht mehr nach Schlaganfall aus. Noch schlimmer als Junkietourismus ist Dämlichkeit.

Auf der Grünen Insel scheint es gerade zu regnen und auch sonst nichts los zu sein. Kommentiere *Orkas* deplatzierte Euphorie am anderen Ende mit *cool*, *shit* oder *yeah*. Irgendwie braucht ihr Charakter nicht mehr. Inspiziere parallel zum tausendsten Mal Romys Fotoalben, in denen Helene zu 25 Prozent verlinkt ist. Ich stelle fest, dass sogar die Kamera Helene liebt. Jeder Schuss ein Treffer. Natürlich sind wir nicht befreundet und ihr Profil immun gegen Fremdkörper wie mich. Helene in sexy Leopardbluse und Bootcut-Jeans auf der Langen Nacht der Wissenschaften, Helene im Cocktailkleid mit Sektglas auf der Bachelorverleihung und zwei Schnappschüsse in einer dieser Fellwesten, die man über Longsleeve trägt. Fellimitate sind bei Prähistorikerinnen gerade en vogue. Ich weiß nicht, warum Archäologen ihren Kleidungsstil an den Studiengang anpassen. Schmeißen sich die Mädels der Klassischen Archäologie in elegante Textilien und wickeln ihre Körperteile in hochwertige Stoffe, kopieren meine Kommilitoninnen den Grabschmuck, den sie bearbeiten: Arm-, Fuß- und Halsringe, Muschelketten und Metallgehänge in Form von Pfeilspitzen, Waffen, auch Thors Hammer ist beliebt. Irgendwie will jede Zweite am Institut eine Keltin sein, die sich mit ihren Nutztieren den Platz am Herd teilt. Das erinnert mich an eine Phase, in der Anika einen fürchterlichen Haarreif aus geputzter Bronze trug, den sie sich extra anfertigen ließ, nachdem sie ihn in einem Katalog auf dem eingeschlagenen Schädel einer dänischen Moorleiche aus der Bronzezeit entdeckt hatte. Nach ihrem Masterabschluss ist sie in der Gegenwart angekommen, und ihr Modegeschmack verbesserte sich schlagartig.

Ein paar Bilder zeigen Helene zusammen mit Professor Baumann auf einer Exkursion. Irgendein Wikingerdorf in Norddeutschland, vermutlich Haithabu. Ein Knotenpunkt für den Handel im westlichen Ostseeraum. Doch spannender als das Panorama vom begehbaren Wall und Helene im Friesennerz ist die Chemie zwischen Baumann und ihr. Fotos lügen nicht, und ganz offensichtlich stand die Affäre schon damals im Raum. Zum Glück war ich an dem Tag zu verkatert, um mitzufahren.

Jeder Archäologe hat ein paar Fotoalben bei Facebook, die ihn auf Ausgrabungen in unberührten Landschaften zeigen. Ein guter Weg, seinen Beruf zu verklären, denn eigentlich findet Archäologie vor Büchern statt. Man zeigt sich bei Vor- und Nachbereitung, in Aktion beim Profilputzen mit Pinsel und Kelle, manche posten sogar ihre Grabungszeichnungen im Verhältnis 1:20. Selten sieht man eine Frau mit Steinpickel oder Spaten. Auf Expedition wird Archäologie sexistisch, denn bei körperlichen Arbeiten schalten sich gerne die Männer in Tarnhosen ein. Zum Inventar gehören auch Gruppenfotos der Crew-Familie. Ganz wichtig: Wer war dabei und gehört zum ausgewählten Kreis, der außerhalb von Mecklenburg-Vorpommern buddelt? Die Karriere eines Frederik Baumann funktioniert nur, wenn man mehr Klinken als Profile putzt.

Auch in Hildesheim scheint nicht gerade der Bär zu steppen. Kaum beantworte ich Patrizias Freundschaftsanfrage, textet sie mich gleich zu:

Zia: servas cab girl!

Ich: hey alles klar?

(Zia hat einen Link versendet: The Cars – Drive)

Ich: i'll drive you somewhere else next time

Zia: was geht ab?

Ich: gay porn. mein mitbewohner klingt, als würde ihn ein bataillon syrischer panzer zerfahren. bad day today. und du?

Zia: i sitz mit ana tschick bei meim schaß.

Ich: kapier ich nicht. aber klingt fesch.
(Zia hat ein Emoticon versendet)

Ein liebestoller Smiley mit Herzaugen und Kussmund, der sich um sich selbst dreht. Spiele mit dem Gedanken, sie gleich wieder zu löschen, andererseits ist ihr Profilbild ganz heiß. Offensichtlich läuft sie nicht immer unter einer sandfarbenen Tunika begraben durch die Stadt, sondern hat zu gegebenen Anlässen nichts gegen Strumpfhosen mit Naht. Kein Mädchen, für das man sich schämt, doch heute fehlt mir die Lust auf Pseudominne. Suche während des Chats, in dem es hauptsächlich um unsere Rodeonacht geht, die Spannerleiste rechts im Bild auf ein Lebenszeichen von Romy ab, das ich auf mich beziehen kann. Ein Verhalten, das man von Laborratten kennt, die für ein paar Körner immer wieder gegen den Stromschalter rennen.

Sonstiges: Noch 16 Tage bis zum Jahresende. Auch wenn gerade alle mal wieder Links zu Frankreich posten – in einigen Monaten wird es um andere Katastrophen gehen. Nahostkonflikt und der Zerfall Europas – man braucht nicht viel Fantasie, um zu wissen, wie und wo die Liste weitergeht. Auf dem Massenpicknick von Anikas Schwester habe ich nichts verpasst. Zum Glück war ich nicht dabei. Ein Foto mit Vintagefilter zeigt sie in Kuschelpose vor einer langen Tafel mit ihrem glubschäugigen Robert-Pattinson-Verschnitt. Sie trägt ein Kleid, das nach Manson Family aussieht, und Anika stochert gelangweilt in einem Stück Philadelphiatorte. Bombenstimmung. Welchen Sinn machen diese White-Dinner-Partys? Vor drei Tagen hat Saudi-Arabien das Frauenwahlrecht eingeführt, was in meinem lesbischen Bekanntenkreis zu Jubelposts führt.

Bei Facebook ist alles voller Porno: Politporn, Foodporn, Earthporn, Egalporn, Animalporn, Sight-, Song- und Selfieporn. *Astro.de* informiert mich darüber, dass Merkur und Saturn kritisch für mich stehen. Wie es aussieht, läuft es aus kosmischer Sicht für mich in Job, Liebe und Finanzen auf Stagnation hinaus, während Nina, Christiane und Carlo heute ihren Namenstag feiern. Ansonsten wird irgendein Typ, den ich mal beim Klettern kennengelernt habe, 34, was ihm jeder dritte Gratulant unter die Nase reibt. Ich tippe ein *Happy Birthday* auf seine Pinnwand und tarne mein Desinteresse mit zwei Ausrufezeichen. Das einzig wahre Highlight: Facebook schlägt mir Helene als Freundin vor. Glotze einige Minuten auf ihr Profilbild, das sie in diesem wundervollen Trenchcoat vor dem Eiffelturm zeigt. War wohl ihr Beitrag zur Solidarität mit den Opfern von Paris.

Zwischendurch erreichen mich ein paar SMS von Anika:

(17:11) Komme so um 6

(18:32) Wird doch später. 7?

(19:04) Sind noch bei *Kimchi Princess*. Halb 9.

Konrad und Anika erreichen die Wir-Form und die spirituelle Erfahrung einer gemeinsamen Geburtsvorbereitung. Heute hat sie die freie Wahl von der Karte des besten Koreaners in Kreuzberg. Dafür muss Konrad mit Kalkül einen Tisch reserviert haben. Dekadenz ist eine durchschaubare, aber leider gute Masche. Ich habe nach unserem letzten Streit nicht damit gerechnet, dass sie mir ein Bibimbap mitbringt. Immerhin erspart mir der Koreaner einen zähen Spaziergang und wir können gleich zu *Game of Thrones* übergehen.

Obwohl ich mich vor dieser Schwangerschaft fürchte, hoffe ich, dass wir die Sache mit Konrad schnell hinter uns bringen. *Kimchi Princess* ist eine Kampfansage, egal wie viel Gratissperma er für uns durch die Stadt trägt. Aber jeder, der liebt, ist ein Soldat – zumindest in der Welt von Ovid.

12
Glenmorangie

Vermutlich wurde der verglaste Mensaanbau mit Wiener Kaffeehaus-Flair von meinen Studiengebühren bezahlt, weshalb ich versuche, so viele Freiminuten wie möglich auf einem der begehrten Fensterplätze zu verbringen. Julek trinkt Schümli und schwärmt von seinem Thurgauer. Zum ersten Mal im Leben erreicht mein Mitbewohner das sexuelle Niveau der Filme, die er sich ansieht, wenn er die WG für sich hat. Er tut das mit Pathos, wie eigentlich fast alles. Offensichtlich hat man um diese Zeit auf der UDK keine Seminare, denn anstatt seine Detailfreude der eigenen Abschlusskollektion zu widmen, trägt er sie in unsere Mensa, bis Urs mich irgendwann ablöst. Ich hasse Liebespaare, die in der ersten Phase ihrer Beziehung ständig aneinander kleben und ihre Umwelt mit Dauereuphorie belästigen. Ich will einfach nicht wissen, wer von beiden der passive Part ist und dass sie es in meiner Abwesenheit auch in meinem Bett treiben.

Urs ist gebürtiger Charlottenburger mit schweiznationalen Eltern, die es versäumt haben, ihrem Sohn Hochdeutsch beizubringen. Deshalb denkt jeder, es handele sich bei ihm um einen Touristen mit musikalischer Geschmacksverirrung, der seine Salomé in einer Handtasche durch die Stadt trägt. Metal und überzüchtete Hunde sind eine gewagte Kombination, aber ich freue mich für Julek. Die letzten Monate hat er einem Latino mit gewachster Brust hinterhergetrauert, der bei *Show Me* im Friedrichstadt-Palast die geschlechtslose Choreogruppe bereicherte und von Anfang an grundsätzlich mehr Interesse an sich selbst zeigte. Die Revue war weit entfernt vom klassischen Showgirl-Flair – eher eine anspruchslose Mischung aus Christina Aguilera, Cirque du Soleil und Dieter Bohlen, die fehlenden Tiefgang mit futuristischen Kostümen ausgleicht. Die Beine gehören nicht zu Frauen mit Wasserwelle und Federboa, sondern zu geölten Callboy-Verschnitten und ausgehungerten Borderline-Ballerinas, die nicht aufhören, ins Nichts zu grinsen.

Juleks Unterhaltungen konzentrierten sich in der Vergangenheit ausschließlich auf Gay Romeo. Es war längst überfällig, Grindr gegen die Grindcore-Konzerte zu tauschen, auf die er Urs in Ballonseidenkorsage begleitet. Das ist zwar ein gewöhnungsbedürftiger Anblick, doch die morgendlichen Küchenszenen, in denen Ursel seiner Terrierdiva Hörnli aus Blätterteig dreht, übertreffen alles. Juleks Fazitweisheit: Es muss nicht immer Glamour sein! Dinge verändern sich nur, wenn man nicht hinsieht. Wie bei einer Pflanze, der man vergeblich beim Wachsen zusieht, muss man seinen Blick für eine Weile auf etwas anderes richten, damit man erkennen kann, wie sich der eigene Geschmack verändert. Guter Sex beflügelt die Weltanschauung, so viel steht fest.

Ich hänge vor einer Minestrone aus dem Suppenautomaten und berichte von meinen Fortschritten um den Raub der schönen Helene und den Rückwärtsgang, den ich bei Anikas Eisprungkalender einlege. »Ich dachte, du hättest mehr Biss«, sagt Julek über den Tassenrand. Es wundert mich selbst, dass mich mein Leben nicht überfordert. Selbstzerstörung, Sexualprokrastination oder zu verstrahlt für das Wesentliche – das ist die shakespearesche Dimension meiner Misere. In homöopathischer Dosierung hilft die Permamischung aus Tropan-Alkaloid und dem Knorr-Glutamat auf jeden Fall. Es ist so einfach, Perspektivlosigkeit mit Leben zu verwechseln, aber gegen Stillstand hilft nur Pioniergeist. Es gibt jeden Tag genug

Gründe, sich fantasievolle Methoden einfallen zu lassen, den Gipfelkurs zu halten. Geht es nach Julek, liegt der Knackpunkt nicht bei der Absturzgefahr, sondern bei Konrad. Warum Anika und ich nicht einfach sein Sperma genommen haben, kapiert er bis heute nicht, genauso wenig wie die tief in meiner Freundin schlummernde Homophobie. Passend dazu konfrontiert mich die in Juleks Mundwinkeln hängende Ladung Milchschaum mit üblichem Ur-Ekel. Ich habe nichts gegen Sperma, wenn es nicht dieses klebrige Wunderelixier wäre, das momentan meine Welt zusammenhält.

Für Anika musste es Konrad sein. Jetzt, sofort und nicht anders! Inzwischen ruft er nicht nur vor, sondern auch nach den Dates an, um sich nach Anikas Befinden zu erkundigen. Fragen wie *Schläft Mutti schon?*, gehen zu weit. Letztens habe ich ihn gefragt, ob er aus dem Krankenhaus ein paar Ampullen Ephedrin klarmachen könnte, wenn ich die Frage weiterleite, was aber nur ich selbst witzig fand. In ihrer künstlichen Zweisamkeit steigern sie sich in Dinge hinein, die ich gerne verdrängen würde, und niemand fragt, wie es für mich vielleicht besser wäre. Seit ich Anika vorgeschlagen habe, dass wir uns gemeinsam nach einer rentablen Affäre für mich umschauen sollten, hat unser Diskussionsniveau abgenommen: Dann steig doch mit der Fetten ins Bett, wenn du es nötig hast! Wenn sie wüsste, wie nötig. Ich sei gleichgültig und nicht angemessen eifersüchtig, wenn sie bei Konrad übernachtet. Warum muss sie auch mit ihm ins Bett gehen? Er könnte doch genauso gut in einen Becher wichsen. Ja. Es juckt mich nicht genug, dass er ihr Geschenke macht, die ich mir selbst machen würde. Ich habe sogar den Zeitpunkt verpasst, an dem ich den Respekt vor ihrem Lebensentwurf vollständig verloren und ihren Männergeschmack nicht mehr infrage gestellt habe. Aber es ist nicht nur Konrads Papa-Flow, der für zwei Frauen reicht – mein Last-Minute-Fernweh wird zusätzlich von diesen erbärmlichen Zwei-Mütter-was-nun-Kolumnen gesteigert, die sich in den Zeitschriftenstapeln auf Anikas Nachttisch finden. Interessant, dass gleichgeschlechtliche Elternpaare ausgerechnet von Magazinen für werdende Heteromütter Tipps bekommen, wie man den Kleingeist der Gesellschaft aussticht.

Für Julek kommen Winterdepressionen nicht infrage: Sein Dezemberplan ist ein Spontantrip nach Málaga, wo Urs vor kurzem einen Praktikumsplatz am Archäologischen Museum zugesagt bekommen hat. Die heiligen Tage werden sie gemeinsam auf Malle in einem X-mas-Gay-Camp verbringen. Dort gibt es zwar keinen Christbaum, dafür aber jede Menge beträufelte Tickets ins Wunderland und ein paar Nasen namenloser Pulver.

Ich kann mir vorstellen, wie das läuft: Während Urs in der Festung Alcazaba festsitzt und phönizische Keramik sortiert, kramt Julek seine analoge Leica raus und besäuft sich in der San-Miguel-Brauerei. Das Christkind wird sie in einer verstrahlten Dubstep-Bar am Strand mit Joints und Sangriaeimer aufsuchen. Dort hängt Julek an Ursels Rückenfell und erfreut sich am Arschplug, den er bei Orion bestellt hat. Der Haken: Die nächsten drei Wochen habe ich Urs' läufige Terrierdame am Hacken, die die WG momentan nur mit Windeln betreten darf, und zusätzlich eine scheinträchtige Freundin. Wie auch immer ich das finde, ums Windelwechseln komme ich nicht herum.

Julie setzt sich zu uns an den Tisch, bestellt Espresso und einen Schnaps. Eine Kombination, die in Verbindung mit ihrem zerlaufenen Mascara den Carsten-Stand ausruft. Sie will, dass er bei uns auszieht und ab jetzt entweder in seiner eigenen Wohnung oder bei der gepiercten MILF schläft, die über dem Tattoostudio wohnt. Ich wusste gar nicht, dass er bei uns eingezogen ist, aber wenn es mit der Stahleichel wieder mal Probleme gibt, wäre Erste Hilfe gleich parat, das ist doch praktisch. Überhaupt sollte Julie über die Chance auf einen Neuanfang und ein echtes Date froh sein. Ich weiß nicht, was gerade los ist. Entweder steht auch für sie der Saturn beschissen oder ihr Masochismus ist so weit fortgeschritten, dass nur Wichser wie Carsten ihre Hormone in Wallung bringen. Wie schön, dass in diesem Moment Lola das Unicafé betritt und mir unsere Mensa-Love ins Gedächtnis ruft.

Sie trägt einen Steppmantel zu Wildlederstiefeln, die ihren Fesseln schmeicheln. Sehr elegant, nur leider wie immer in Begleitung ihrer spanischen Unterbissklette. Unsere Blicke kreuzen sich und stecken das Klima ab. Könnte bedeuten *Hola, verpiss dich!* oder *Stop f-ecking my boyfriend!* Bisher ist Lola noch nicht darauf eingegangen, dass es mir um den roten Body unter ihrem Mantel geht. Vielleicht müsste ich mir oben die Haare abrasieren und unten ein paar zulegen, damit sie checkt, dass meine Handflächen wegen ihr feucht werden – auch wenn ihr das göttliche Helene-Gen fehlt und die Affäre mit einem Logopäden effizienter für sie wäre.

Die hinteren Tische der Mensa werden von der Abfuck-Bestenliste aus dem Institut bekleidet. Darunter Charleen und ein identisch reizloser Klon von ihr. Heureka! Kulturwissenschaftler leiden per se an einem chronischen Interessantheitsdefizit. Gleich hinter Lola und ihrem Hässling sitzt eine Rüschenbluse, der ich eine histrionische Persönlichkeitsstörung unterstelle. Offensichtlich ist es ihr wichtig, dass jeder dem Gequatsche folgen kann. Von diesem Mädchen gehen irgendwelche Blondporno-Vibes aus, die dazu führen, dass sie für jeden Dritten schon mal die Beine breitgemacht hat. Eine Stichprobe findet sich direkt neben ihr: Der junge Mann gibt sich unnahbar und macht auf Hemingway, indem er so tut, als würde ihn die Rüschenbluse kaltlassen. Beide Fälle statuieren ein tragisches Exempel. Sie ist untenrum vielleicht etwas keimig und er verbringt viel Zeit damit, seinen eigenen Mythos zu kreieren. Sie könnten einem fast egal sein. Zwei Idioten, die ihren Näheproblemen doggystyle begegnen. Dass sie mit ihrer Profilnymphomanie hausieren geht, ist keine große Sache – ich sehe das eigentliche Problem darin, dass sie sich von Typen in den Arsch ficken lässt, die man sonst mit ihren Freundinnen auf dem Campus sieht. Man kann seine private Bareback-Party eben auch in die Uni verlegen. Ein Abflusssieb, in dem sich so viel DNA wie möglich verfängt, bevor sie den direkten Weg in den Gully nimmt.

PornTube: Blonde bugchaser bangin' boyfriends

Am anderen Ende des Raums sitzt Professor Baumann und trinkt mit einer Studentin Kaffee, die nicht Helene ist. Ich habe sie schon öfter zusammen gesehen. Ihr Name klingt nach einer Hautkrankheit (Arosa) und sie ist bekannt dafür, die Klinken nicht nur zu putzen, sondern bis zum Anschlag reinzustecken. Zwischen ihnen läuft ein Flirt, den keiner mitbekommen soll. Sie gibt sich Mühe, so aufreizend wie möglich auf ihrem Stuhl hin und her zu rutschen, während er ein deplatziertes Lachen ausstößt, das sich seiner Sache sicher ist. Was auch immer dahintersteckt – fachbezogene Treffen sehen anders aus. Er checkt ihren BMI ab und scheint zu vergessen, dass die schönste Frau der Uni bereits für ihn am Kopierer steht.

Das ist vielleicht das Problem bei gutaussehenden Männern: Schönheit ist für sie eine Selbstverständlichkeit. Sie kommt noch vor den inneren Werten und ist eine Voraussetzung, überhaupt ins Gespräch zu kommen. Genauso wichtig – die Frau darf nicht schlauer sein als man selbst. Tragischerweise verbringen die Hässlichen viel zu viel Zeit damit, ihren Mangel an Schönheit auszugleichen, indem sie sich zwanghaft über ihre Intelligenz oder ein besonderes Talent profilieren, bevor sie sich in eine Welt ohne Identitätsdruck zurückziehen. In der Regel geben sie sich zwar mehr Mühe im Bett, aber weil Ausgelassenheit bei ihnen selten Thema ist, hat man nur halb so viel Spaß an einem Treffen. Feiern sich schöne Menschen beim Sex selbst, sind die Hässlichen nur mit heruntergelassenen Jalousien die besseren Liebhaber. Vielleicht liegt das Geheimnis im Mittelmaß.

Während Julie beim dritten Schnaps ankommt und Julek Urs per WhatsApp an den Tisch holt, verfängt sich Baumanns Blick beim Rausgehen am Hintern seines Fangirls. Es gibt viele Gründe für mich, einen dieser Routineumwege über sein Büro zu nehmen. Ich rechne nicht mit Helene, die Ende der Woche sowieso nur vormittags an der Uni ist, sondern hoffe auf einen Skandal zu meinen Gunsten. Ich frage mich, was uneleganter ist: Sein Leben wegzuwerfen, weil man es nicht besser kann, oder es wie mein Professor absichtlich mit Füßen zu treten?

Die Tür zu Baumanns Büro steht offen. Man braucht nicht viel Fantasie, um das Fachgespräch mit Arosa im Halbschatten der Monstera a priori als verbalen Softcore zu deuten. Die pikante Phase zwischen Kennenlernen und dem ersten Date. Es geht um ihren Vortrag im Linearbandkeramik-Kurs, der den Schmuck aus Spondylusmuscheln zum Thema hat. Sie fragt Baumann, wie er es gerne hätte und ob sie die Gürtelschnalle aus dem Archiv herumgehen lassen darf. Es ist nicht dieser billige Unterton oder ihre Freitagsbluse, an der ein paar Knöpfe fehlen – mich regt es auf, dass sie auf Kosten von Helene ihr mittelmäßiges Charisma über Stachelaustern aufpoliert. Arme Helene. Wenn sie wüsste, welche Durchschlagskraft studentische Asphaltschwalbentaktik bei Freddy hat – sie würde ihren Geburtstag vielleicht lieber in der Spandauer Zitadelle zu mittelalterlichem Fingerfood austragen als in der kernsanierten Mätressenarena am Halensee. Ein guter Zeitpunkt, bei Romy in der Bibliothek vorbeizuschauen, die ihr Volumen in diesem Augenblick auf einer

Bücherleiter ausbalanciert und Zeitschriften einsortiert. Hallöchen und wo drückt die Hose? Sie freut sich, mich zu sehen, und erzählt mir von ihrem Tag, der wie so oft mit Überstunden endet. Für eine Frau mit beschissenem Job und Liebeskummer ist sie ziemlich gut gelaunt. Da wir uns technisch gesehen in einem Zweckflirt befinden, stelle ich Fragen, die ich normalerweise Anika nach einem anstrengenden Arbeitstag stellen würde. Etwas wie: Kann ich dir helfen? Soll ich Kaffee holen? Man könnte natürlich auch Dinge sagen, die jeder gerne über sich hört: Die wissen nicht, was sie an dir haben, und so weiter – seit du den Job machst, steht jedes Buch an seinem Platz! Wie lieb von mir. Die Feinmechanik eines Flirts ist empfindlich. Man macht sich in der Anfangsphase interessant, indem man vorgibt, sich für jemanden mehr zu begeistern als für sich selbst. Ein dünnes Eis, auf dem man jeden Schritt taktisch überdenken muss. Ist man dabei zu aufmerksam, fährt man die Karre gegen die Wand. Echte Hingabe ist bei komplizierten, verspielten oder abgeklärten Frauen erst später wichtig. Timing ist das A und O. Um Spannung zu halten, lenkt man das Gespräch im nächsten Schritt auf ein weltliches Thema oder sich selbst, aber Romy will von alleine wissen, wie es mit Anika läuft. Es ist kompliziert! Ich trage dick auf, damit sich ihre Empathie frei entfaltet. Berührungsängste hat sie nicht. Manche Heten denken, dass sich unglückliche Lesben im nächsten Augenblick auf sie stürzen, und bekommen Panik. Seit meinen Klotränen macht Romy es mir leicht. Wir erreichen einen Punkt, der sich wie echte Nähe anfühlt, weil Unglück zusammenschweißt.

#etlacrimaeprosunt
#auchtränensindnützlich
#ovid
#arsamatoria

Bei Ovid geht der Tipp mit den Tränen sogar so weit, sie vorzutäuschen, wenn es der Sache dient. Davon halte ich genauso wenig, wie aus einem Kelch zu trinken, an dem der Lippenstift der Angeflirteten klebt. Herpes, Mundfäule, Mononukleose – es gibt genug ekelhaftes Zeug, das ich höchstens gegen einen Kuss tauschen würde. Außerdem wirkt es übergriffig und tölpelhaft. Mindestens so dämlich ist der Vorschlag, Liebesschwüre mit Wein auf die Tischplatte zu kritzeln, oder die Nummer, bei der man einen Apfel nach der Angebeteten wirft. Am besten trifft man sie noch am Kopf, damit sie sich auch wirklich umdreht. Romy erspart mir die altgriechischen Flirtdesaster und steht auch nicht darauf, ignoriert zu werden wie die Mehrheit ihrer Zeitgenossinnen.

Gleichzeitig sprechen und sortieren bringt sie ins Schwitzen, weshalb jeder Satz von adipösem Schnaufen begleitet wird. Es ist zu befürchten, dass sie jeden Moment mit Herzkammerflimmern von der Leiter fällt, aber alles, was mich in Helenes Reichweite bringt, hat einen erotischen Beigeschmack. Während ich ihr die Zeitschriften anreiche, erwische ich mich dabei, wie mein Blick an ihren Schenkeln hängen bleibt. Gewohnheit oder Sichtachse? Zum Glück leitet sie zum Highlight über: eine Einladung zu sich nach Hause. Es geht natürlich nicht um ein hochkalorisches Candlelight-Dinner, sondern um unseren Vortrag, der für die zweite Januarwoche ansteht. Er wird Helene beweisen, wie schlau ich bin, und ist ein passables Trittbrett. Und weil ihr Geburtstag schon in zwölf Tagen stattfindet, schlage ich Romy ein Kostümshopping nach den Feiertagen vor. Erst Helene, dann die Pflicht. Romy weiß noch nicht, in welche Richtung ihre Verkleidung gehen soll. Aufgrund ihres Selbstmitleids tendiert sie zu Katharina von Aragón, dem verstoßenen Ehedebüt von Heinrich VIII., das an Herzkrebs gestorben ist. Ich überlege, ihr einen sexy Kleopatra-Auftritt ans Herz zu legen, damit auch Detlefs Ägyptologin was zum Nachdenken bekommt. Aber sich Romy als irdische Inkarnation der Göttin Aphrodite vorzustellen, die Antonius aufgebrezelt auf einem Prunkschiff verführt, fällt mir schwer. Genauso unrealistisch ist es, in zwei Wochen 20 Kilo abzunehmen und als Kate Middleton zu gehen, um über die Windsors die Brücke zum Haus Tudor zu schlagen. Romy steigt von der Leiter und umarmt mich, wie man eine Freundin umarmt. Ihr Körper fühlt sich weich an, und kurz fällt alles Unangenehme von mir ab. Der Tag, Helene, die ganze Aussichtslosigkeit meiner Existenz. Ich gebe es nur ungern zu, aber Romy macht mich glücklich. »Dann haben wir ein Date«, sagt sie, und ich kann in ihrer Stimme keine Spur von Irritation entdecken. Ich nicke und wünsche ihr ein schönes Weihnachtsfest, das sie bei ihren Großeltern verbringt. Dass sie in diesem Jahr für den Braten zuständig ist, holt mich zurück in die Realität. Noch während sich die Gänsekeulen gedanklich auf ihrer Hüfte ablegen, gestehe ich mir ein, dass ich, noch mehr als Mottopartys, meine Oberflächlichkeit hasse.

Eigentlich müsste ich zufriedener sein, als ich am Deutschen Archäologischen Institut ankomme, wo Anika mit einer Reisetasche, startklar für den Lift in ihre Privatsamenbank, bereitsteht. Wie immer, wenn ein K in ihrem Kalender steht, ist sie tierisch aufgedonnert und zieht das Gesicht einer Klofrau vor dem Kleingeldteller. Der verheißungsvolle Ausdruck, den Frauen auflegen, wenn sie dir verklickern, dass dein Verfallsdatum in Sichtweite ist.

Ich sollte die Dinge realistisch sehen: Seit Anika nicht mehr studiert, kommt sie in jeder Hinsicht voran. Das Einzige, was sie aufhält, bin ich und deshalb auch schuld daran, dass wir auf der Avus im Stau stehen. Schrittgeschwindigkeit bei einer gefühlten Temperatur von minus zehn Grad. Je näher wir dem ehemaligen Grenzübergang kommen, desto weniger drängen sich mir elterliche Vorfreuden auf, stattdessen das beklemmende Gefühl, einen Patiententransport zu gewährleisten. Meinen eigenen, denn Konrad lädt zum Dinner: Du wirst das Zeug essen! Einfach nur essen, mehr nicht! Keine blöden Kommentare, und wenn es geht, dann bitte nicht so kindisch wie sonst! Eine Konversation, die mir das Essen nicht gerade schmackhaft macht. Der Verhaltenscode ist klar und beginnt unmittelbar mit einer Beichte: Anika ist der Meinung, dass sich die Wahrscheinlichkeit einer Befruchtung erhöht, wenn es nach dem Sex mit Konrad zu längeren Ruhephasen kommt. In einem ihrer Endlostelefonate hat der Medicus es ihr erklärt: Die Ortswechsel und latenten Schuldgefühle mir gegenüber führen zu einem seelischen Ballast, gegen den auch das Potential des 13. Zyklustages nicht hilft. Aber es kommt noch besser: Die Ausschüttung von Stresshormonen verändert den pH-Wert ihrer Scheide, weshalb sie die Feiertage bei ihren Eltern verbringt. Konrads Spermien sollen die Chance bekommen, nicht sofort an ihrer Scheidenwand zu verätzen. Wie es aussieht, ist auch er im Gipfelfieber – auf der Suche nach der Gräfenberg-Zone meiner Freundin verläuft seine Expedition über die Weiten ihres *mons pubis*.

Mir fehlen selten die Worte, doch ich schenke Anika die letzten Fahrminuten, in denen sie mich darüber aufklärt, dass es im Grunde nur um die richtige Art von Vertrauen geht. Sie sei doch auch froh, wenn die Sache vorbei ist. Wir sollten dankbar sein und uns zu dritt auf das Kind freuen. Mein Part besteht darin, so zu tun als ob, während der Arzt sein Bestes gibt. Vor 40 Jahren galt Homosexualität noch als Krankheit und vielleicht drückt Anika deshalb meine Hand wie die eines Patienten, von dem man weiß, dass er früher oder später an seiner Krankheit krepiert.

Natürlich tischt Konrad bei unserer Ankunft groß auf: Der Vorgarten ist weihnachtlich geschmückt und im Inneren seiner Bodega erwarten uns neben einem Ilexgesteck Tapas, Obst und Canapés, appetitlich auf dem Tresen seiner Hausbar angerichtet. Schwangerenfreundlich, bio und ohne Konservierungsstoffe – ein Arrangement, das Konrad sich über *schleimen-mit-stil.de* und *Schöner Ficken* zusammengereimt hat. Zum Glück standen wir nicht zu zweit in der Küche, sonst wäre mir noch vor Anikas Empfängnis das Messer ausgerutscht. Mir ist der selbstgebackene Pumpernickel egal. Mir reichen die Whiskylabels an der Wand, die wie Hirschgeweihe an der Holzverkleidung hängen. Die Chemie zwischen ihm und Anika ist abstoßend, aber noch schlimmer sind Konrads Versuche, mich in den überflüssigen Abend zu integrieren *(Wie schön, dass du heute auch mal mit dabei bist!)*. Hoffentlich muss ich mich später nicht noch dazulegen.

Das Tischgespräch besteht aus traumatischen Erlebnissen, die Konrad in der Quarantänestation erlebt hat und den Appetit ausbremsen. Zum Ausgleich gibt es witzige Szenen aus der Küche: eine Verbrennung zweiten Grades und ein Fettbrand, der leider nicht groß genug ausfiel, um das Treffen auf nächstes Jahr zu verschieben. Ich lache nur, weil mich eine der irischen Jagdtrophäen an der Wand überzeugt und wir zur Abwechslung nicht über Kinder reden. Allerdings wäre es für alle Beteiligten besser, wenn sie gleich dazu übergingen, sich die Klamotten vom Leib zu reißen, und mich mit den Speckdatteln in seinem Hobbyraum zurückließen. Noch unterhaltsamer wäre eine Partie Darts gegen mich selbst.

Was hier läuft? Eine Vorabend-Telenovela mit niedrigen Einschaltquoten und miesen Dialogen, vor der man sich entweder totbügelt oder nach einer Flasche Glenmorangie das Bewusstsein verliert. Willkommen in der Praxis Dr. Fickdich – dem Arzt, dem die Frauen vertrauen. In einem französischen Streifen hätte die Szene wenigstens etwas Komplexes: Anika schließt die Augen, weil die Patatas alioli sie an den hübschen Kellner erinnern, dem sie in Spanien ihre Jungfräulichkeit geschenkt hat. Konrad denkt an den

Moment, wenn er das Knie seines Sohnes verarztet, der vor dem Haus zum ersten Mal vom Fahrrad fällt. Zwischendurch ein kitschiges Detail. Vielleicht ein Zitronenfalter im Close-up, der sich neben mir auf einem Etikett mit der Aufschrift *Single Malt* niederlässt.

In dem Augenblick, in dem Konrad erklärt, dass das Geheimnis eines guten Pumpernickels im Zuckerrübensirup liegt, fühle ich mich eher der amerikanischen Variante verbunden: Ich ziehe die Uzis und ballere die Spirituosenverkleidung von der Wand, schneide Konrad mit dem Butterfly die Kehle durch, knacke den Tresor in seinem Bürozimmer und plündere die Hausapotheke. Im Schlussbild schnappe ich mir Anika und reite mit ihr auf seiner Suzuki dem Sonnenuntergang entgegen. Ein dämlicher Ballerfilm oder eine BBC-Miniserie, in der ich dreimal 90 Minuten nicht mehr tue, als eine trockene Bemerkung nach der anderen loszulassen – begleitet vom Klirren eines Whisky on the Rocks. Und dann das große Duell im Richmond Park. Mir egal, ich kann das Niveau sowieso nur noch unterbieten.

Nach dem achten Whisky wünscht sich Konrad, der Abend hätte nie stattgefunden, und Anika schleift mich zum Taxi, das aufs Haus geht. Aus kulinarischer Sicht hatte das Dinner Potential, hätte man mir die Führung durch die Pornokulissen erspart. Pro Zimmer ein Glas, im Schutz der japanischen Raumtrenner gleich zwei. Eins mehr, und die Glenmorangies wären mit den letzten vier Gängen von Konrads perfektem Dinner auf den Foyerfliesen gelandet. Aber welcher Kommentar am Ende der Auslöser war, mich rauszuwerfen, ist schwer zu sagen. Das Abgegriffene beim Horsd'œuvre oder das Platte zum Dessert – ich tippe auf die G-Punkt-Wanderroute mit jeder Menge Tricks für Anika-Einsteiger, die ich mir schon auf der A115 zurechtgelegt habe und ihm präsentiere, als meine Freundin sich Nachschlag holt. Eigentlich nett von mir, Konrad zu verraten, dass er am besten oral einsteigt und nach dem ersten Orgasmus auf keinen Fall absetzen darf. Die Infos sind ihm das Geld für das Taxi wert, und weil er nicht nur großzügig, sondern auch eine Petze ist, werde ich den Rest der Story dem Kinderfickerbart des Fahrers per Rückspiegel erzählen.

Das ist wieder so typisch! Du kotzt mich an! Ich hasse dich! Nichts davon. Anika schmeißt die Autotür zu, damit mich das Taxi so schnell wie möglich zurück in den Berliner Strafraum katapultiert. Zum Abschied begleitet mich der Blick einer Frau, die sich für ihre Partnerin schämt. Für sie geht der Abend weiter. Für mich auch. Sollte Julie den Tag noch nicht überstanden haben, unterstütze ich das Komabesäufnis und überrede sie zu einem Thriller, in dem Julianne Moore eine verkappte Lesbe spielt.

13
Paranoia Erotica

Die Freie Universität hat trotz ihres Problemstandorts den schönsten Campus der Stadt. Ein regelrechtes Kleinod, vor allem weil man im Winter die Bänke im Institutshof für sich alleine hat. Es gibt nichts Besseres, als mit Piccolo und Pflegehund unter dem Skelett einer Kastanie zu sitzen und die Zeit zwischen den Seminaren totzuschlagen, ohne sich den Sprechblasen einer aufgeschlossenen Kommilitonin aussetzen zu müssen. Ein Jahr kann alt sein und in den letzten Zügen liegen – hat man die richtigen Pläne, bleibt es aufregend bis zum Schluss. Mir ist nicht klar, warum viele im Winter auf den Frühling warten, nur um im Herbst wieder festzustellen, dass sich nichts an der deprimierenden Ausgangssituation geändert hat. Prost.

Das Einzige, was meine vorweihnachtliche Euphorie infrage stellt, sind die permanenten Sexträume von Helene. Wozu wach sein, wenn sie mir nachts näher ist als sonst? Dass ich bei 2,3 Promille überhaupt träume, ist verwunderlich und spricht für die Tiefe meiner Gefühle oder die Routine meiner Leber. Abstinenz macht nur Sinn, wenn es echten Anlass für Stil gibt. Solange die Seele von überholten Lebenskonstrukten terrorisiert wird und die Außenwelt kein Problem mit deiner Einsamkeit hat, kann man seinen Alltag stur durchziehen oder versuchen, bei seinen Mitmenschen mit Halbherzigkeit zu punkten. Im Tiefschlaf überlasse ich den Stil meinem nüchternen Traum-Ich, das sich während der nächtlichen Treffen mit Helene von seiner besten Seite zeigt. Das Tragische an diesen

Begegnungen ist, dass sie mich in tiefe Traurigkeit stürzen. Illusion und künstliche Euphorie als Eckpfeiler, die mein Verlangen nähren und die Funktionsfähigkeit meines Daseins aufrechterhalten. Je näher das Jahresende rückt, desto fundamentaler meine Arroganz. Aber egal. Selbst wenn die Nächte, in denen ich von Helene träume, am Folgetag mit neuen Tiefpunkten aufwarten – sobald ich schlafe, beginnt das Leben, wie ich es mir in meinen kühnsten Momenten vorstelle. Vergleichbar mit einer Parallelwelt, in der es nur Helene gibt und in der alles so läuft, wie es die Gesetze der Poesie vorsehen. Oft ist es eben nicht Pragmatismus, was den Menschen antreibt.

Trotz der vielen grenzwertigen Selbsterhaltungsstrategien befindet sich meine fadenscheinige Katharsisbereitschaft am Siedepunkt. Frostige Kollisionen mit Helene sind die Regel und treiben mich jedes Mal zu Romy in den Schutzraum der Bibliothek. Seit der Soirée bei Konrad ist sie sowieso die Einzige, die mir zuhört. Während meiner prekären Blaupausen bin ich Undercovergast in Raum 007 und beklebe im Tarnkleid der Hilfsbereitschaft Bücherrücken mit Signaturen. Bei unserem letzten Treffen war *Die nackte Göttin* eine hilfreiche Publikation, über die Ikonographie unbekleideter Griechinnen auf das richtige Thema zu kommen: Dass ich nicht sicher sei, ob es für Helene überhaupt okay ist, wenn ich einfach so auf ihrem Geburtstag auftauche. Auf der Liste der überflüssigsten Partygäste mache ich natürlich das Rennen, aber für Romy ist meine Anwesenheit ein Segen und der Höhepunkt extrinsisch motivierter Machtgelüste. Außerdem geht es doch um ein tolles Silvester und sowieso kommen haufenweise Leute, die Helene gar nicht kennt (und die ihr nichts bedeuten). In solchen Momenten fühle ich mich besonders schlecht, weil ich permanent verdränge, dass es mir nicht um die verbindliche Anteilnahme an einem Racheakt geht, sondern um den Ariadnefaden durch meine ganz persönliche Unterwelt.

Romy gehört zu den Supersklaven unseres Instituts, aber leider haben selbst die manchmal frei. Heute kann ich mir aussuchen, ob ich auf der Pennerbank schneeblind erfriere oder mich in der Mensa mit Julie begnüge, die vor einem Kotelett ohne Beilage in Tattoomagazinen nach der Lösung für ihre Beziehungsprobleme sucht. Wo andere anfangen, sich ihre Gefühllosigkeit wegzuritzen, ist für Julie die Selbstknechtung der einzige Weg, ihren Kummer zu betäuben. Sie findet es konstruktiv, darüber nachzudenken, an welcher Stelle sie sich die DIN A4 große Abscheulichkeit in Form eines einäugigen Odin samt seinen Raben stechen lassen wird. Auch wenn meine beste Freundin damit etwas Diabolisches verbindet – ich denke bei solchen Tattoos sofort an Neonazis oder verrauchte Exknackis, die den Hebel einer Geisterbahn bedienen. Gruselig daran ist aber nicht das Motiv, sondern das Vorhaben, sich Odin in dem Laden stechen zu lassen, wo Carstens Skrotumexpertin arbeitet. Man kann sich die Art der Selbstzerstörung aussuchen und Geschmacksverirrungen sind immer noch gesünder, als sich mit jedem Tag hässlicher zu saufen. Mir kommt es ganz gelegen, dass wir zur Abwechslung mal nicht meine Fragwürdigkeiten durchexerzieren, sondern die Fehlerquellen besprechen, von denen Julie meint, sie seien für Carstens Seitensprung verantwortlich. Jede Freundschaft landet irgendwann auf dem Prüfstand und unterscheidet sich genau deshalb von Bekanntschaften, die man an dieser Stelle in den Wind schießen würde. Zu wenig Fetische und zu viel auf den Hüften? Denke ich an Julies haarsträubende Spielzeugkiste unter ihrem Bett, kann es sicher nicht am Haushalt ihrer Fetische liegen. Auch die Paleodiät, die sie sich auferlegte, als sie hinter die Gründe für die Sexflaute kam, ist überflüssig. Allerdings traue ich ihr zu, dass sich hinter der Fleischkur keine Gewichtsoptimierung verbirgt, sondern eine Art imaginärer Kannibalismus. Ein schamanischer Akt der Selbstreinigung, eine ritualmagische Kriegserklärung. Julies transzendente

Wirklichkeit ist mindestens so schräg wie meine erotomane Helene-Apotheose.

Wir tauschen die Hälfte ihres Koteletts gegen Beistandsfloskeln *(Wird schon!)*. Die Strategie hat schon immer funktioniert: als Barbados in unserem Tiefspüler unterging *(Arschloch!)*, sich Julie von dem Tamilen trennte und den Sari gegen eine Frottékapuze tauschte *(Lohnt nicht!)*, der Ost-Nikki einem Vampirumhang wich *(Sei doch froh!)*, der wiederum zu einer Phase der Selbstbestimmung überleitete *(Welcome back!)*. So ist das. Beste Freundinnen sind immer füreinander da.

In echten Freundschaften liegen Trost und Kritik dicht beieinander. Finde ich die richtigen Worte, nimmt mir Julie die Hirngespinste nicht krumm, die im Abstand von vier Monaten meine Beziehung mit Anika infrage stellen. Sie schwärmt immer so lange mit, bis sie merkt, dass die Idée fixe keine bleiben soll. Dann tut sie alles dafür, mir die Sache wieder auszureden, und weist mich auf die Vorteile meiner intakten Beziehung hin. Im Fall von Helene behauptet Julie gerne, dass Frauen ihres Kalibers gar nicht schön seien. Die zauberhafte Helene habe ein Allerweltsgesicht und sei im Vergleich zu Anika langweilig bis normal. Vermutlich fehlt Helene in Julies Augen einfach der Charme eines Besoffenen, der seine Kohle im Inneren eines Spielautomaten anlegt. Oder ein Klitoralpiercing? Geschmäcker unterscheiden sich zum Glück. Der eine steht auf Reitgerten, der andere auf den goldenen Schnitt eines Profils. Überhaupt ist Julie entgangen, dass die Sache mit Helene etwas ganz anderes ist, weil sie mich seit der Mittsommernachtsfeier in Schach hält.

Irgendwie gelingt es mir, Julies Amokbedürfnis auf die Hälfte zu reduzieren und sicherzugehen, dass dem Archäobotanik-Seminar über rezente Giftpflanzen kein Selbstversuch folgt. Ich selbst könnte ein toxisches Update vertragen, obwohl ich mir längst die Sorte

Fatalismus angetrunken habe, die meine Gedanken beflügelt: Heute trägt Helene Schwarz und das Haar streng. Es ist genau die Kombination, die bei mir diese verdächtigen Körperreaktionen auslöst. Sie wäre die perfekte *Tatort*-Kommissarin: abgebrüht und kühl. Ein lodernder Sarkasmus, der sich 90 Minuten lang mit Bi-Sex und Scharfsinn paart. Nach dem Quotensieg folgt das große Outing im Präsidium mit einer Minute Echtzeitsex, die alle Lesben, Voyeure und Kritiker glücklich macht. Eine aufgetunte Charlotte-Lindholm-Version, die das Öffentlich-Rechtliche auch für hollywoodgeile U30-Publika erotisiert. Da könnte selbst die ARD auf die Idee kommen, dass ein semiverstaubtes Format wie der *Tatort* ein bisschen mehr Helene verdient hat. Und überhaupt: Die Nazirollen stehen Maria Furtwängler sowieso viel besser.

Dachte ich schon, ich sei endlich raus aus dem Alter, in dem man für seinen Schwarm glühende Gedichte verfasst, habe ich mich in den letzten Monaten ein paar Mal dazu hinreißen lassen, genau das zu tun. Die beste Lösung, ihr den Kram unbemerkt zukommen zu lassen, ist Professor Baumanns überfülltes Institutspostfach, um dessen Inhalt sich Helene als seine Assistentin kümmert. Seit Wochen warte ich auf diesen Montag, den Freddy auf einem Eismumien-Kongress in Moskau verbringt. Unser Dekan gehört zu der Spezies, die sich von ihren Hilfskräften sogar den Arsch abwischen lassen würde, und leider gibt es an unserem Institut genug Flachwichser, die für ihre Karriere bereit sind, noch weiter zu gehen. Diese Profilneurose fußt auf der Ellenbogenkultur unseres Instituts und kommt durch das Provinzpotential sowie das Fehlen schriftlicher Quellen zustande: Befassen sich die meisten Kollegen mit Tempelbauten, Pyramiden und Grabinschriften, beschränken sich Prähistoriker auf Eisenschlacken, Feuerstellen und jede Menge 68er-Schmuck. Eine Himmelsscheibe von Nebra oder einen Goldschatz findet man natürlich nicht jeden Tag. In Nordostdeutschland sind echte Highlights selten und gehören in die Viten der Forschungselite. Sie beschränken sich auf homoerectische Knochenhütten im Thüringer Becken, Hortfunde aus der Bronzezeit und Gräber, die vom DDR-Tiefpflug verschont geblieben sind. Sowieso ist alles, was man nicht deuten kann, ein Kultplatz, eine Votivgabe oder schlimmer: ein Deflorationsinstrument! Keine Ahnung, wer auf die perverse Idee gekommen ist, dass man die Frauen der Steinzeit mit Lochstäben aus Geweih entjungfert hat. Ein sexistischer und gelangweilter Franzose vielleicht, aber Menschen sehen Sensationen eben dort, wo sie sie sehen wollen. Während die ägyptische Wüste also ständig neue Königsgräber ausspuckt, sind wir Frühhistoriker froh, wenn der Splitter eines Fingerknochens mal wieder den Mythos der Menschwerdung umdichtet. Seit fünf Semestern warte ich auf den entscheidenden Fund, der ein für alle Mal dingfest macht, dass wir nicht mehr als ein Zuchtexperiment von Aliens sind. Aber weil es in der Archäologie weniger um gewagte Ansätze als um konstruktive Theorien geht, interessiert sich die Durchschnittsprähistorikerin weder für Frauen, noch lässt sie sich auf Erkenntnisse ein, die später vom BND vertuscht werden. Jeder Institutsflirt ist sowieso ein Wagnis, denn optische Ausschläge nach oben sind rar und keins der Mädchen erreicht die Blondmagie einer Helene. Wer von der Talfahrt müde ist, muss sich vom Parnass rufen lassen. Es bleibt mir gar nichts anderes übrig, als das Höchstmaß an Romantik zu zelebrieren.

Ich habe mir viel Zeit gelassen, ihren Namen in Schönschrift auf den Briefumschlag zu kalligraphieren. Vor Baumanns Postfach den absoluten Dopaminrausch zu feiern, macht klar, dass ich in puncto Helene viel zu lange gewartet habe und bereit bin, ab sofort in flagranti ertappt zu werden. Feigheit hat auf jeden Fall mehr Schande verdient als Blauäugigkeit. Die obsessive Lust ist ein wirres Prinzip, das sich von gesundem Verlangen in vielen Dingen unterscheidet.

Sie bahnt sich nicht lange an, sondern taucht plötzlich auf und entregelt den Verstand. Sie diktiert einem grenzwertige Situationen, um ein Gefühl zu erzeugen, das dem der Nähe recht ähnlich ist. Sehnsucht einfach nur auszuhalten, ist nicht der richtige Weg, denn das Erquickliche liegt in der Bezwingung des Unmöglichen, egal wie unzurechnungsfähig man durch die Höhle des Löwen wandert.

#amatvictoriacuram
#dersiegliebtdievorbereitung
#catull

Nach jahrelangem Drogenkonsum bin ich immer wieder erstaunt, zu welchen Rauschzuständen meine körpereigenen Substanzen führen können. Umsonst und ganz legal sorgen sie im limbischen System vor allem dann für ordentlich Feuerwerk, wenn ich nicht mit Helene rechne, so wie jetzt, wo sie mit diesem entschlossenen Schritt plötzlich um die Ecke biegt. Sage *Hi!*, aber meine Stimme klingt mehr wie ein Würgen. Ich krame in meinem Rucksack nach etwas, das ich einem mir unbekannten Professor ins Fach stecke. Sie reagiert erst beim Weggehen mit einem Tschüss. Eins, das bedeutet: Ich habe dir zwar nichts zu sagen, aber Manieren. Bin ich für einen Smalltalk im Unikorridor leider nicht interessant genug, reicht es für Spott in ihrem Blick. Adieu, Courage! Das Highlight besteht darin zu beobachten, wie sie meinen Brief vom übrigen Stapel trennt und in ihre Manteltasche steckt. Natürlich völlig unberührt und ohne die Miene zu verziehen. Vielleicht hat sie mich längst durchschaut und wartet nur auf den richtigen Zeitpunkt, mir den Korb zu verpassen, der meinen Selbstwert beerdigt. Im Mittelalter haben beminnte Frauen ihre Verehrer in einem Korb an der Burgmauer hochgezogen. Eine grausame Art, die Werbung abzuweisen, denn entweder gab der präparierte Flechtboden unter dem Gewicht des

Sängers nach (Beinbruch inklusive), oder die Frau ließ den Liebenden einfach auf halber Höhe hängen, um ihn zum Gespött des Hofes zu machen. Dann baumelt man ein paar Stunden unter ihrem Balkon und verliert sein Gesicht. Der Unterschied ist, dass mir weder Tantiemen noch ein Musenkuss in Aussicht stehen.

#epistulanonerubescit
#derbrieferrötetnicht
#cicero
#licentiapoetica
#dichterischefreiheit

Anstatt Trübsal zu blasen, lustwandele ich mit Salomé auf dem Campus und vernichte einen dritten Piccolo. Einsame Irrwege, deren Schleifenverlauf mich immer wieder an Helenes Bürofenster vorbeiwanken lässt. Warum gehöre ich nicht zu den echten Psychopathen, die kein Problem damit haben, ihre Angebetete kompromittierenden Situationen auszuliefern? So wie der Typ, der sich auf dem Weg in Madonnas Schlafzimmer fast hätte abknallen lassen, um sich auf ihren Klamotten zu wälzen, oder die gestörte Lesbe, die sich in Sandra Bullocks Einfahrt gelegt hat, damit Jesse James sie auf dem Weg in die Garage überfährt. Total kaputt, doch immerhin können beide nicht über fehlenden Aktionismus klagen. Den Vogel hat allerdings Jodie Fosters Lieblingsstalker John Hinckley mit seinem Attentat auf Ronald Reagan abgeschossen. Für eine erotomanische *Taxi-Driver*-Hommage einen US-Präsidenten hinrichten zu wollen, bedeutet echtes Engagement. Im Nachhinein ein trauriges Paradebeispiel dafür, wie sinnlos die Welt werden kann, wenn man von unerfüllter Liebe besessen ist. Wer krankhaft liebt, wird krank, oder umgekehrt?

Die Frage: Wie kreiert man eine superlative Flirtoffensive, die von

Frauen wie Helene zufällig und dezent wahrgenommen wird? Die realistischere Lösung liegt in der Gewissenhaftigkeit solcher Studenten, die ihr Eigenstudium ernst nehmen und deshalb viel am Kopierer stehen, wenn sie es auf ihrer Schleimspur überhaupt bis dorthin schaffen. Man füttert seinen Geist so lange, bis das Papierfach alle ist. Normalerweise gibt es den Nachschub bei Romy in der Bibliothek und wenn nicht dort, dann jenseits der Pforten des Minotaurus. Zeit für eine fatale Besuchseinlage. Die Mischung aus Energiesparlampen und piccoloverstärktem Oxytocin rundet den Stendhal-Effekt ab, der sich einstellt, als Helene im Labyrinth von Baumanns Büroparadies zum Deckengemälde wird. Bleibt zu hoffen, dass sich zeitnah die richtigen Halluzinationen einstellen, bei denen mir Flügel wachsen. Während der intensiven Studien über Helenes Charakter bin ich zu dem Ergebnis gekommen, dass sie eine Affinität zu problembeladenen Kommilitonen hat, die bei ihr Hilfe suchen. Schwer zu sagen, ob dieses Helfersyndrom pädagogischer Natur ist oder einer Vorliebe für hierarchische Machtpositionen entspringt. Zu meinem Glück hat sie sich etwas wie Verantwortung auf den Werkvertrag schreiben lassen und eröffnet mir damit das legale Privileg, fachbezogene Forderungen zu stellen. Mein Favorit: Romy weg, kein Papier, aber ich müsste da mal ganz dringend ein paar nackte Griechinnen kopieren. Leider verlässt mich in ihrer Gegenwart immer die Kühnheit, und ich scheitere an den einfachsten Sätzen. Wollte ich mit einer kritischen Floskel zu den Sparmaßnahmen am Institut eigentlich darauf hinaus, dass sie die Lernprozesse gefährden, höre ich mich stattdessen sagen: Ich muss mal – gefolgt von einer viel zu langen Pause, in der ich schon eine detaillierte Wegbeschreibung zu den Damenklos befürchte – kopieren! An Helenes Stelle wäre ich längst darauf gekommen, dass meine temporäre *Walking-Dead*-Rhetorik durch sie zustande kommt und keine 1:1-Abbildung meines Intellekts bedeutet. Schwer zu sagen, was sich in ihrem Gesicht zu erkennen gibt – Herzlichkeit jedenfalls nicht. Sowieso habe ich Helene außerhalb ihrer Facebook-Fotos noch nie lächeln sehen. Es scheint selten vorzukommen, doch wenn sie es tut, hat man das Gefühl, in die Zielgerade einzubiegen. Ich kann gar nicht zählen, wie oft ich in den letzten Monaten voller Entzücken minutenlang vor einem dieser Bilder saß, auf denen sie frei und unbeherrscht ist, die Form ihrer Zähne studierte oder die Einrichtung ihres Zimmers. Egal, was Julie sagt: Für mich ist Helene fleischgewordene Poesie mit einem Lächeln, das bei mir sämtliche Körpersäfte aktiviert. Doch zu viel Schönheit erträgt kein Mensch. Ich kann mich in solchen Momenten nie entscheiden, ob ich schwitzen, pissen oder kotzen soll, und strahle das auch aus. Ungefiltert bringt sie mich auch jetzt der Synkope näher als einem Flirt. Mein Atem gerät außer Kontrolle und meine Hände sind taub. Ich taumele wie eine Betrunkene an den Kopierer neben Baumanns Schreibtisch und muss mich einen Moment an der Papierausgabe festhalten, um nicht das Gleichgewicht zu verlieren. Baue auf die ozonkontaminierte Umgebungsluft, um den aufkommenden Hustenreiz zu rechtfertigen. Meine Gesamtattitüde ist in solchen Augenblicken ein Desaster, aber wenn einem das Herz bis in den Hals schlägt, weiß man, dass man noch lebt.

Leider sehen Frauen wie Helene in ihrem Zauber etwas Nebensächliches und sind es gewohnt, dass Blicke länger als notwendig an ihnen haften bleiben. Die Empfänglichkeit für Komplimente reduziert sich schon während ihrer Jugend auf ein Minimum. Sie lassen sich nicht davon beeindrucken, wenn jemand wegen ihnen die Fassung verliert. Bisher habe ich nicht in Erfahrung gebracht, was das ventrale Tegmentum solcher Frauen auf Touren bringt. Vielleicht haben schöne Menschen wirklich kein Gehirn oder ihr Belohnungssystem funktioniert anders. Es ist gut möglich, dass der Anblick der eigenen Vollkommenheit über die Jahre zu permanenter Sinnesüberreizung führt. Die Spätfolge: Proportional zum Alter ist echte Befriedigung schwierig zu erreichen. Wurde man als junges Mädchen von Blicken geschmeichelt, steckt man sich als Frau ganz andere Ziele. Man schmückt sich mit seiner Karriere oder dem Status desjenigen, den man liebt. Je länger man mit seiner eigenen Schönheit umgehen muss, desto höher möchte man aufschauen. Das gilt auch für diejenigen, die in permanenter Schwelgerei nach etwas Göttlichem suchen. Helene gehört eindeutig zu den Achttausendern, bei deren Besteigung der Sauerstoff knapp wird und die nur die Besten überleben. Unklar ist, wie viele Leichen meinen Weg nach oben säumen, wenn ich selbst jeden Tag in ihrer Gegenwart mindestens einmal sterbe.

Das stoische Kopieren irgendwelcher Aufzeichnungen aus dem letzten Semester bringt mich zurück auf den Boden. Kein noch so belangloser Satz geht Helene über die Lippen. Das Grausamste an dem Treffen sind aber nicht meine Soziopathien, die an ihrer Ikonenhaftigkeit scheitern, sondern die Fehlkopien, die im Mülleimer neben meinen Gedichten landen. Die eigentliche Krux liegt darin: Noch schlimmer als Liebesgedichte finden Frauen diejenigen, die sie ihnen schreiben. Ich weiß nicht, wie Petrarca es hinbekommen hat, sich lebenslänglich in Lauras Gefangenschaft zu begeben, ohne wirklich auszurasten. Lungert der moderne Liebeskranke in den Grauzonen moderner Strafregister, scheint petrarkisches Sonette-Stalking einen ganz eigenen Nachstellungsethos zu verfolgen.

Non veggio, ove scampar mi possa omai;
Si lunga guerra i begli occhi mi fanno,
Ch' io temo, lasso, no ,l soverchio affanno
Distrugga ,l cor, che triegua non ha mai.

Wie oft schon hat des Jahres müder Kreis
Sich schmerzensreich dem Wartenden gerundet!
Zu Tode ward ein willig Herz verwundet,
Der Hoffnung Sklave um geringen Preis.

14
Natale hilare

An Heiligabend habe ich die kulinarische Wahl zwischen Ritz-Carlton und dem Teltower Kleingartenfest. Während meine Mutter schon Tage vorher mit dem Dessert beschäftigt ist, serviert mein Vater Würstchen mit Kartoffelsalat. Das mag für Berlin traditionell sein, macht aber weniger her als der auf Lotus gebettete Lachs mit Safranfäden und die in Knoblauch geschwenkten Crevetten, die sie in diesem Jahr als Hauptgang serviert. Das Menü meines Vaters wird erst an den Folgetagen interessant. Als Traditionalist, der sich an die Küche seiner Mutter hält, gibt es bei ihm Barbarie-Ente oder polnische Fluggans mit Serviettenknödeln, dazu Rotkohl und Überraschungssoße. Wenn mein Vater den Kochwein platt macht, bevor dieser den Geflügelfond erreicht, besteht die Chance, den Tisch einigermaßen nüchtern zu verlassen. Doch egal wie die Soße geartet ist – ab dem vierten Kümmelschnaps verzerren sich die Geschmacksnerven genug, um das Bratapfeleis von Netto hinunterzuwürgen, das er jedes Jahr auftischt, obwohl niemand überzeugt davon ist.

Ich sitze in Lichterfelde auf einem Designer-Zweisitzer im Wohnzimmer meiner Mutter und ertrinke in den Smalltalk-Einlagen meiner Stiefschwester Carol, die ihren Monolog über ihren beruflichen Aufstieg schon einige Tage vorher konzipiert haben muss. Im Hintergrund läuft Mariah Careys Weihnachtsplatte, zu der die viktorianische Frisur meiner Stiefschwester zwanghaft auf und ab wippt. Carol gehört zu den Frauen, die mit Damenanzug und Aktentasche per E-Klasse quer durch Europa heizen, um aufstrebenden Managerfuzzis zu erklären, wie man ein noch größeres Arschloch wird. Aktuell feiert sie ihren jüngst erschienen Knigge für schlechtes Konferenzbenehmen und hat sich von der CDU-Weihnachtsgrußkarte mal wieder persönlich angesprochen gefühlt. Eine Person, mit der ich zu keiner Zeit freiwillig an einer Tafel sitze, weil politische Debatten mit ihr jedes Mal aus dem Ruder laufen. So wie heute, als sie mich nach einem Flaschenauszug Veuve Clicquot und drei Proseccoflöten als PKK-Sympathisantin bezeichnet, weil ich eher mit Gysi einen trinken gehen würde als mit ihr. Kommentare wie *Die Wagenknecht ist schon ganz heiß* oder *Dem Schäuble-Attentäter hat das Zielwasser gefehlt*, sind der Grund, weshalb meine Mutter im Vorfeld relevante Gespräche bei unseren Treffen untersagt. Es ist schön, dass Wolle es aus dem politischen Abseits zurück in die LED-Beleuchtung des Bundestags geschafft hat und den Rollstuhlrampen am Platz der Republik eine neue Bedeutung gibt. Eigentlich sind Witze über Behinderte unter meinem Niveau, aber gut genug für Carol, die so heißt, weil es in manchen Berliner Bezirken schick war, einen Vornamen zu wählen, der zum Klima der Besatzungszone passt. Politik schlägt auf die Laune und weil eigentlich keiner dem anderen zuhört, fällt gar nicht auf, dass Anika sich in diesem Jahr über die Feiertage auf einem Ikea-Schaffell vor einer Kamin-DVD durchvögeln lässt.

Kurz bevor die Gespräche mit meiner Stiefschwester kippen, wende ich mich an ihren Bruder. Ein Buddy-Holly-Verschnitt, der wie sein Vater an der Romantik der frühen 60er hängen geblieben ist, doch als Einziger im Raum Humor hat. Im Schlepptau hat er ein grippal infiziertes Kind mit Coca-Cola-Weihnachtsmann-Strampler, das anfangen würde zu laufen, wenn seine Mutter es ließe. Sie ist eigentlich immer mies drauf, doch seitdem das Kind da ist und Buddy ihr diesen Ring mit Stein angesteckt hat, gibt es für sie keinen Anlass mehr, schlechte Laune zu verbreiten. Das ist in diesem Jahr mein Job. Ich vertue meine Zeit zwischen den Vaterfreuden meines Stiefbruders, Carols erstklassigen Seitenhieben und dem Raumschiff-Feeling des Neuwagens meines Stiefvaters, dessen vollautomatische Einparkhilfe wir noch vor der Bescherung beklatschen müssen. Immerhin kommt Salomé bei der Familie gut an. Sie passt perfekt zum cremefarbenen Einrichtungsgeschmack meiner Erzeugerin. West Highland Terrier sind wie geschaffen für die Sterilität einer Bonzenwohnung, vor allem, wenn sie nur Croissants zu sich nehmen, die man vorher im Ofen aufwärmen muss. Während sich meine Mutter vor der Induktionsplatte ihrer Kochinsel verausgabt, zappen wir uns durch das miese Weihnachtsprogramm und wechseln wieder zu Mariah Carey. Ich warte auf den Moment, an dem entweder das Essen fertig ist oder sich die Tanne samt ihren Hutschenreuther-Glocken in Brand setzt. Ich sehe mich mit allen Geistern konfrontiert, denen man Heiligabend am Kadettenweg begegnen kann.

Der in einen Hosenanzug gezwängte Geist der gegenwärtigen Weihnacht scheint eine beschwipste Lesbe zu sein. Immer noch besser als das Phantom der letzten Festtage, das mich in Gedanken in die Doppelhaushälfte meiner Schwiegereltern driften lässt, die Anika mit etwas Glück vor ihrem Schwager erbt: Neben dem Lichterkettenbäumchen hinterfrage ich die Maggi-Soße mit Orangenaroma, die Anikas Mutter zum Entenragout ausgewählt hat. In der Regel rundet sie die Geschmacksverstärker mit einer Mischung aus Zucker und Salz ab. Fragen, die offenbleiben. Anika gibt die engagierte Tante und entscheidet gegen Ende des Abends, dass nicht nur ihre Schwester ein Kind braucht. Dann der Verdauungsspaziergang und das zufällige Treffen mit Konrad im Nachbargarten. Tolles Sperma, Preis unklar. In diesem Jahr hatte ich Anika mit zwei Frauen betrogen. Die Russin von der Kaukasus-Expedition und die Animatrice mit der Beckenbodenmuskulatur, die mir fast den Mittelfinger gebrochen hat. Eine weniger als im Jahr davor. Wir bilden uns im trauten Familienkreis einen Neuanfang ein. Die Renaissance unserer Zweisamkeit steht quasi vor der Tür, nur ist unklar, wie wir das mit dem Kind anstellen und welche Folgen die Dinge für mich haben werden. Insgesamt lege ich keinen guten Anfang hin und schieße mich nach der Konrad-Offenbarung mit zwei Flaschen Rotwein auf dem Sofa ab. Mein Schwiegervater und ich glotzen eine Rolling-Stones-Blu-ray, bis meine Zunge so schwer ist, dass sich niemand mehr mit mir unterhalten will. *Das war das letzte Mal!*, kommt von Anika am Ende, und mir ist scheißegal, ob wir auf dem Rückweg Probleme mit dem Glatteis bekommen.

Es ist jedes Jahr das Gleiche: Ich bin besoffen oder habe im Garten neben den eingewickelten Hortensien einen Joint zu viel im Tee. Sie regt sich darüber auf, dass sie nach jedem Familientreffen fahren muss und dass ihre Eltern sie jedes Mal auf meine Trinkfestigkeit ansprechen. Verführerisch ist das nicht, eher ein Fall für die Couch – und die Rolling Stones. Immerhin bin ich diejenige, die den Sprit bezahlt und eine Trennung auf Zeit vorschlägt, bevor wir heulen. Sie vor Erschöpfung, bei mir ist es der Wein. Meinetwegen hätte sie in diesem Jahr die Karre gegen die Leitplanke setzen können, um meine fragwürdige Existenz auf 1,9 Promille auszulöschen.

Zurück in der Gegenwart serviert meine Mutter den Lachs auf Schieferplatten. Vor mir drei verschiedene Gläser für drei exquisite Weine und mir ist unklar, in welcher Reihenfolge ich das Besteck benutzen soll. Carol erklärt es mir, nicht ohne ein für mich blamables Tischgespräch daraus zu machen.

Ich kann es Anika nicht verübeln, dass sie sich den Absprung endlich vornimmt, über den wir so oft geredet haben. Zurück in ein

Leben mit mehr Selbstbestimmung und einem echten Schwanz, der noch dazu mit Alkohol umgehen kann. Vorhin erreichte mich eine sarkastische Weihnachts-SMS, in der sie sich im Voraus für das Geschenk bedankt, das ich noch kaufen muss (ein Ovulationstest?) und einen guten Rutsch gleich dazuwünscht, um in diesem Jahr kein weiteres Gespräch mehr mit mir führen zu müssen. Ich schreibe: Wir müssen reden und was ist mit meiner Karre?, aber es kommt nichts zurück.

#abalioexpectesalteriquodfeceris
#erwartevomanderenwasduihmgetanhast
#publiliussyrus

Bin ich jetzt Single? Das wäre mindestens so aufregend wie eine Schwangerschaft. Aber was bringt das für den Spirit der Zukunft? Wenn ich so weitermache wie bisher, meldet sich irgendwann die Leber, oder ich liege verschwitzt in Romys Bett. Beides nicht optimal. Ich habe also die Wahl zwischen einer Natriumchlorid-Infusion, die mir Konrad anlegt, nachdem ich mir vor lauter Kummer den goldenen Drink in Anikas Elterngarten eingeflößt habe, oder einer Rubensfrau, die mich während der Kopulation unter sich zerquetscht. Auch dann lande ich unter Konrads Händen, der mir in der Notaufnahme fachmännisch die Gelenke einrenkt. Zumindest tut er das in meiner Fantasie. Anika wird mit Plärre im Arm dazustoßen und mir den Grund vor Augen halten, weshalb alles, was ich gerade tue, absolut gerechtfertigt ist. Seltsamerweise kommt Helene in meiner Zukunftsmusik nicht vor, was mir zu denken geben sollte.

Wenn ich das alles nicht will, muss ich mir etwas einfallen lassen. Vielleicht einen produktiven Lebenswandel oder ein Going-to-Future mit Patrizia, die sehr reiche Eltern hat. Und wenn jemand mit Abgründen umgehen kann, dann Autoren, die sich auch in der Praxis mit kaputten Charakteren beschäftigen und sich nach neuen Erfahrungen die Finger lecken. Sie wird schon noch lernen, wie man eine Frau anständig befriedigt, und sich das Gequatsche abgewöhnen. Sie war so nett, mir per Hermes ihr Trobairitzgewand für Helenes Kostümparty zu schicken, unter der Bedingung, dass ich es in absehbarer Zeit bei ihr in Hildesheim vorbeibringe. Das könnte spannend werden: Wir erben beide später viel. Sie das Wasserkraftwerk ihrer Eltern und ich ein paar Immobilien im Wedding. Das klingt nach einem fetten Lebensabend in einer toskanischen Strandvilla mit Pool und guten Drinks. Oder nach einem Häuschen in der skandinavischen Einöde mit Blaubeeren vor der Tür und einer Schwitzhütte am See. Unsere Begegnung lohnt sich umso mehr, weil ich die meiste Zeit auf irgendwelchen Ausgrabungen quer über den Globus verstreut bin und sie zu Hause die Romane ihres Lebens schreibt.

Wer kann schon sagen, was das neue Jahr bringt? Ein Geist, der mir meinen Grabstein zeigt, ist es jedenfalls nicht. Der nächste Punkt auf der Liste steht ganz im Zeichen meiner Heldenreise. Helenes Geburtstag als Na Bieris de Roman zu feiern ist der Inbegriff niederer Minne, und Ovid wäre stolz auf mich. Kunst, die nicht versteckt ist, bringt Schande. Ich werde sie mir lautlos unter den Nagel reißen und ihr auf Okzitanisch den Weg in meinen Schoß zeigen:

Et eu vas vos, dompn', ab braga bassada,
ab maior viet de nuill az'en despan,
e fotrai vos de tal arandonada
que los linzols storzerez l'endeman
- e pos diretz c'ops i es la bugada;
ni mais no • m leu ni mais mei coillon gran
se tan no • us fot que vos zaires pasmada.

Und ich zu Euch, Herrin, mit heruntergelassener Hose,
mit einem größeren Schwanz als ein Esel in der Brunft,
und ich werde Euch mit solcher Vehemenz vögeln,
dass Ihr am nächsten Tag die Laken auswringen werdet,
und dann werdet Ihr sagen, dass sie eine Wäsche nötig haben;
und ich werde nicht eher weichen und meine prallen Hoden auch nicht,
bis ich Euch nicht derart gevögelt habe, dass ihr ohnmächtig liegen bleibt.

Irgendwie schaffe ich es, das Weihnachtsessen meiner Mutter zu überstehen, ohne mich bedenklich zu betrinken und Streit vom Zaun zu brechen. Wie jedes Jahr bin ich an der Frage gescheitert, was man jemandem kauft, der schon alles hat. Deshalb verschenke ich aufregende Spirituosen, die ich im KaDeWe aufgetrieben habe. Der Pastis de Marseille ist zwar nicht schlecht, aber noch besser gefallen meiner Mutter die Konzertkarten für Helene Fischer, die Carol für alle außer mir besorgt hat. Sie ist die Tochter, die meine Mutter gern selbst zur Welt gebracht hätte, und ich hätte die Karte sowieso bei eBay vertickt. Aber für mich ist auch etwas dabei: ein Business-Knigge-Exemplar von Carol (signiert und mit Widmung), Benzingutscheine, Bargeld und Louboutin-Highheels, die ich natürlich gleich anziehen soll. Verziehe mich immer wieder vor die Tür, damit Salomé nicht auf das Fischgrätenparkett pinkelt oder mir die Crevetten hochkommen. Freiräume, in denen ich barfuß im Tsukiyama-Garten unter der Rotkiefer stehe und beobachte, wie der Hund gelbe Löcher in den Schnee pisst. Etwas Altes durchdringen, um Neues zu besiegeln. Wenn man den Mut hat, sich selbst zu belügen, ist die Vergangenheit frei von Reue, denn über echte Unschuld entscheiden de facto immer die Stunden danach.

15
Down Under

To cut a long story short: Gestern hat Carsten seinen letzten Kram abgeholt und Julie damit den Rest gegeben. Jetzt läuft bei ihr nichts mehr. Ich treffe sie morgens in der Küche zum Amsterdam-Frühstück mit Kaffee und Joint, eingelullt von einem Mixtape, das er ihr zum Abschied geschenkt hat. Kitschballaden in der Grauzone zwischen Moody Blues und Spandau Ballett sind das Einzige, was gerade bei ihr läuft. Wenn Julie Liebeskummer hat, kann ich ihrem Nähebedürfnis nicht gerecht werden. Ich schmiere ihr und Salomé ein Hörnchen und lege die Lateinvokabeln beiseite, bevor sie sich an meiner Schulter ausheult. Mein Rat: *Adverso flumine!* Klingt nach Harry Potter, bedeutet aber, gegen den Strom zu schwimmen. Seit Salomé sich am Fußende meines Bettes räkelt, gibt es jeden Morgen frische Croissants. Sie gehört zu den 15 Prozent degenerierter Haushunde, die an einer partiellen Fleischallergie leiden. Vielleicht liegt das am Vegetarismus ihrer Züchter oder ist die Konsequenz ihres Schicksals, ein Lifestyleprodukt zu sein. Zum Glück hat Urs eine Stange Futtergeld dagelassen, von der ich zwei Drittel in Drogen umsetze. Ein Croissant kostet bei unserem Bäcker 1,50 Euro. Was für eine Verschwendung. Als ich im Supermarkt festgestellt habe, wie billig die Fegedreck-Konserven sind, kam mir spontan die Idee, Salomé nach und nach einer Immuntherapie zu unterziehen, in der ich sie an ihre Urinstinkte zurückführe. Pro Mahlzeit spare ich 80 Cent. Bei zwei Mahlzeiten täglich macht das für die Dauer meines Dogsittings insgesamt 44,80 Euro, die ich bei meinem Haus- und Hofdealer Frank in Methylon oder MDMA anlegen werde, um dem Jahresende auf Helenes Party den letzten Schliff zu geben. Salomé bei mir abzusetzen bleibt trotzdem ein Schnäppchen. Es wäre viel teurer gewesen, sie in eine dieser Pensionen zu geben, wo sie in einem zugeschissenen Außenkäfig auf Schulmädchen wartet, die mit ihr zwischen Jagdschloss Grunewald und Hundekehle auf und ab gehen. So richtige Mädchen eben, die Tierarzt werden wollen oder Eltern mit Haustierphobie haben.

Die Grundstimmung ist angekratzt: Mein Mitbewohner verlegt seine Romanze, Affäre, was auch immer, in ein anderes Land, um in der köterfreien Zone eines spanischen Hostels die Zimmernachbarn zu traumatisieren. Und Julie hat seit Tagen nichts gegessen, weil sie irgendwie nur am Heulen ist. Was soll ich sagen? Mit Anika läuft es ähnlich beschissen. Mein Auto kann ich mir nach den Feiertagen vom Parkplatz der Uni abholen, und sollte ich den Adventskater überleben, schreibt sie, finde ich mein Geschenk im Handschuhfach. Aktuell haben alle mehr von der Situation als ich, sogar der Biobäcker gegenüber, der anfängt, mich zu grüßen, wenn ich morgens um sechs mit Salomé durch den Kiez flaniere und ihm seine glutenfreien Croissants abkaufe.

Ich bin gegen Haustiere. In Berlin ein Tier zu halten ist der klägliche Versuch, die Einsamkeit der Stadtanonymität zu kompensieren. Während durchschnittliche Katzenhalter an ihren Tieren etwas Devotes ausleben, suchen Menschen mit Hund einen echten Kumpel, den sie kontrollieren können. Eine Form der mentalen Sodomie, die nicht ganz billig ist. Im Fall von Salomé schätze ich den Anschaffungspreis auf drei Monatsmieten. Auf ein Jahr gerechnet kommt man bei einem durchschnittlichen Hörnchenpreis von 1,50 Euro auf knapp 1100 Tacken, die der Hund gegen den Baum setzt. Überhaupt zählen die Momente, Hunden beim Scheißen zuzusehen, nicht zu den Privilegien, vor allem wenn es länger dauert oder man die Wurst noch aus dem Fell fummeln muss. Die Blicke der Passanten sind erniedrigend. Vorhin blieb jemand stehen, als ich Salomés Vortagsmenü mit dem Plastikbeutel aufhob, und sagte *Find ich gut!* – *Verpiss dich*, fiel mir dazu ein.

Immerhin kommt man unter Leute. Leider sind es jeden Tag dieselben Arschlöcher, auf die ich im Treptower Park treffe, damit sich Salomé in den Hinterteilen ihrer Spezies vergraben kann. In den Gesprächen geht es um belanglose Episoden aus dem Leben mit Haushund und um Tierärzte, oder jemand schlägt die Parktrommel, weil mal wieder irgendein Köter an einem Giftköder verreckt ist. Meine neuen Bekanntschaften sind ein Kneipenproll, der schon beim Morgenspaziergang mit Fahne unterwegs ist, eine von ihrem Schäferhund überforderte Oma und eine übelgelaunte Mutti mit verrauchtem Gesicht, die längst bereut, ihrer Tochter den Retriever geschenkt zu haben. Ich warte auf den Tag, an dem das Mädchen mal einen guten Start hat und selbst mit dem Hund geht. Natürlich wird sie viel zu jung für mich sein und nach ihrer Mutter kommen. Und dann ist da noch Sina, deren Mops scharf auf Salomé ist. Sie ist Zahntechnikerin und hat vielleicht deshalb dieses Vorzeigelächeln. Vermutlich finde ich sie heiß, weil sie mit etwas Fantasie Helenes Schwester sein könnte, aber zu tiefgründigen Gesprächen kommt es nicht, wenn man wegen seiner Hunde einen Meter Abstand halten muss.

Im alten Griechenland haben sich Frauen in Trauer das Gesicht zerkratzt. Der moderne Verzweiflungsgestus läuft über den Playmobil-Haarschnitt, den sich Julie mit Juleks Bartschneider vor dem Badezimmerspiegel zufügt. Optische Selbstverstümmelung ist okay, wenn sie dem Ausruf einer neuen Ära dient. Bei einer besten Freundin, die am Boden zerstört ist, sowieso. Zu den Klängen von *Purple Rain* stutzt sie sich die Mähne, bis sie ihre ursprüngliche Haarfarbe erreicht hat. Möglicherweise hofft sie, der Pilzkopf appelliert an Carstens Sadismus. Der Liebesbeweis einer Sub, der ihn zurück in die Sklavenkammer ihres Balkonzimmers treiben soll. In ihrer Verzweiflung glaubt sie, die Tattooschickse ist Höhepunkt eines Mindfuck Game und das Mixtape der Soundtrack zur heißen Versöhnung.

Ich kenne diese rituellen Last-Dance-Phasen, in denen Julie mit ihren Mackern abschließt. Die dreiwöchigen Dramen laufen darauf hinaus, dass sie sich von Männern aufreißen lässt, die das Niveau ihrer Vorgänger unterbieten. Seit ich Julie kenne, sind vier solcher Transittypen zu verzeichnen, und ich will nicht wissen, was noch so in ihrer Blackbox schlummert. Zwei der Kerle hatten es nur auf ihren Pass abgesehen. Ein gut gebauter Koch aus Barbados, der in einem dieser Stock-im-Arsch-Hotels am Potsdamer Platz arbeitete. Den Pass gab es zwar nicht, dafür Gourmetspeisereste gepaart mit Hochleistungssex. Als wir herausgefunden haben, dass der Barbadier für seine Anstellung regelmäßig den Schwanz vom Hotelchef im Hintern hatte, spülte Julie tagelang ihre Sambuca-Abstürze im Klo herunter und warf seine Nummer gleich hinterher. Sein Nachfolger Sebastian war eine anfangs vielversprechende Alternative. Ein Sachse, den sie beim Speed-Dating aufgerissen hatte und dessen Dialekt sie nach den ersten Glückswehen von selbst darauf kommen ließ, die Treffen auf ein Minimum zu reduzieren. Als Julek bei uns einzog, gab es eine Ruhephase, in der Julie aus dem *Duncker* lichtscheue Dark-Wave-Gestalten mit nach Hause brachte, die ich nie zu Gesicht bekam, weil sie bei Tag zu Staub zerfielen. Vor Carsten war sie verrückt nach einem Tamilen, wobei ihre Todessehnsucht ohne Wiedergeburt an seiner Hoffnung auf Reinkarnation scheiterte. Sein Wunsch, Julie so schnell wie möglich in Sri Lanka unter die Haube zu bekommen, driftete ins Nirwana, noch bevor ich seinen

Namen richtig aussprechen konnte. Wenn Julie demnächst anfängt, sich frei zu vögeln, wünsche ich ihr einen Kerl, der sich nicht in die Shit-Liste einreihen lässt.

Abends fahren wir mit dem Metrobus durch eine leergefegte Stadt zu Frank in den nazifreien Teil Lichtenbergs, weil Julies Liebeskummer die Vorräte an WG-Narkotika aufgebraucht hat. Seit Anika nach Babelsberg ausgewandert ist, gibt es sowieso keinen Anlass mehr, sich zu benehmen, und ich bin selbst tierisch scharf darauf, mich wegzuballern. Heute muss es nicht Helene sein, die mir die Sinne verkalkt. Ein Tête-à-Tête mit Mary Jane ist das Vielversprechendste, was der Tag in Aussicht stellt. Julie hängt mir am Ärmel und ergibt sich im 30-Minuten-Takt ihrem Selbstmitleid. Warum passiert so etwas immer mir? Soll ich anrufen? Gibt es irgendetwas zu retten? – alles Fragen, die auch aus meinem Mund kommen könnten, tun sie aber nicht, weil mich die Antworten nicht interessieren. Jedenfalls nicht heute. Außerdem verlangt der Nervous Breakdown einer besten Freundin vollste Aufmerksamkeit. Man muss für Ablenkung sorgen, aber die ganze Sache ernst nehmen. Man hält das Handy vor ihr versteckt und wischt ihr so lange die Tränen aus dem Gesicht, bis sie ein Stück der Pizza isst, die vorher beim Anti-Liebeskummer-Einkauf neben Eis und Popcorn im Wagen gelandet ist. Sich in der Öffentlichkeit so gehen zu lassen, ist der Versuch, den eigenen Selbstwert wiederherzustellen, indem man der ganzen Welt seine Misere mitteilt. Wenig elegant, doch möglicherweise heilsam. Die Crying-in-Public-Methode wäre nichts für mich. Mein letzter Herzschmerz ist zwar eine Weile her, doch bei mir hat Abfuck-in-Private immer gut funktioniert. Ich versuche, das Julie am Frontplatz der oberen Busetage nahezulegen, doch sie hat sich viel zu sehr in Rage geflennt und schlägt ihren Kopf gegen die Fensterscheibe. Es wird Zeit, dass wir bei unserem Dealer ankommen. Die BVG zu benutzen, ist zur entvölkerten Weihnachtszeit okay, ansonsten aus vielen Gründen ein Wagnis, vor allem, wenn man Zeitdruck hat und sich gereizte Busfahrer mit Taxiunternehmen anlegen. Die Begleitung einer neurotischen Freundin und eines windeltragenden Hundes, der schaumige Grasklumpen in den Fußraum würgt, macht es nicht besser.

In Franks Bude ist es so ranzig, wie man es von einem Mittvierziger seines Kalibers erwartet. Ein ewiger Ex-Junkie-Single mit löcheriger Nasenscheidewand und einem Lächeln, das ein paar Kronen nötig hat. Die Inneneinrichtung stammt von Mutti, und ihm fehlt eine anspruchslose Konkubine für die Bügelwäsche. Oder einfach nur eine dental versierte Frau wie Mops-Sina. Zwei Zimmer: eins für den Kundenempfang, mit Röhrenfernseher und Süßwasseraquarium, in dem mehr Schnecken als Fische wohnen. Das andere dient als Schlaf- und Drogenlager. Jedes Mal, wenn ich Frank einen Besuch abstatte, entschuldigt er sich für die Fenster, auf denen der Schmutz einiger Jahre klebt und damit die 70er-Bahnhof-Zoo-Atmosphäre authentisch macht. Immerhin gibt es irgendeinen Bezug zu Körperhygiene, denn die ganze Wohnung riecht nach Axe Alaska. Die Silikonschiene in seiner Nase ist das Einzige, was die Junkie-Romantik bricht, und zum Glück interessiert sich sein Listenhund nicht für Salomé. Wie sollte ich Urs erklären, dass seine Hündin beim Drogenkauf von einem Stafford zerrissen wurde?

Frank ist ein Dealer mit Stil. Man darf probieren, was man kauft, und der Kurs ist anständig. Wie häufig habe ich erlebt, dass ich in der Hasenheide statt Gras zwei Pfund Oregano in der Tasche hatte, weil ich im Halbdunkel nicht richtig hingesehen habe – nicht nur Dealer haben Schiss vor Bullen. Oder die Typen, die mit Zehnerkursen handeln, weil sie ihr Zeug selbst verkiffen. Gute Dealer sind clean und ehrlich. Frank ist zwar von Koks auf Goldkrone umgestiegen, aber beschissen hat er mich noch nie. Es ist ein Wunder, dass er bisher nicht ein Mal von den Bullen hochgenommen wurde. Bei den Mengen Gras, die ich in seinem Schlafzimmer vermute, reicht das locker für ein paar Jahre Moabit. Sowieso ist es an der Zeit, Gras endlich zu legalisieren. Auf dem Balkon eine Pflanze zu ziehen ist okay, aber das Zeug in der Schublade zu haben nicht – das macht keinen Sinn. Und wenn man es legal aus der Apotheke bekommt, ist eh schon alles zu spät, und man kann zugedröhnt darüber sinnieren, ob man einen Eichensarg präferiert oder doch lieber verbrannt werden möchte.

In der Glotze quatscht Günther Jauch, und ich scheitere bei 125 000 Euro. Kartoffeln haben mehr Chromosomen als Menschen. Wieder was gelernt. Vielleicht nutzt Frank deshalb Julies Stimmungstief für einen Einzellerflirt, indem er sie quatschen lässt und Kommentare einstreut, die ihr schmeicheln sollen *(Du bist eine tolle Frau!)*. Natürlich weiß er, dass eine Frau gar nicht genug Liebeskummer für eine Trostnummer mit ihm haben kann. Aber das scheint ihn nicht zu stören.

Ich liebe Ü40-Männer, weil sie bestimmte Dinge nicht mehr nötig haben. Die kritische Phase liegt bei den meisten in den Dreißigern. Da wird gehadert und die Postpubertät nochmal voll aufgedreht, bis sie mit Anfang 40 einsehen, dass es Wichtigeres gibt, als Schwänze zu versenken und coole Trips mit den Kumpels. Bei anderen läuft es umgekehrt: Da steht die 19-jährige Geliebte erst mit der Midlifecrisis auf dem Programm. Was man in den sportlichen Hochphasen seines Lebens unterdrückt, rächt sich eben, bis am Ende die Reue so groß ist, dass man als verbitterter Rentner die Tage zählt. Bei Frauen verhält sich das nicht anders. Es gibt kokette Phasen, in denen sie sich ausprobieren und herausfinden, wie weit sie gehen können. Haben sie einen Typen, mit dem sie sich sicher fühlen, an Land gezogen, bleiben sie so lange aufrichtig, bis sie gegen eine andere eingetauscht werden. Das alte Spiel mit den Gegensätzen und dem eigenen Stolz.

Lesbische Frauen ticken anders. Die, die ich kenne, stehen von vornherein nicht auf Kerle und wundern sich spätestens in der Oberstufe nicht mehr, dass sie Hollywood-Schauspielerinnen verschwitzten Fifa-Spielern aus Südamerika vorziehen. Insgeheim stehen sie auf ihre besten Freundinnen und feiern nach ein paar Drogen die hochprozentigen Küsse auf Partys, bei denen die Badewanne zum Kühlschrank wird. Oder sie probieren die Jungs in ihrem Umfeld aus, die in dem Alter aber weniger mit der Qualität ihrer Rein-raus-Technik beschäftigt sind. Diese Mädchen kommen schon früh zu Ergebnissen, die sie noch weiter in die Spirale der Homosexualität treiben. Es folgen Jahre der Enthaltsamkeit, wenn man nicht gleich auf ein adäquates Pendant trifft, mit dem man, so schnell es geht, zusammenzieht. Oder man sucht im Netz nach Omnipotenz und relativiert seine Vorstellung von wahrer Liebe im Rahmen digitaler Fernbeziehungen.

Der Tag neigt sich dem Ende zu, und im Schaltkreis des erstklassigen Stoffs von Frank ist die Welt wieder in Ordnung. Dank den Geldgeschenken unserer Eltern und Urs' Hörnchenzulage bringen wir es auf zwei Gramm Kokain, acht Gramm bestes Pollen, eine Blisterpackung Tavor und zwei Glückspillen, die ich für Helenes Geburtstag einplane. MDMA war aus, was schade ist, weil man damit sogar ein Tischbein ficken kann. Alles zusammen für 210 Mäuse plus das Zeug, das wir gratis vor dem Fernseher gezogen haben.

Zurück im Metrobus geht Julie auf den besten Plätzen in die Offensive. Kokain lässt nicht viel Raum für Sentimentalität. Ihr Kummer landet in den Weiten ihres Kleinhirns, ihre Telefonnummer auf dem Tagesticket eines Australiers mit dem Rufnamen Clyde. Er studiert Klavier an der Hanns-Eisler und ist nicht gerade ein Schmuckstück, aber dankbar für jede Form von Anschluss, weil er neu in Berlin ist. Auch sein Weihnachten fällt flach. Für zwei Tage Christmas-BBQ lohnt sich der 20-Stunden-Flug nach Melbourne nicht, erzählt er und friert trotz Daunenjacke. Um diese Zeit stehen in Down Under 30 Grad und Beachpartys auf dem Programm. Santa Claus kommt unter dem Filzmantel ziemlich ins Schwitzen und die Bescherung findet vor aufblasbaren Tannen statt. Die sind in Australien angesagt. Hinterher geht es in die Sommerferien und nicht in den Skiurlaub. Das klingt nicht nach Winterromantik, aber Julie findet die Vorstellung, Weihnachten am Meer zu verbringen, bombastisch. Außerdem würde sie gerne in diese Oper, die so aussieht wie eine aufgeplatzte Muschel. Dafür, dass sie sich eigentlich nicht für Australien interessiert, stellt sie genau die richtigen Fragen und brilliert mit Kreuzworträtselwissen. Sie erklärt ihm, dass viele Deutsche denken, Sydney sei die Hauptstadt, und dass er mit seinem Studentenausweis auch die Busse benutzen kann. Ich bin raus, Clyde beißt an. Soll sie ihren Spaß haben. Wir werden gute Freunde, wenn er es schafft, Julies Musikgeschmack zu korrigieren, und sie dazu bringt, das Abschiedstape von Carsten aus unserer Küchenanlage zu verbannen. Außerdem wirkt er nicht so, als hätte er Spaß daran, seinen Penis an ihrer Brustwarze zu befestigen. Clyde steht auf romantische Klaviermusik, und weil er Julie schlecht mit Clara Schumann betrügen kann, verlagert sich das eigentliche Drama auf nächstes Jahr, wenn sein Austauschsemester endet und er seine Fingerfertigkeit zurück ans Conservatorium of Music nach Sydney verlegt. Julie ist so zugedröhnt wie drei Koalabären zusammen, und ich stelle in meiner Drogenlogik fest, dass Clyde die perfekte Selbsthilfe auf Zeit sein könnte. Auf dem Fünften Kontinent gibt es zwar mehr Kängurus als Einwohner und die Hälfte wildlebender Koalas verrecken an Chlamydien, aber das sagt nichts über Clydes Intimhygiene aus. Wie schade, dass er am Ostkreuz aussteigt. Ich würde das Gespräch gerne auf die Affäre lenken, die Clara Schumann mit Brahms hatte, als mich weiter mit Carstens Umtriebigkeit zu beschäftigen.

Nach einer längeren allergenen Durchfallpromenade mit Salomé, bei der Julies Gedanken im Outback feststeckten, haben wir die Wahl zwischen einem Historiendrama mit Julianne Moore und einem Sofia-Coppola-Streifen, in dem nichts passiert. Als Kind habe ich mir einen Hund gewünscht, um zusammen mit ihm *Susi und Strolch* zu gucken. Statt eines Hundes gab es eine Nintendo-Konsole und die Jungs aus meiner Klasse, denen ich bei *Street-Fighter II* die Fresse poliert habe. Chun-Lis Spinkick für die Frauenquote. Aber heute ist nicht der richtige Tag für verpasste Kindheitsträume oder petrarkische Julianne-Moore-Erotik:

> *Manchmal befällt ein Zweifel mich inmitten*
> *meiner Klagen. Wie können diese Glieder so weit*
> *entfernt vom Geist, der sie beseelt, denn leben?*
> *Doch Amor gibt die Antwort: Weißt Du nicht,*
> *dass dies das Vorrecht derer ist, die losgelöst*
> *von aller Menschenweise lieben?*

Wir entscheiden uns für den langsamsten aller Coppola-Filme (*Somewhere*). Der Blunt, den wir dazu rauchen, verabschiedet das Koks, und ich dämmere zwischendurch immer wieder weg. An kläglichen Tagen wie diesen rechne ich sowieso nicht damit, etwas zu verpassen.

16
Neo-Hetären

Das gesamte Jahr über leben Menschen wie ich in ihrer Wohlstandsblase. Sie beklagen sich über die Dummheit ihrer Mitmenschen und ihre eigene Mittelmäßigkeit, weil man mehr als Mülltrennung nicht hinkriegt. Findet man im Sommer Zerstreuung auf irgendwelchen Outdoor-Solipartys oder gönnt sich die Reise, auf die man die ganze Zeit hingespart hat, dienen die Übergangsmonate der Strukturfindung. Im Frühling putzt man die Wohnung und bepflanzt seinen Balkon mit Kräutern und anderem Schnickschnack, um sich vorzugaukeln, dass man dicht dran ist an dem Lebenswandel, den einem Lifestylemagazine ans Herz legen. Im Frühling wird man zu einem besseren Menschen. Ist man zwischen Mai und August am Höhepunkt seiner Möglichkeiten angekommen, stimmt der Herbst nachdenklich. Man macht den Balkon winterfest und postet seinen Netzfreundschaften nach Halloween fassungslos die ersten Dominosteine des Jahres. Und dann geht es einem einfach nur beschissen. Der Zyklus endet mit Vitamin-D-Präparaten und Wohltätigkeit. Man unterschreibt die Avaaz-Petition gegen Bienensterben und toleriert die bewusstlosen Penner, die in der Ringbahn den ganzen Tag im Kreis fahren. Es ist die Zeit des Jahres, in der man sich beim Anblick der verstörenden Fotografien irgendeines Jahresrückblicks schämt, weil man gerade noch die verblassende Sommerbräune beklagt hat oder das größte Problem des Tages die eigenen Hämorrhoiden waren. Bei Julie sind Krampfadern der Grund, warum sie seit zwei Stunden das Badezimmer blockiert und in einem knöchelhohen Sud aus Heilerde Carsten am Telefon anschreit. Es geht um Geld und Erklärungen, die er ihr schuldet, das Sitzbad dient der Verjüngung ihrer Rektalmuskulatur. Langsam gewöhne ich mich an die Armseligkeit, die momentan durch meine Privaträume zieht. Ich vermisse Julek und seine Randompartys, auf denen ich nach vier Gin Tonic mit irgendeiner Anna, Sofia oder Marie (irgendwie heißen UDK-Mädchen alle gleich) abstürze. Immerhin kommt Julie im Gegensatz zu mir in den Genuss echter Kommunikation und hat einen Adressaten für ihren Frust. Ich versuche, ihr Geplärre auszublenden und mich auf Salomé zu konzentrieren, die inzwischen Gefallen am JA!-Futter findet und sich jedes Mal vor Freude überschlägt, wenn ich den Dosenöffner aus der Schublade krame – ihr Retortendarm lässt sich aber nicht so einfach überlisten, wie ich dachte. Das kommt davon, wenn man sich über die Natur erhebt. Vielleicht führt die *imitatio dei* direkt zur Vertreibung aus dem Paradies. An Salomés Stelle würde ich in Hungerstreik treten oder hätte längst Antipathien gegen mich entwickelt, doch Hunde lassen sich sogar von Händen streicheln, die sie schlagen. In dieser Hinsicht sind wir uns nicht unähnlich.

Eigentlich müsste ich glücklich sein: Ich lebe in einer weltoffenen Stadt, in der Intoleranz nicht zur Beliebtheit beiträgt. Jedenfalls gilt das für einen Großteil meiner Altersklasse und sogar für meine Mutter. Sie hat nie darauf gewartet, dass ich doch noch den Richtigen treffe, und sich klar vom komischen Bauchgefühl der Kanzlerin abgegrenzt, als es um die Homoehe ging. Ich könnte also mit meiner Freundin händchenhaltend in einer Bar sitzen, ohne auf dem Heimweg erstochen zu werden. Aber Homophobie hat viele Gesichter und kommt manchmal sogar aus den eigenen Reihen. Es gibt viele Frauen, die auf Frauen stehen und es lieber anders hätten. Das gilt vor allem für die Damen Ende 20, Mitte 30, die auf leeren Nestern sitzen und nichts außer Reisepläne und grippale Infekte ausbrüten. Der Tenor: Alles wäre einfacher, würde man wie jede andere auf Männer stehen. Unterbewusst fühlt man sich vom System verarscht, aber natürlich geht nur die Minderheit der Minderheit auf die Straße und kämpft gezielt für nachhaltige Rechte. Da helfen auch die zwei bis drei Straßenfeste nichts, auf denen man sich hauptsächlich zum Saufen mit seinen Mädels trifft. Man kann sich seine Sexualität natürlich nicht aussuchen, aber in unseren Breitengraden ist Lesbischsein mit fortschreitendem Alter eine politische Entscheidung und bedürfte mehr Aktionismus. Besser trifft es die Frauen, die weder heiraten noch Kinder wollen.

Ich selbst gehöre zum Typ Problemlesbe und finde alles unattraktiv, was irgendwie lesbisch aussieht. Das liegt an meinem Problem mit Stereotypie, weshalb ich Veranstaltungen meide, die im Zeichen der korrekten Vagina stehen. Ich brauche keine Schutzräume, sondern eine Frau, die sich von anderen abgrenzt, indem sie sich zwanglos und selbstbewusst in der Gesellschaft bewegt. Das heißt: Mir gefällt die Idee eines großen Miteinanders und ich gehe in Clubs, in denen alles zusammenkommen darf, was irgendwie sexuell kompatibel ist. Der große Plural macht es nicht gerade einfach, jemanden kennenzulernen, ist aber durchaus möglich und wird dank WiFi vor allem in Großstädten immer einfacher. Der Haken daran ist, dass der klassische Lesbenchat voller kaputter Frauen mit kaputten Nicknames wie *Inside-her*, *Pusteblume* oder *Sommergewitter42* ist, die vor lauter Nervosität gar nicht erst antworten oder sich zum Spannen anmelden. Während Schwule ohne Umschweife via Grindr et alii Schwanzquartett spielen oder untereinander Spermastillleben und Rosetten-Close-ups austauschen, hat man beim Lesbo-Cyberflirt zwei Möglichkeiten: Entweder du unterscheidest dich durch deinen Intellekt elementar von *Hansemaus34* oder appellierst an die niederen Triebe, die die Netzlesbe vor sich selbst versteckt, aber gerne ausleben will. Liegt vielleicht alles an der Pornoindustrie, die sich für Frauen nicht auszahlt. In dieser Hinsicht haben es Männer, schwul und hetero, leichter. Entweder man dreht sich als Lesbe seine eigenen Pornos oder man greift mit Netzhautrisiken auf Frauen 30+ zurück, weil es in lesbischen Internetdomains auf den Charakter ankommt. Natürlich gibt es Ausnahmen, aber die wenigsten bringen das Format einer Anne Will mit und brechen mit Erwartungen. Frauen, für die ich mich interessiere, sind vergeben, haben Chats nicht nötig, sind gelegenheits-bi oder 1A-hetero.

Geoutete Lesben von Interesse
Anne Will
Kristen Stewart
Cara Delevingne
Portia de Rossi
Ellen (Page)

Und weil eigentlich ein Julianne-Moore-Hybrid die Liste anführen müsste, verbringe ich den restlichen Vormittag vor den Matches einer Paarungs-App, deren Frischfleisch mäßig frischer ist als bei Tinder. Ich habe mich für diese App entschieden, weil ihr Name an eine antike Liebesgottheit erinnert und man sich für die Vertrauensblockade im Rahmen allseits beliebter In-Trust-We-Fear-Mentalität mehr Zeit lässt. Das macht den Gedanken, sein Schicksal einem Primitivalgorithmus in die Hände zu legen, erträglicher. Zumindest in meiner kurzatmigen Fantasie hoffe ich, auf etwas Göttliches zu stoßen, denn leider unterstelle ich einem Drittel der zur Auswahl stehenden Klientel den Bildungsgrad von Menschen, die in einer Rollmopsfabrik den Höhepunkt ihrer Karriere vermuten. Grundsätzlich werde ich auf Upper-Intermediate-Englisch angetextet, obwohl mein Profil mit Selbststilisierungen auf Deutsch um sich wirft. Vielleicht verbindet man Neukölln automatisch mit Leuten, die ihre Fragebögen mit Google Translator ausfüllen, oder die Omnicorrectness hat die Dating-Apps unserer Zeit erobert. Dass ich überhaupt ein Profil besitze, ist Teil eines kompensatorischen Aktes, der sich in Gang gesetzt hat, als es mit Anika schon länger scheiße lief. Wenn man pro Woche mehrere Sexdates und andere Offerten in Aussicht hat, ist es einfacher, an den inneren Gigolo zu glauben. Allerdings hält sich nicht nur die Auswahl in Grenzen, auch die Antwortquote meiner Wunschobjekte sieht mager aus. An meinem Photoshop kann es nicht liegen – eher tippe ich auf die ungeschönten Statements meines Fragebogens in der Kategorie *Can't-do-without*: Arthouse, Skandinavien und Polyphonie, rasierte Mösen, fickbare Gesichter und kleine Titten. Nur so bringt man sein Date auf die richtige Spur, aber wie immer stoße ich bloß auf Ausschussware.

Die Neugierige

Ist eigentlich hetero, aber von der Männerwelt temporär gelangweilt. Sie hängt im Explorermodus rum und ist von ihren ursprünglichen Fortpflanzungsmethoden irritiert. In der Regel ist sie auf der Suche nach einem Einsteigermodell. Das ist eine feminine Frau, die sie an die beste Freundin von früher erinnert und mit der sie um die Häuser zieht, bis ein vorsichtiger Kuss darüber entscheidet, ob sie bei einem seichten Spielfilm mit lesbischem Inhalt auf Tuchfühlung gehen wird oder am Ende des Tages einfachheitshalber auf dich masturbiert. Tipp: Nicht gleich verlieben!

Die Butch

Der Schlachter unter den Queerdos. Man sieht ihr schon aus 200 Metern Entfernung an, was Sache ist. Sie gehört zu den Klischeeklassikern und hat sich mit Labels wie Kampflesbe, Mannsweib oder Dyke arrangiert. Da ich bei ihr sofort an Provinzbars konservativer US-Bundesstaaten denken muss, vor denen sich die Abschleppmotorräder aufreihen, kommt dieser Frauentyp nicht infrage. Trotzdem stellen die Schlachterinnen einen gesunden Kontrast zu den tschechischen Nutten mit Plastikfingernägeln und solariumgebräunten Kunstbrüsten dar, die in der Welt der Männerpornos das Frauenbild verzerren. Zum Glück ist Kunst Ansichtssache.

Die notorische Lügnerin

Wenn man bei den ersten Sätzen eines Chats das Gefühl bekommt, auf eine Seelenverwandte zu stoßen, sollte man skeptisch sein. Diese Outlet-Lesbe ist so extrem auf Partnersuche, dass sie im Netz eine Persönlichkeit generiert, die perfekt zu dir passt. Hat sie sich in dein Bild verliebt, verändert sie ihr Profil so lange, bis sie dir als perfektes Match vorgeschlagen wird. Sie hört exakt die gleiche Musik und hat grundsätzlich dieselben Vorlieben und Neigungen. Leider macht schon das erste Date klar, dass sie keine Ahnung hat, wovon man spricht, und hält Bikini Kill für einen Cocktail.

Die beste Freundin

Auch hier drängt sich die Seelenverwandtschaft auf, mit dem Unterschied, dass sie auch das zweite Date überlebt. Man hat sich so viel zu erzählen, dass während der stundenlangen Treffen die Zeit verfliegt, und verabredet sich noch am selben Tag für ein nächstes Mal. Man postet sich gegenseitig Musik und teilt spannende Facebook-Events. Es fehlt zwar nicht an Unterhaltung, doch das Sexuelle tritt in den Hintergrund, bis man sich mit einer anderen Frau verabredet und das eigentliche Drama losgeht.

Die Poetin
Mit Abstand die düsterste Variante. Schnell stellt man fest, dass hinter der Schlagfertigkeit und den blumigen Pointen ihrer Worte eine Pathologie lauert. Oft sind diese Frauen seelisch tief verletzt und in kreativen Berufen angesiedelt. Nicht selten leiden sie an Persönlichkeitsstörungen wie Bipolarität, Depression oder Bulimie. Kann sie ihre Neurotik im Chat noch gut verbergen, wird die Barnacht schnell zur Sitzung und der Therapieauftrag drängt die erotische Komponente unfreiwillig in den Hintergrund. Komplex und nicht uninteressant, aber wegen der Verantwortung zu anstrengend, und Sex gibt es auch nicht.

Die Queerfeministin
Wenn man bereit ist, seine Muttersprache neu zu erlernen und auf freizügigen Umgang mit Periodenblut steht, ergibt sich unter Umständen ein Treffen in einer dieser Bars, in denen sogar die Klosprüche korrekt sind. Da Krieg in der Natur des Menschen liegt, sind Wortgefechte vorprogrammiert. Vermeidet man Komplimente, männliche Substantive und misogyne Verniedlichungsformen, kann sich der Abend zum Besten wenden. Schafft man es in ihr Bett, einfach nett fragen, ob sie ihre Mondschale selbst entfernt, und dann steht sauberem Vergnügen nichts mehr im Weg. Vorteile: Man wird nicht die erste Frau auf ihrer Matratze sein, und je höher die Ekstase, desto unnötiger wird es, den Dirty Talk zu gendern.

Die Jägerin
Sucht man nicht nach der großen Liebe, ist sie das Beste, was einem passieren kann. Man verlässt schnell die Chatebene und trifft sich im echten Leben. Die Kennenlernphase wird übersprungen, und man landet ohne Umschweife in ihrem Schlafzimmer. Nach einer zweiten Flasche Wein kommt es zu schnörkellosem Sex und mit etwas

Glück weiß die Frau, was sie tut. Stress gibt es erst am nächsten Morgen, wenn man versucht, die Leere durch ein Gespräch zu füllen. Meistens stellt man erst dann fest, wie austauschbar man ist und dass die zwei Nachnamen am Klingelschild kein Zufall waren. Am besten geht man, sobald der Schweiß getrocknet ist.

Heute kann ich mir zwei absolute Vollkracher aussuchen: eine Opernsängerin mit Juraabschluss und Dönerzertifikat, die vor einem Verkehrsschild mit der Aufschrift *Dangerous Curves* posiert, oder eine bildungsbeauftragte Schönheit aus Dalmatien, die mehrsprachig bei Instagram über Asexualität aufklärt und nach Gleichgesinnten sucht. Ich weiß nicht, was ich tragischer finden soll: ihre Sexualität oder dass ihr meine Fotos suggerieren, in mir eine potentielle Gesprächspartnerin zu finden.

»Du weißt schon, dass der Hund mal rausmuss?!« Julie reißt mich aus meinen Gedanken. Meine beste Freundin hat kein Verständnis für meinen Umgang mit Haustieren. Wie man ein Tier behandelt, spiegelt den eigenen Charakter und zeigt, wie kaputt man wirklich ist. Zumindest an dieser Stelle habe ich den Überblick nicht verloren und würde mich selbst nie auf den Hund meiner Romanze aufpassen lassen. Selbst die Urzeitkrebse aus den *Yps*-Heften haben es richtig gemacht und sind in dem Wasserglasaquarium auf meiner Fensterbank gar nicht erst aus ihren Eiern geschlüpft. Aber in diesem Moment sind mir meine Dogsitterqualitäten ziemlich egal, und ich frage mich, wo ich Sardinen und frische Fischreste für mein Römer-Maggi herbekomme. Dem Geburtstagsbüffet einer unbekehrbaren Heterofrau echtes Garum beizusteuern, ist einer von vielen bescheuerten Liebesbeweisen, auf die nur sexuell unausgeglichene Archäologinnen mit lesbischem Hintergrund kommen. Apropos Essen: Es gibt sie tatsächlich! Männer mit Verve! Wenn Clyde nicht so aussehen würde, als hätte er Erektionsprobleme und eine ödipale Nummer mit seiner Mutter am Laufen, wäre er der geeignete Mr Right, den Frauen wie Julie permanent halluzinieren. Auch wenn es in Berlin nichts Geschmackloseres gibt als den Potsdamer Platz – es ist edelmütig, die Angebetete in ein teures Restaurant im Sony Center auszuführen, das ihr in Form widerlicher Steakpastetchen die eigene Kultur näherbringen soll. Vorher führt Clyde ritterlich durch die Kulturgeschichte Australiens, weil er bei Julie mit Clara Schumann nicht punkten kann. Eingekesselt zwischen dem Lindenbräu und der Deutschen Bahn Stiftung wird er ihr erklären, warum das Restaurant *Corroboree* heißt, und vorher alles Wissenswerte über Aborigines googeln. Da das Ambiente in jedem Lokal am Potsdamer Platz demjenigen steriler Flughafenbistros ähnelt und Julie gedanklich Carstens Eichelpiercing im Arsch hat, wird sich der Spirit trotz Foster-Bier in Grenzen halten. Aber das ist nicht weiter schlimm, weil es primär um halbherzigen Transitsex geht, der die verletzte Seele wieder aufrichten soll. Und selbst wenn Julie das Aussie-Englisch nur zur Hälfte versteht, wird es Clyde im Kontext einer 72-Euro-Rechnung gelingen, genug Eindruck zu schinden, um Carsten für die Dauer einiger Stunden aus ihrem Rektum zu vertreiben. Zum Dessert gibt es ein Privatkonzert in seiner Stipendiaten-WG im Vorzeigeteil von Mitte, die er zusammen mit irgendeinem japanischen Cello-Wunderkind bewohnt. Spätestens damit kriegt er sie ins Bett. Von allen WG-Modellen sind die Stipendiatenwohnungen renommierter Bildungsinstitutionen das beste Paradebeispiel für Komfort und Lebenshygiene. Eine Bleibe, in der man sich nicht mehr als Student fühlt, sondern im oberen Bereich der sozialökonomischen Evolutionsstufe angekommen ist. Clydes Wohnung wird alles haben, was unserem Partybunker fehlt – inklusive der eigenen Putzfrau, die einmal pro Woche über die Tasten eines Bechsteins geht. Leider reicht bei ihm die Abstraktion nicht aus, sich die Nummer auf dem Profiflügel vorzustellen, an die Julie sofort denken wird. Dieser Machthunger ist neu, denn natürlich weiß meine beste Freundin schon jetzt, dass sie und ihr roter Parka dem armen Kerl das Herz aus der Brust reißen werden. Saubermänner wie Clyde haben bei ihr nur in der Theorie eine Chance. Im Grunde möchte sie momentan einfach nur stilvoll benutzt werden und sieht ihre Erlösung in einem Mann, der wie ein Deo-Model aussieht, sich aber wie ein Penner benimmt. Carsten hat diese Fantasie zu 50 Prozent erfüllt. Würde ich meiner Bisexualität mehr Raum lassen, wäre Clydes Sensibilität eher etwas für mich. Einer, der auch nach dem dritten Date kein Drama daraus macht, dass man noch nicht miteinander geschlafen hat. Die Intervalle zwischen den Versuchen, ihn sexuell anziehend zu finden, sind gefüllt mit Hochkultur und tiefen Gesprächen über die Gottlosigkeit der Dinge. Tatsächlich hatte ich den besten Heterosex mit einem Musiker. Ein Gitarrist, der mit seiner unbedeutenden Band auf Tour war und den ich angehimmelt hätte, würde ich auf Acidjazz stehen. Warum stehe ich eigentlich nicht auf Männer oder Acidjazz? Es würde viele Dinge vereinfachen, und Berlin ist voll von Musikern auf Durchreise, die immer schon mal eine Lesbe vögeln wollten und keinen Wert auf ihre Telefonnummer legen. Mein ganzes Wesen ist das Ergebnis einer komplizierten Verhaltensbiologie.

Ich warte mit einer völlig zugekoksten Julie auf ihr Love Taxi, um anschließend beim Gassigehen Sinas perfekter Zahnreihe und ihrem Mops Schnaufi in die Arme zu laufen. Eigentlich heißt der Hund Franz Ferdinand, aber herzoglich sind seine Atemprobleme nicht. Wie jedes Accessoire sollte auch ein Hund zur eigenen Exklusivität und Imagemache beitragen. Frauen mit Huskys stehen auf Natur und ausgedehnte Wandertouren, die mit Dalmatinern sind extravagant und modebewusst. Lassen Besitzerinnen von Schäferhunden und Mischlingen auf Bodenständigkeit und Fairness schließen, haben Pudel- und Maltesertypen mit ziemlicher Wahrscheinlichkeit eine Vorliebe für alle Gegenstände, die man sich rosa vorstellen kann. Mopsfrauen wie Sina gehen mit dem Trend und sind entweder hilfsbereit oder einfach nur simpel gestrickt. Jedenfalls zeichnet sie Selbstbewusstsein aus, denn ein Hund, der so klingt, als würde er jeden Moment an seinem Schleim ersticken, ist nicht der beste Einstieg in ein Gespräch. Möpse tragen auch nicht zur Attraktivität einer Frau bei, aber Sina ist zu hübsch, als dass es stören würde. Mein Stimmungsbarometer hat mal wieder längst den Minusbereich überschritten, weshalb ich nichts gegen semitolle Konversation habe. Typische Parkschmonzetten: Weihnachten war ganz nett, ist aber zum Glück vorbei, gefolgt von Vorsatzfloskeln, wie sie sich übersättigte Optimisten zum Jahresende immer zurechtlegen. Mehr Sport machen, sich gesünder ernähren, weniger rauchen und die Pfunde vor der nächsten Zeitumstellung loswerden. Dann der obligatorische Themenschwenk, bei dem es um Angelpunkte unserer Begegnung geht: »Furchtbar, dass pünktlich nach den Feiertagen sofort die blöde Knallerei anfängt«, motzt Sina, denn jedes Jahr um diese Zeit hat Schnaufi Panikattacken und sie die passenden Pillen in der Handtasche. Kann mir das Grinsen nicht verkneifen. Liegt vielleicht an den ganzen Bekloppten, die sich 24/7 über ihre Geldsorgen beklagen, aber die Hälfte ihrer Ersparnisse in Böller investieren. Oder an der Tatsache, dass mir Schnaufi gleich viel sympathischer ist, jetzt, wo die Zusammensetzung seiner Beruhigungsmittel klarmacht, dass wir uns nicht nur seine Besitzerin teilen könnten. Im fahlen Laternenlicht sieht Sina Helene so ähnlich, dass ich sie am liebsten in die schummerige Bar am anderen Ende des Parks schleppen will. Oder gleich ins Gebüsch zerren. Wenn ich den Abend schon nicht mit Helene begehen kann, dann zumindest mit einer Frau, die nach zwei bis drei Drinks Helene wird.

PornTube: Rough pussyjob in public

Menschen wie ich, die an fehlender Impulskontrolle leiden, haben es einfach: Sie setzen die Dinge sofort in den Sand oder erfüllen sich ihre Lebensträume, indem sie sie einfordern. In Sinas Fall stößt mein Fatalismus die richtige Tür auf, denn sie hat nichts gegen meinen Vorschlag, auf einen Absacker in einer der ranzigsten Kneipen Neuköllns vorbeizuschauen. Auf dem langen Umweg in den *Kaktus*, wo seit 20 Jahren dieselben Ärsche ihre Leichenschatten in die Polster der Barhocker eingravieren, lassen pikante Themen und Schnaufis Haufen auf sich warten. Jetzt mach mal Kacki, ist nicht gerade der beste Einstieg in die Helene-Imitation. Doch ich habe Mitleid: Im Winter treffen sogar passionierte Hundebesitzer wie Sina auf ihren inneren Schweinehund, wenn sie im Dunkeln den Gehweg mit einem Kackbeutel absuchen und die Konsistenz per Drucktest überprüfen müssen. So ausgiebig wie in den letzten zwei Wochen habe ich mich noch nie über die Verdauung von Säugetieren ausgetauscht und hoffe schwer, dass sich Sina in der Kneipe zuallererst ein Waschbecken sucht. Wäre noch zu klären, wie ich die Durchschnittsproleten finde, die ihre Kampfhunde illegal auf dem Polenmarkt kaufen und sich nicht an die Maulkorbpflicht halten. Letztens hätte Schnaufi fast ein Ohr gelassen. Englischer Mops gegen American Pit Bull hat biblischen Unterhaltungswert und wäre auf einem der gestörten YouTube-Kanäle der absolute Klickgarant. Aber wie erklärt man das einer Frau, die ihrem Hund bei Facebook ein eigenes Profil anlegt? Überhaupt scheint Sina neben Schnaufi nicht viele Lebensinhalte zu haben. Im Kippendunst der Kneipe wird sie zwar nach dem dritten Schnaps in ihrer Rolle als Helenes Lookalike immer überzeugender, doch sind die Gespräche weit von dem Zauber entfernt, den ich mir erhofft habe. Es geht um ihren One and Only, der wie sie in der Dentalbranche arbeitet und mit dem sie gerade erst zusammengezogen ist. Einer dieser typischen Smalltalks, wie ihn sich nur heterosexuelle Frauen untereinander zumuten, denn selbstverständlich erkläre ich ihr nicht den wahren Grund für mein Interesse an ihrer zweifelhaften Gesellschaft: Hoffentlich klappt das alles mit dem Zusammenwohnen, denn man hört ja oft, dass gerade das der Todesstoß für eine Beziehung sein kann, und dann hat man sich ja auch gerade erst verlobt und so schön der Antrag am Gardasee war, jetzt wird es ernst. Abgerundet wird der Gesprächsblock über ihr Liebesleben durch Handyfotos, die Sina und ihren Traumprinzen in besagtem Urlaub zeigen. Höre mich *süß!* sagen, aber abgesehen von der scheinbar berufsbedingten Perfektion seines Lächelns gehört der junge Mann nicht gerade zu den majestätischen Erscheinungen dieser Stadt. Und weil die einzige Krone, die Sina heute in den Händen hielt, aus Keramik bestand und einem Profisportler gehört, sollte sie vielleicht doch besser über die Rentabilität von Underground-Hundekämpfen im Treptower Park nachdenken. Mit Schnaufi zur Klickhure und YouTube-Millionärin! Klingt vielversprechender als ein Alltag mit Manuel, dessen Höhepunkt gekommen ist, wenn sie ihm abends die Zahnseide reicht. Immerhin ist Sina echte Berlinerin und hinterfragt überholte Beziehungskonzepte, die von Kindern und Hochzeiten zusammengehalten werden.

Monogamie ist das neue Frigide – darüber sind wir uns schon mal einig. Ich wittere etwas Wildes in Sina, eine unausgelebte und innovative Seite ihres Fickverhaltens, die sie an die Grenze gängiger Sexualkonventionen treibt. Heterosexuelle Frauen, die übersehen oder absichtlich ignorieren, dass sie von einer Lesbe angegraben werden, sind zumindest in der Theorie dem sapphischen Lustprinzip nicht unaufgeschlossen. Sie stellen zwar keine Fragen, aber hoffen insgeheim, dass man die deftigen Details nicht ausspart, die die Grauzonen ihrer Erfahrungswelten aufwerten. Das ist meine Chance, beim langweiligen Schnapsintermezzo die richtigen Weichen zu stellen, doch müsste für meinen Geschmack die Sache mehr an Fahrt und Indiskretion aufnehmen. Der einzige Ort, an dem echte Stimmung aufkommt, liegt unterhalb der Tischplatte. Schnaufis knallenge Thunder-Shirt-Korsage gegen saisonbedingte Panikanfälle hält ihn nicht davon ab, hartnäckige Entjungferungsversuche Richtung Salomé zu starten, die offensichtlich keine Einwände dagegen hat. Die durchschnittliche Lebenserwartung eines West Highland Terriers liegt zwischen 12 und 16 Jahren. Bedeutet: Ihr Zug ist demnächst abgefahren. Ich kann verstehen, dass sie wenigstens einmal in ihrem Leben ordentlich genagelt werden will, wenn auch von einem notgeilen Mops mit Pheromonhalsband und psychischen Problemen. Hunde sind eindeutig nur dazu gut, ins Gespräch zu kommen, nicht, um es zu vertiefen. Anstatt an meinen Lippen zu hängen und meinen Ausführungen darüber zu lauschen, dass Lesben ihr Liebesleben nicht gezwungenermaßen von Strap-ons und Gleitcreme bestimmen lassen, klebt mir Sina an den Knien und überwacht Schnaufis Replikationsgeifer. Ein wirklich unverschämtes Klischee, sage ich und schmeiße mir ein paar von den Mops-Tranquilizern ein, die griffbereit neben ihrem Bierglas auf meine Magensäfte warten. Tryptophan wird im menschlichen Körper zu Serotonin umgewandelt, vielleicht hilft das, der Belanglosigkeit unseres Dates ein paar echte Glücksmomente oder ein fettes Placebo einzuhauchen. Vielleicht hätte Sina auch ein paar nötig, aber ihr konkrete Avancen zu machen ist die aufrichtigere Strategie.

Zu meiner Freude ist unsere Chemie funktional genug, die Ansätze ihres Lallens immer wieder auszublenden und mich der Illusion hinzugeben, nicht für Sina, sondern Helene nachzubestellen. Das geht ganz gut, weil ich die Gesamtmischung mit ein paar Kurzen abrunde, die ich heimlich am Tresen kippe, bis die Szenerie verschwimmt. Möchte man sich die harte Wirklichkeit weichzeichnen, eignet sich am besten etwas Klares wie Wodka. In Maßen lockert er die Zunge, ohne sie zu beschweren. Hat sich eine Lesbe progressiv gesoffen, driftet sie ins Standardprogramm ab. Fragen wie *Hattest du schon mal was mit Frauen? Auf welchen Typ würdest du stehen? Wäre ich dein Typ? Dreier oder mit zu mir?*, befruchten jedes noch so lahme Date. Im Fall von Sina kommt es zu Gesichtsrötungen, deren Ursprung in meiner Übergriffigkeit oder in ihren Schamgefühlen liegt. Dass Schnaufi seine Pfoten nicht von Salomé lassen kann, ist einleuchtend. Beobachte, wie meine Hand nach Sinas greift und höre mich etwas wie *Du bist unglaublich schön* sagen. Die Geschwindigkeit, mit der Sina das Glas leert, könnte mir signalisieren, dass sie nach einem Grund sucht, so schnell wie möglich abzuhauen, oder einfach noch einen Drink mehr braucht. »Und du bist nicht ganz dicht!« Es dauert eine Weile, bis es ihr gelingt, ihren Mops von meinem Terrier zu schälen und den richtigen Schein aus ihrer Tasche zu fingern, den sie wütend auf die Tischplatte knallt. Es ist nie schön, in der Öffentlichkeit abserviert zu werden, doch immerhin muss ich nicht noch die Zeche prellen. Das war es dann wohl mit unserem Pseudodate und vermutlich wird Sina ihre Gassiroute dreimal überdenken, um unsere Parkfreundschaft nicht weiter auszubauen. Immerhin hat sie zu Hause etwas zu erzählen. Vielleicht macht es Manuel heiß, wenn er erfährt, dass seine Freundin von einer Lesbe belästigt wurde, und hilft ihr, diese untervögelte Ausstrahlung für eine Nacht loszuwerden.

Ich schließe die Augen und sehe wie so oft Helenes nackten Körper in seiner unbegreiflichen Unfehlbarkeit vor mir. Entweder sind Schnaufis zu niedrig dosierte Pillen an meiner Blut-Hirn-Schranke gescheitert, oder es gibt einfach nichts in diesem Leben, das Helenes Antlitz auch nur ansatzweise toppen könnte. Es scheint eine natürliche Fehleigenschaft des Menschen zu sein, Dinge anzubeten, die er nicht begreifen kann. Manche gehen dafür in die Kirche, ich lasse mir von einer Person, die mir normalerweise am

Arsch vorbeigehen würde, im *Kaktus* einen Korb geben. Es geht um meine ganz persönliche Heldenreise, die ich Helene heimlich und im Stillen widme. Dass ich auf meinem Banner keinen Falken, sondern einen darmkranken Terrier trage, ist purer Zeitgeist.

17
Persona non grata

Auf dem Parkplatz der Universität hält sich meine Laune in Grenzen. Nach mehreren Tagen Bratenspaß und Weltfrieden auf Knopfdruck schleppen sich alle mit rosigen Wangen an ihre Institute und strahlen diese aufgesetzte Zuversicht aus, mit der man das neue Jahr starten möchte. Betrifft natürlich nur die, die ihre Rückreise aus der Heimat nicht erst zur hippen Silvesterparty antreten. Der Vorteil: Der Campus ist wie ausgewechselt. Mein persönliches Elysion, in dem mir hauptsächlich echte Berliner über den Weg laufen und mit etwas Glück Helene, deren knallenge Jeans im Rückspiegel vor einigen Minuten zu spontanen Hitzewallungen führte. Passend dazu läuft im Radio das Finale von Beethovens Neunter. Als rechte Hand von Freddy kann sie es sich scheinbar nicht leisten, länger als nötig bei ihrer Familie in Bremen zu bleiben, oder hat die Feiertage gleich ganz in seiner Villa verbracht.

Auf dem Tagesprogramm stehen zwar Romy und der Vortrag, aber es ist der Inhalt meines Handschuhfachs, der mein Weltbild ins Wanken bringt. Eigentlich schenkt mir Anika jedes Jahr das Gleiche: einen 25-Euro-Globetrotter-Gutschein, mit dem ich entweder meine Kletterausrüstung oder mein Outfit für die nächste Expedition durch die Irrtümer der Zeit perfektioniere. Letztes Jahr habe ich in ein Paar neue Steigeisen investiert. Während mir durch den Kopf geht, ob einer dieser Katadynfilter sinnvoll wäre, mit denen man sogar das Wasser einer Bahnhofspfütze überlebt, fällt mir eine

UNICEF-Weihnachtskarte in die Hände. Lieblos zwischen Fahrzeugbrief und Stadtatlas geklemmt, damit ich nicht noch denke, sie käme von Herzen. Dieses Jahr habe ich genau das Richtige gefunden – mehr schreibt Anika nicht. Sogar die Adventsgrüße meiner Krankenkasse waren komplexer und lockten mit einem blitzblanken Santa-Claus-Backenzahn, der anstelle einer Handglocke eine Zahnbürste schwingt und mir auf die nächste Prophylaxe 15 Prozent Rabatt verspricht. Gute Zähne sind die halbe Miete. Das gilt für alles: den ersten Eindruck, den ersten Kuss oder wenn man sich sternhagelvoll auf die Fresse legt. Und sowieso fällt die eigene Verbissenheit nicht weiter auf, stößt man sie mit frischem Atem in die Welt. Auf Anikas Karte hockt ein Kind mit Migrationshintergrund in einem Haufen bunter Päckchen und sieht nicht so aus, als würde es christliche Feste feiern. Auf der Rückseite steht: Jedes dritte Kind feiert Weihnachten ohne Geschenke – Verschenken Sie ein Kinderlachen. Die Kontodaten gibt es gleich dazu. Wir leben in einer Zeit, in der es wichtig ist, den Humor nicht zu verlieren und den Morgen mit einem gesunden Lächeln zu beginnen. Wenn es einem nicht in die Wiege gelegt wurde, kann man es käuflich erwerben oder jemandem überweisen. Was für eine großartige Ära, in der es für alles ein Gegenmittel gibt, sofern man das richtige Bankkonto und die Disziplin für positive Gedanken besitzt. Ich fühle mich privilegiert.

Anikas eigentliches Geschenk bildet in diesem Jahr kein Gutschein, sondern zwei Ultraschallaufnahmen, die ein pflaumengroßes Geschwür in Anikas Gebärmutter zeigen. Denke erst an Krebs, dann an Konrad. Weil die Sonographie schon eine Weile her ist, dürfte das Geschwür inzwischen Beine bekommen. Ich wische mich durch gynäkologische Foren, bis mein Handy heiß läuft und den Zeitpunkt der Empfängnis auf Mitte September berechnet. Tippe auf die Woche, die Anika mit ihren Eltern in einem Ferienhaus am Schweriner See verbringen wollte. Offensichtlich kam sie nur bis

Potsdam. Autsch. Das ist wirklich nicht die feine Art, ergänzt aber meine Ignoranz der letzten zwei Jahre. Für alles gibt es einen Zahltag. Halte ich gerade unser Kind oder meinen Freifahrtschein in den Händen? Hier, bitte schön! Jetzt kannst du feierlich deinen Untergang begehen! Anikas Abgang hätte ich mir taktvoller vorgestellt, aber warum sich die Mühe machen? Ovid sagt, man muss sich nicht vor seinen Feinden fürchten, sondern vor denen, die man für treu hält. Da ist was dran. Wahrscheinlich sind wir endlich quitt. Ich bin mir nicht sicher, ob man einen Vertrauensbruch dieser Größenordnung niveauvoll verhandeln kann. Wenn das Ende einer Beziehung in den letzten Atemzügen liegt, ist es wichtig, seine Ehre zu verteidigen. Es gibt nichts Schlimmeres als eine Trennung, bei der man die richtigen Worte und seinen Selbstwert aufwendig suchen muss. Der Vorteil von vorprogrammiertem Streit ist, dass man sich die rhetorischen Offensiven zurechtlegen kann. Den Anfang macht eine SMS an Anika (Sehr einfallsreich!). Verzweiflung kommt nicht infrage, dafür schlechter Humor. Vielleicht hilft uns ein Schwangerschafts-Toto für den Konsens. Konrad, Anika und ich als perfekte Tippgemeinschaft. Hänge dem Vorschlag noch eine Terminprognose für den elften Juli an. Aber natürlich antwortet sie nicht. Zeit, Julie anzurufen.

Bevor ich ihr von meinem Aufstieg zur Persona non grata berichten kann, geht es um Carsten. Wie es aussieht, hat er sich die Sache nochmal durch den Kopf gehen lassen und will sie wieder zurück. Ein kurzer Ausflug, von dem ich hoffte, er würde länger dauern. Ob sein Revisionskurs an Julies Selbstzerstörungsfrisur oder am Taktgefühl des australischen Musikers liegt, ist schwer zu sagen. Jedenfalls ist Julie mit zwei Typen an der Angel in Höchstform. Gut für mich, die den Inhalt unserer Drogenbox jetzt nötiger hat als sie. Allerdings erst ab morgen, denn für den Abend mit Carsten möchte sie die WG für sich allein. Kaum zu glauben, aber Carsten wird für sie kochen! Das ist ein blutrotes Andreaskreuz in Julies Kalender wert. Ob es deshalb okay sei, wenn ich heute bei Anika schliefe? Na klar. Wollte ihr sowieso den Chablis meiner Mutter vorbeifahren, der der ganzen Sache einen fruchtigen Abgang verleihen wird. Sie ist bestimmt sowieso in Potsdam und wird die Stadt erst nach der alkoholfreien Silvesterzweisamkeit verlassen, die sie Arm in Arm mit Konrad auf der Glienicker Brücke verbringt. So stelle ich mir das vor: erst der traditionelle Karpfenschmaus bei ihren Eltern, dann ein romantisches Feuerwerk mit Blick auf die Havel.

Julie und ich kommen gar nicht erst auf meine Misere zu sprechen, sondern bequatschen das geeignete Versöhnungsoutfit. Da sie Gefallen am Oberwasser hat, wird sie sich so lange zugeknöpft halten, bis Carsten auf die Knie geht. Schön für sie. Ich versuche, das Gespräch so schnell wie möglich hinter mich zu bringen. Brauche entweder gute Lösungen oder eine neue beste Freundin. Jemand wie Salomé. Eine, die bezweifelt, dass es sich bei mir aus menschlicher Sicht um einen Vollidioten handelt. Die Grunzlaute, die sie vom Rücksitz in meine Richtung ausstößt, sind tröstlich, auch wenn sie bedeuten, dass sich ihr Darm mal wieder meldet oder sie trotz Wintercape kurz vor dem Erfrieren ist. Während ich die Standheizung einschalte, stelle ich mir vor, wie Salomé als meine beste Freundin aussehen würde: weißblond mit welligem Haar, mittelgroß, unterernährt. Vielleicht etwas anhänglich, dafür ohne doppelten Boden. Sicher ist, dass Salomé eine hübsche und blaublütige Freundin mit erotischem Namen wäre, von der sich Anika und ich eine Scheibe abschneiden könnten. Was ist, wenn die Seele meiner absoluten Traumfrau im Körper eines Terriers steckt?

Das sind eigenartige Fragen, aber vielleicht muss ich mich an die neue Grausamkeit noch gewöhnen. So ganz ist mir das dramatische Ausmaß der Situation nicht klar und das, was ich frivol als Stolz bezeichne, sucht nach unlogischen Erklärungen: Hat sich Anika einfach in Konrad verliebt und besaß nur genug Anstand, mir die verheulte Schlusspointe vor der Prada-Tanne meiner Mutter zu ersparen, bis ein abklingender Winter die Tage länger und Trennungen freundlicher macht? Oder es ist, wie es ist: Ihre lesbische Pseudorebellion ist mit dieser Empfängnis abgeschlossen.

Im Nachhinein wird mir einiges klar: Dass sie mit dem Rauchen aufgehört hat, habe ich nicht weiter hinterfragt. Irgendwie tun das gerade alle. Auch nicht, dass sie B52 gegen Virgin Mojito getauscht hat, der perfekte Cocktail für Schwangere und trockene Alkoholiker. Dachte, die Detox-Smoothies zum Frühstück dienen dem Zweck, dass das Kind nicht mit drei Augen zur Welt kommt. Endlich habe ich den Beweis, dass ich nicht alleine zur Profillosigkeit unserer Beziehung beigetragen habe! Aber wie wird die nahe Zukunft ohne Anika aussehen? Dröge Seminare absitzen, in denen sich der Forschungsgegenstand auf Helenes Reize konzentriert, lateinische Flexionstabellen auswendig lernen und meiner neuen besten Freundin beim Kacken assistieren? Es ist vollbracht! Just in diesen Sekunden endet die Anika-Ära und leitet zur standbeheizten Arschloch-auf-Abwegen-Nummer über, auf der Suche nach der perfekten Antagonistin: Arschloch sucht Altruistin zwecks einvernehmlicher Kurzzeitquälerei. Bei Interesse ohne Foto an mich, Kennwort: Aussichtslos und arrogant.

Toll! Sollte die Welt in diesem Jahr mal wieder nicht wie geplant untergehen, ist die Freude umso größer, wenn die Bodendenkmalpflege aus dem Winterschlaf erwacht und ich meinen Namen auf die Teilnehmerliste der Karpatenexpedition im Sommer setze, damit ich zum Geburtstermin im Ausland bin. Einen larmoyanten Krebs auf seiner kosmischen Reise in eine Welt zu begleiten, der ich seit Jahren beim Niedergang zusehe, ist nichts, was meine Anteilnahme benötigt. Was deprimierend klingt, hat Vorteile: Ich bekomme die Chance, mich entweder richtig schlecht zu fühlen oder die Partys zu feiern, von denen ich noch auf dem Totenbett schwärme.

#novaartificiadocuitfames
#neuekünstelehrtederhunger
#seneca

Passend zu meiner Laune kommt etwas auf, das in Berlin als Schneesturm durchgeht. Die Wangen am Eingang der Uni wirken um einige Grade rosiger und verschwinden unter Schals, die man sich von einem anonymen Mädchen in China hat stricken lassen. Die sinnlosen Tage zwischen den Jahren veranlassen mich immer zu großzügigem Umgang mit Westwelthass. Wenn Wut oder Romantik als Triebfedern nicht mehr ziehen, ist Nihilismus die logische Konsequenz. Eine charakterschwache Variante aller Gefühle, die die Postpubertät so kompliziert machen. Löst man sich selbst auf, verschwinden gesellschaftliche Zugzwänge automatisch. Ich betrachte den fötalen Schnappschuss. Ein Volltreffer, angefertigt in Konrads Klinik. Es gibt nicht viele Gewissheiten im Leben, aber das erste Porträt für den Doku-Lederband *Mein Leben Teil eins* zahlt immer die Krankenkasse. Es sieht so aus, als würde in Anikas Mitte etwas Männliches heranwachsen, oder der Zellverband verfügt über pränatale Intuition und zeigt mir den Mittelfinger. Zum Glück hat Romy Feierabend und rutscht über das Parkplatzeis elfengleich auf mein Auto zu. Sie sieht aus wie Herzogin Kate in einem russischen Weihnachtsklassiker, mit jeder Menge Kunstschnee im Pony. Passend dazu kündet die DJane bei Deutschlandradio irgendwas von Henry Purcell an. Zimmermannverzeichnis 183 – *new wrack'd again, unhappy most, like tortur'd men.* Hin und wieder ist es wohltuend, wenn man in diesen Zeiten noch auf Appellcharakter stößt: Der Muse wird Einhalt geboten, der pindarische Pegasus kommt samt seinem harten Maul zum Stehen. Wird das Dichterross gezügelt, bleibt es dem Schreiber und Leser dennoch gefährlich, denn es könnte sich jederzeit wieder aufbäumen. Amen. Niemand spricht mir gerade besser aus der Seele als *Orpheus britannicus* und die sonore Gestalt hinter dem Mikro, die wie Agent Scully in *Akte X* klingt. DJanes bei Popsendern wirken immer so, als würden sie sich vor den Sendungen irgendwas einschmeißen und mit Energydrinks runterspülen. Laberfrequenz auf Hochtouren, und es geht völlig überkandidelt von Song zu Song. Die Ansagerinnen bei Deutschlandradio haben zwar alle einen Stock im Arsch, aber führen ihr Publikum immerhin mit lehrreichen Anekdoten durch die Wechseljahre. Sollte ich den Aufstieg zur Museumskuratorin nicht schaffen, wäre es eine Alternative, der Absprunggeneration zu erklären, dass Tschaikowski scharf auf seinen Neffen war und Franz Schubert sich in seinem Leben bestimmt ein paar mehr böse Jungs gewünscht hätte. Willkommen bei *Queer Classics*, am Mikrofon ihre Stimme von Interesse.

Romy bremst meine karrieristischen Höhenflüge und sagt beim Einsteigen: »Endlich mal keine Weihnachtsmusik!« Ich dachte, sie gehört zu der Gattung, die über die Feiertage bei den Eltern einzieht. Jeden Tag ein anderer Braten in der Röhre. Weit gefehlt: Romy ist Waise und kann sich nur deshalb die stucküberladene 4-Zimmer-Maisonette im Friedenauer Malerviertel leisten. Die Feiertage verbringt sie bei ihren Großeltern in Tegel oder mit Freunden. Es ist definitiv tragisch, seine Eltern an den Leitplanken der A9 zu verlieren, aber so eine Waisenrente hat es in sich, vor allem wenn man sie am Tiefpunkt des Jahres mit seinen Kumpels in einer Bar auf den Kopf hauen und sich an seine Eltern nur vage erinnern kann. Nicht nur, dass mich Romys Anwesenheit von meiner weltlichen Mühsal befreit – mir sind Menschen sympathisch, die nicht auf Mitleid aus sind und die richtigen Fragen stellen: Ob ich Helene mitnehmen könne? Nichts lieber als das, aber wo bleibt unser Dekan mit seiner VIP-Droschke?

Dank meiner Tapesammlung von Albinoni bis Zappa kommt Romy auf ihre eigenen Hobbys zu sprechen. Bisher haben es die raffinierten Teile ihres Charakters nicht geschafft, mein Ego zu durchdringen, doch ganz offensichtlich gehören wir beide zur aussterbenden Gattung der Analogisten. Während ich das 21. Jahrhundert über Mixtapes bestreite, überträgt Romy ihren Blick fürs Wesentliche auf eine Yashica. Sie hat sich auf Gewitter- und Regenbogenfotografie spezialisiert. Dass sie ihre Waisenrente in Kameraequipment investiert und für den perfekten Schuss viel Zeit mit meteorologischen Meldediensten verbringt, hätte ich ihr gar nicht zugetraut. Das ist zwar ein nerdiges Hobby, aber in diesem Moment macht es sie interessanter als sonst. Ihr Faible für Exotisches erklärt die Sympathie, die wir uns entgegenbringen. Hinter dieser Skurrilität verbirgt sich nicht die verpasste Berufung als Wetterfee, sondern eine komplexe Weltwahrnehmung, die ich bei Helene bislang vergebens suche. Irgendwie ist Romy doch keine so schlechte Wahl: Sie ist intelligent, aufrichtig und auf gewisse Art sogar interessanter als Helene – wo liegt mein Problem? Hängt unsere Geschichte an ihrer Kleidergröße? In vielen Ländern stehen breite Hüften für Wohlstand und zählen zu den Attributen einer exklusiven Erscheinung. Und vielleicht tue ich mich gar nicht mit Fettleibigkeit an sich schwer, sondern mit Figurextremismen im Allgemeinen: Eine Frau, die beim Sex einem Schlaganfall näher kommt als einem Orgasmus, ist genauso schlimm wie eine, die sich zwei Wochen vor ihrem ersten Date die Fickfigur anhungert. So gesehen besitzt Romy dieses perfekte Mittelmaß, das mich überzeugen würde, gäbe es ätherische Persönlichkeiten wie Helene nicht. Auch jetzt, wo der Wintertag in den dritten Akt übergeht, wirkt Romy im Profil wie eins dieser Renaissancegemälde, auf denen man die Schönheit von Frauen zwar nicht ausschließt, aber suchen muss. Und da wir schon beim Thema Fotografien sind, präsentiere ich ihr gleich den Grund, warum mir heute nicht der Sinn nach Vortrag steht, sondern ein Chablis-Lorazepam-Cocktail das Höchste der Gefühle ist. Während Romy die

Phase erreicht, in der man seine Trennungslethargie gegen Partyaktionismus und manipulative Rache eintauscht, erreiche ich das Niveau einer Schiffbrüchigen, die die Hoffnung auf Rettung längst aufgegeben hat.

Rote Welle auf dem Weg nach Friedenau zu Romy. Damit ist nicht Salomés perfektes Zyklustiming gemeint, die auf dem Rücksitz neben Helene die Sitzpolster einsaut, sondern die Ampelschaltung auf der Bundesallee. Ein Deal zwischen Verkehrsamt und Mineralöl-Lobby. Ich weiß nicht, ob Helene beim Einsteigen Danke gesagt hat oder das Säuseln aus Salomés Darm kam. Die Atmosphäre ist so aufgeladen wie im Wartezimmer eines Internisten, in dem sich Menschen mit Magenkrämpfen gegenübersitzen. Würde mir Romy nicht den Weg erklären, hätte unser Quartett beinahe etwas Peinliches. Biege immer wieder falsch ab, weil mein Blick im Rückspiegel an Helene klebt, die irgendwie ein Problem mit Salomé hat. Vielleicht hat sie allgemein etwas gegen Hunde oder nur gegen solche mit Blähungen. Wie soll sich eine romantische Atmosphäre aufbauen, wenn neben meinem Karma auch die Raumluft schlecht ist? Überhaupt beinhalten die einzigen Worte, die sie an mich richtet, die U-Bahn-Station, an der ich sie absetzen soll. Dass sie den Blickkontakt mit mir vermeidet, verheißt nichts Gutes. Dank Romy wird sie im Bilde sein, wie es um meine Sexualität bestellt ist, und natürlich kennt sie Anika, die schließlich auch ihre Tutorin war und vor allem den Job im Deutschen Archäologischen Institut bekam, um den sich die halbe Fakultät geprügelt hat. Und nicht nur, dass Menschen in Trennungsphasen nicht so attraktiv wirken wie diejenigen, die gerade frisch verliebt sind – ich bin mir sicher, dass Helene meine Zuneigung ahnt. Jedenfalls würde das ihre Distanziertheit erklären. Müsste ich die Ehre eigentlich begrüßen, die mir als ihr Chauffeur zuteilwird, fühle ich mich ganz im Gegenteil noch unwohler als sonst in ihrer Gegenwart und versinke fast im Boden, als ich zwischendurch anhalten muss, weil Salomé ihren Schließmuskel nicht im Griff hat. Absolutes Karma-Koma! Die Fahrt ist nicht mehr als ein Drive of Shame. Ich versuche mich so unauffällig wie möglich zu verhalten und von Salomés Stoffwechsel abzulenken. Mein ganzes Benehmen ist in Anbetracht meines illustren Fahrgastes inkonsequent, aber als Helene kurze Zeit später aussteigt und lieblos die Tür zuschlägt, bin ich einfach nur erleichtert. Jetzt kann mich nicht mal mehr Romys Empathie retten, die mir erklärt, dass ich Helenes schlechte Laune auf keinen Fall persönlich nehmen darf. Vor Weihnachten gab es Streit mit Professor Baumann (wegen Frau Professor Baumann), und außerdem hat ihr irgendein Psycho ein anonymes Gedicht ins Fach gelegt, das nicht nur anzüglich, sondern noch dazu völlig unangebracht war. Da stellt sich doch die Frage, was für gestörte Typen bei uns am Institut rumlaufen. Genau.

#nomenamicitiaestnomeninanefides
#freundschaftistnureinnameundtreueeinleereswort
#ovid
#arsamatoria

Die grässlichen Entdeckungen des Tages werden schnell zu Eingebungen. Noch während Romy in ihrem Treppenhaus verschwindet, fühle ich mich wie der einsamste Mensch auf der Welt. Ausgestochen von der eigenen Freundin und von der schönsten Frau der Stadt in den Opferstatus erhoben. So lässt es sich aushalten. Bleibt nur die Frage, wo mein Stolz abgeblieben ist. Weil zumindest Anika den Weg zurück in die Normalität gefunden hat und ihr Weihnachtsgeschenk noch aussteht, fahre ich am Schloss-Straßen-Center rechts ran und laufe durch die Elektronikabteilung. Was schenkt man einer postlesbischen Schwangeren, die für eine aufrichtige

Trennung nicht den Mumm hat? Entscheide mich für den Testsieger des Jahres: NUK Babyphone Eco Control mit Videofunktion für die Live-Schaltung ins Kinderzimmer. Nicht ganz billig, dafür optimale Reichweite und glasklare Tonübertragung. Als Freundin intelligenter Geschenke ist mir Nachhaltigkeit wichtig. Deshalb lege ich gleich noch eine Packung Stilltee auf Fenchelbasis und eine Dose Biosardinen drauf. Ein Kind ohne Blähungen ist ein besseres Kind, und damit es später in Papas Fußstapfen treten kann, gibt es im Fisch Omega-3-Fettsäuren, die der pränatalen Synapsenbildung dienen. Dass Anika nicht gleich ein Genie zur Welt bringt, verhindert das im Fleisch natürlich vorkommende Schwermetall. Fit mit Fisch, Fenchel und Quecksilber.

Zurück am Wagen läuft Salomé bereits Amok. Schlimmer als Hunde mit Durchfall sind Hunde mit Durchfall und Iron-Maiden-Wintercape, das man hinterher auskochen muss. Die Hyposensibilisierung ist mit durchschlagendem Resultat nach hinten losgegangen und hiermit beendet. Kaufe in der Boulangerie gegenüber eine ganze Tüte Brioches, um das Tierquälerimage abzustreifen. Ich weiß nicht, was sich die Natur dabei denkt, Haushunde in die Welt zu setzen, die ohne menschliche Unterstützung nicht klarkommen. Bei Salomé kann ich mir nie sicher sein, dass sie die Wartephasen im Auto ohne Standheizung überlebt. Dabei sollte man sich immer vor Augen halten, dass auch Salomé vom Wolf abstammt. Aber wenn sie in einem Pkw nach einer Stunde erfriert, ist ihre Existenz sowieso fragwürdig. Ziehe vor dem Losfahren zwei Lines, die mit etwas gestreckt sind, das nicht wach, sondern nervös macht. So hat jeder seinen Life Saver: Salomé braucht ihr Gluten und ich Franks Knast-Connections. Auf dem Weg zu Anikas Wohnung überfahre ich fast einen Fußgänger, weil Salomé wegen der Brioches auf dem Beifahrersitz hysterisch wird und mir in den Fußraum springt. Das wirft die Frage in den Raum, ob Suizidgefährdung bei reinrassigen Terriern ein Zuchtfehler ist. Wäre ich das fleischintolerante Gesicht eines Feuchtfutter-Labels, würde ich jeden Tag neue Pläne schmieden, wie man die menschliche Rasse am sinnvollsten auslöscht. Oder mich selbst. Zum ersten Mal seit langem stelle ich alles infrage, was ich in den letzten Monaten als Errungenschaft bezeichnet habe, und nähere mich dem an, was ich verstoßen und vertreiben wollte.

#captavidesseropergamacaptatamen
#dusiehsttrojafielzwarspätaberesfiel
#ovid
#arsamatoria

18
Der Feuervogel

Hier steh ich an den Marken meiner Tage steht auf dem Marmorgrabstein von Marlene Dietrich. Liege in kaltem Wasser und wache auf, bevor es mir in die Lunge läuft. Vor mir schwimmen zwei leere Pilsatordosen und eine Weinflasche in Schräglage. Ich wusste schon immer, dass mein Ableben nicht divenhaft sein wird. Mein Grab ist Anikas Badewanne und die dazugehörige Inschrift steht auf dem Emailleregal über meinem Kopf: Glückliche Auszeit. Aus Anikas Wohnzimmer dröhnt der stressige Mittelteil von Strawinskys *Feuervogel*. Das Stück passt super in einen Hitchcock-Film, ist aber ohne Ballerinas nicht zu ertragen. Ich hatte es als Lorazepam-Antidot aufgelegt, um beim Baden nicht ins Koma zu fallen. Zeit, aufzustehen und voller Tatendrang der Frische des Morgens ins Gesicht zu sehen. Der Selfie-Modus meiner Handykamera macht klar, dass die Metamorphose zum Phönix heute länger dauern wird.

Heutzutage tauscht man Hausschlüssel anstelle von Ringen. Das ist zeitgemäß und dient als symbolisches Ersatzritual. Es sagt: Ich gehöre dir, du bist jederzeit willkommen – das ist der Schlüssel zu meinem Herzen! Jederzeit Zugang zur Wohnung des Partners zu haben, bedeutet für mich nicht mehr als eine Einladung zu peinlichen Schlüsselszenen in der Chronik einer Beziehung. Denn irgendwann erwischt man den anderen doch bei etwas Grenzwertigem, weshalb ich Anika mein Ersatzexemplar gar nicht erst gegeben habe. Das Netz ist voll von solchen Kurzgeschichten.

PornTube: Girlfriend caught solo again

Ist die Liebe stark genug, um die heimlichen Teile seines Privatlebens aufzugeben, ist es trotzdem unangemessen, sich in Abwesenheit des Partners Zugang zu dessen Wohnung zu verschaffen. Ich hatte die Wahl zwischen depressiver Zerschlagenheit in Anikas Bad oder der peinlichen Berührtheit von Julies traumatisierendem Sexleben. Liebesbeziehungen haben anfangs etwas Magisches, egal mit wie vielen Hürden eine Geschichte loslegt. Es ist unfair, die Erinnerung an Anika unter meiner Haltungsunfähigkeit zu beerdigen, denn sie hat mir seinerzeit mit viel Charisma die Einführungsveranstaltung veredelt. Sehen Frischabiturienten im Anfang ihres Studiums die Genese ihrer Persönlichkeit, halten sich Studenten, die zwei abgebrochene Studiengänge hinter sich haben, abseits der Erstsemestergrüppchen auf. Man quatscht sowieso nur über Banalitäten wie Herkunft und Alter. Alle sind neu in der Stadt und ganz aufgeregt. Da Anika als meine Tutorin einen pädagogischen Auftrag hatte, nahm sie mich vor dem Hörsaal zur Seite. Überzeugend war dabei nicht der gut gemeinte Inhalt ihrer Ansprache, sondern die Kleid-Mantel-Kombi, unter der sich eine tolle Figur abzeichnete. Unklar, was sie an mir fand. Vielleicht besitzt sie ein Streetworker-Gen oder schöpfte schon damals aus ihren pädagogischen Kapazitäten für Problemkinder. Sie bot mir den freien Stuhl neben sich an. Für mich eine Einladung, sie ohne Rücksicht auf Verluste anzugraben. Während sich die Dozenten der Reihe nach vorstellten (einer verstaubter als der andere), wurde mir klar: Anika gehört zu den Charakterfrauen, deren hohes Maß an optischen Reizen sich mit der Brillanz ihres Geistes paart. Solche Frauen stehen auf Authentizität, Ursprünglichkeit und offensichtlich auch auf modische Understatements. Für den Mythos der Schönen und des Biests gibt es genug Beispiele in den Klatschblättern: Keith Richards und Patti Hansen, Kate Moss und Pete Doherty, Marilyn Manson und Dita Von Teese – selbst Heidi Klums Männerwahl war in den letzten Jahren irgendwie bedenklich. Außer Keith Richards' Liaison hat keine der aufgezählten Liebesgeschichten die Gegenwart überdauert. Ausgerechnet der Typ, der die Asche seines Vaters durch die Nase gezogen hat, schwebt nach wie vor auf Wolke sieben.

Anika und ich kommentierten zum Einstieg die Eichhörnchen in den Baumkronen vor dem Fenster mit viel Tierliebe und Fachwissen. Sie erzählte mir die Geschichte von Ratatöskr, ein Eichhörnchen aus der nordischen Mythologie, das an der Weltenesche Yggdrasil auf und ab klettert, und ich machte sie darauf aufmerksam, dass die Weibchen der Gattung *sciurus vulgaris* ihre Anwerber manchmal tagelang hinhalten, bevor es zum Äußersten kommt. Erst dann legte ich meinen Arm um ihre Stuhllehne. Kaum zu fassen, wie schnell der Abend in meiner Charlottenburger Wohnung mit ein paar Bieren und jeder Menge Joints zu Ende ging. Love at first sight – der Untergang kündigte sich an, als ich mit Julie zusammenzog und Anika aufhörte zu kiffen, weil es sie paranoid machte. Die Schwangerschaft und das Aufwallen der Heteroanteile ihrer Bisexualität runden das Ende unserer gemeinsamen Kurve ab. Vielleicht verfolgten wir schon immer die Strategie von Eichhörnchen: Der männliche Part lebt polygyn und scheißt auf die Aufzucht seines Nachwuchses. Aber selbst wenn nicht – das Weibchen schmeißt den Erzeuger sowieso nach der Geburt aus dem heimischen Kobel.

Bis wir uns auf Familienpartys als Paar vorstellten, verging eine Weile. Ich machte ihr nach alter Schule den Hof, kochte aufwendige Gerichte oder ruderte sie mit dem Leihboot über die Krumme Lanke. Das Standardprogramm: Kino, Bar, Wellness. Was man eben so tut, wenn die Liebe noch frisch ist und jedes Date auf Sex hinausläuft. Trotzdem blieb das Problem mit der Kategorie *Lesbisch* und Anika hat mit der Suche nach einem akzeptablen Label nie aufgehört. Ich war zwar nicht austauschbar, dafür viel zu lange einfach nur eine Romanze. Solche Warteschleifen in gleichgeschlechtlichen Beziehungen kommen anfangs immer dann zustande, wenn ein Partner die Vorurteile und Barrieren nicht aushält, die einem vom anderen Ufer entgegenschwappen. Da fallen zwischendurch harte Sätze und Fragen: Ich weiß nicht, ob ich dafür bereit bin – Wie soll ich das meinen Leuten erklären? – Müssen wir uns wirklich festlegen?

Man diskutiert und trennt sich, findet wieder zusammen, trennt sich nochmal und so weiter. Aber irgendwann sitzt man fest. Man kann nicht mehr viel gegen seine Neigungen tun und scheißt auf seine Zweifel. Offiziell haben die wenigsten etwas gegen Homosexualität, trotzdem gibt es Lebenskonzepte, die ab einem bestimmten Alter (gerade bei Frauen) weniger Widerstand erzeugen. Wenn man sich in eine Hete mit bisexuellen Neigungen verliebt, braucht man ein dickes Fell, egal wie lange man im Rennen ist. Wie sich zeigt, hantiert Anika heute mit ähnlichen Fragen wie damals. Gehört sie jetzt zur Kategorie *heteroflexible Exlesbe* oder ist sie die Hetera vom Anfang, die keine homoerotischen Neigungen mehr braucht, weil sie sie ausprobiert hat?

Am Ende einer Beziehung fängt man an zu rechnen und geht die Checkliste durch: Der Tangokurs, Reisen, Unternehmungen, Konzerte, Sex an ungewöhnlichen Orten und die vielen Familienbesuche – man fragt sich, ob sich die ganze Sache gelohnt hat oder ob etwas liegen geblieben ist. Bleibt man dem anderen etwas schuldig? War man genug im Theater, wie sieht das mit Geldschulden aus und wer kriegt das für die Norwegen-Rundreise zusammen bezahlte Zelt? In lesbischen Beziehungen ohne Kinder ersetzen Debatten über gemeinsame Gegenstände den Sorgerechtsstreit. Trennt man sich in Freundschaft, bleibt das Zelt bei einem der Partner und man leiht es sich bei Bedarf aus. Wenn nicht, lässt man sich seine Zelthälfte auszahlen. Ein temporäres Besitzrecht an Gegenständen ist nervenaufreibend und am Ende leidet das Zelt.

Im Becken der Klarheit zwischen Pfanddosen und Altglas komme ich zu folgendem Ergebnis: Die Zeit mit Anika hat sich gelohnt. Anders als Helene, die aus einem Katalog kommt, ist Anika eine Frau für das reale Leben. Die perfekte Partie, wenn man sich nach symbiotischer Langzeitverbindung sehnt. Gefährtinnen wie Anika sind nichts für zwischendurch. Eine vielschichtige Konstante, die ich irgendwann verstanden hätte. Andererseits machen mir Frauen, die keine Furcht vor Entbindungsschmerzen haben, Angst, und vielleicht hätte ich nie aufgehört, auf die Richtige zu warten. Mein Leben hat ein neues Rekordtief erreicht. Ich trinke den Rest des vom Badewasser verdünnten Chablis, der mir als einsame Flaschenpost in die Hände treibt. Ist eh schon alles egal. Lieber heiße ich den Tod jetzt willkommen, als mit Mitte 50 eine dieser aggressiven Streukrebssorten im Körper zu haben und mit jedem Tropfen Kotze einem Pflegefall immer ähnlicher zu werden. Lässt man Verschwörungstheorien und Drogenunfälle außen vor, könnte die Sinnkrise Ende 20 mit der Erkenntnis zu tun haben, dass man keinen seiner ambitionierten Lebensentwürfe jemals erreichen wird. Das Leben wird zur behaupteten Realität und ist nicht greifbarer als ein Traum. Ich könnte erhobenen Hauptes Anikas Wohnung und das Feld mit Würde räumen, würde mich trotzdem bitter und verarscht fühlen und meine Zahnbürste, so cool es geht, aus dem Becher nehmen. Ein letztes Mal die Blumen gießen, meinen Schlüssel in den Briefkasten werfen und die Tagespflege für Haut ab 30 hinter mir lassen. Genauso gut könnte ich jetzt dem Freitod entgegentreten. Da ein Tod, der andere unfreiwillig zum Mörder macht, nicht infrage kommt, liegt die Amy-Winehouse-Variante nahe, doch für die magische Vier-Promille-Grenze fehlt es Anikas Haushalt an ausreichend Spirituosen. Ich glaube sowieso, man hat Amy Narconal eingetrichtert und es wie eine Alkoholvergiftung aussehen lassen. Bestimmt ging es um Songrechte, und ein Mythos verkauft einfach mehr Platten. Wahrscheinlich sitzt sie in diesem Moment zusammen mit Jim, Elvis, Michael und Co. auf einer geheimen Sony-Insel im Südpazifik und produziert die Charts unserer Zeit. Leider habe ich kein Narconal und traue mir das Pech zu, jeden Alkoholexzess nach einer Zwölf-Stunden-Bewusstlosigkeit mit anschließendem *delirium tremens* zu überleben: unterkühlt in Anikas Wanne, vollgekotzt und zu Strawinsky halluzinierend.

Ich könnte mich auch mit dem Frostschutzmittel aus meinem Auto in die Gerichtsmedizin saufen. Dafür müsste ich zwar erst auf die Straße wanken, hätte aber die Chance, eine andere Platte aufzulegen. Vielleicht die *Winterreise*. Es ist nicht das Schlechteste, zu romantischen Liedern abzukratzen – in Zusammenhang mit Frostschutz ein ironischer Soundtrack. Geschmacklich wäre eine Intoxikation mit Ethylenglycol ganz okay, doch das Sterben dauert zu lange und ist relativ schmerzhaft, wenn man zu wenig davon trinkt. Außerdem würde niemand vermuten, dass sich in Mitteleuropa jemand freiwillig so um die Ecke bringt. Schon stünde Anika unter Mordverdacht, weil jeder Krimileser weiß: Gift ist eine weibliche Tatwaffe. Sobald ihr Alibi greift, fällt der Verdacht auf Konrad. Eifersucht ist der Evergreen unter den Mordklassikern. Und für ihn als Arzt wäre es zu plump, mir mit einer Einwegkanüle Sauerstoff durch die Venen zu jagen. Da ist Frostschutzmittel dezenter. Lungenembolien und Herzinfarkte sind nicht aufregend. Aber gerade das sollte ein Tod sein, immerhin ist er der Höhepunkt der eigenen Existenz. In seinem Leben kann man beliebig die Richtung wechseln oder mehrere Variationen austesten. Sterben kann man nur einmal, und hat man die Möglichkeit, den eigenen Abgang vorzubereiten, sollte es etwas Besonderes sein. Wer sich beim Sterben keine Mühe gibt, der verschenkt das Entscheidendste. Das Problem dabei: Sterben erfordert Mut. Viele träumen zwar von ihrer eigenen Beerdigung, wollen aber in allerletzter Sekunde doch noch gerettet werden. Und wenn man sich sicher ist – wie zelebriert man seinen Tod frei von Eitelkeit? Spricht die Gesamtlethargie des Morgens zwar für Plastiktüte, Föhn oder einen beherzten Vertikalschnitt mit dem Rasierer, kann gerade der perfekte Selbstmord alles über den Haufen werfen, was man bisher über echte Romantik gelernt hat. Wenn man zu kaputt ist, aus seinem Tod etwas Besonderes zu machen, hilft Idealismus nicht weiter. Dann ist man meilenweit von Euphorie entfernt und will es so schnell wie möglich hinter sich bringen. Dabei ist das Sterben neben den Grandioserinnerungen das, was sich die Hinterbliebenen am längsten ins Gedächtnis rufen: Meine Tochter war ein Wildfang und hat sich in der Wohnung ihrer Exfreundin die Pulsadern aufgeschnitten – das passt nicht. Ich sollte meiner Mutter dieses Bild ersparen. Würde sie in einigen Jahren nicht schmunzeln, wenn sie sagen könnte: Meine Tochter war ein Wildfang, ist einfach nach Oklahoma geflogen und in einen Tornado gerannt. Was für ein Tod! Auf den Sturm zurennen, nicht wissen, wann man die Saugzone erreicht, und in den Himmel aufsteigen. Na gut. Mit etwas Pech wird man vorher von einer fliegenden Kuh oder einem Auto erschlagen und liegt querschnittsgelähmt ohne Krankenversicherung in einem Maisfeld. Effektiver ist ein Spaziergang am Rand eines Vulkans auf Hawaii. Sich mit ein paar Cocktails am Strand locker machen und dann hoch den Berg. Europäer, denen die Südsee zu teuer ist, können nach Süditalien fahren und zum Stromboli übersetzen. Neapel sehen und abkratzen. Statt des Gedränges auf der Piazza Bellini wartet nur die spektakuläre Aussicht über das Tyrrhenische Meer und die Gewissheit eines sicheren Todes. Natürlich teilt man sich seinen großen Moment auch hier mit ein paar Touristen, aber wenn man den Absprung erst einmal geschafft hat, geht alles ganz schnell. Etwas intimer wäre der turkmenische Krater von Derweze in der Wüste Karakum. Kein Vulkan, dafür eine unterirdische Höhle, die bei Bohrungen entdeckt wurde und seit Anfang der 70er Jahre in Flammen steht, weil man versucht hat, das entweichende Gas zu verbrennen. Kein Ort für einen Last-Minute-Suicide, denn man muss vorher Wochen auf ein Visum warten. Trotzdem hätte ein Tod am Tor zur Hölle etwas Episches. Außerdem fallen in Turkmenistan die Touristen weg.

Natürlich wäre das Billigste ein Hochhaussprung. Man steigt in die Bahn und fährt in die City West zum Hardenberg-Wolkenkratzer oder sucht sich am Potsdamer Platz ein todhässliches Gebäude. Fündig wird man schnell. Möchte man kein großes Brimborium, reicht auch die Platte in Alt-Marzahn. Ein letzter Blick über einen der deprimierendsten Stadtbezirke, und man weiß wieder, warum man sterben möchte, sollte man es im Fahrstuhl vergessen haben. Da tut es einem nicht leid, wenn man vom Flachdach die 22 Etagen hinuntersegelt und auf dem Spielplatz vor der Teerrutsche zerplatzt. Das macht Dreck, aber einer muss ihn machen. Es wird schließlich nicht dezenter, wenn man es nicht bis nach Marzahn schafft, weil man sich schon beim Einfahren des Zuges nicht beherrschen kann. Grundsätzlich gehört der Sprung in den Tod zu den präzisen Selbstmordvarianten. Getoppt wird sie nur durch einen Schrotflintenlauf, den man sich vors Gesicht hält. Das cobainsche Prinzip ist kurz und schmerzlos – solange man das richtige Hirnareal trifft, aber an eine Knarre zu kommen, ist gar nicht so leicht. Außerdem fehlt der Kick, den ein Sprung vom Hochhaus mit sich bringt. In Berlin springt man sowieso nur von Hochhäusern, weil es keine Klippen gibt und Fallschirmsprünge zu teuer sind. Man könnte nach Rügen zum Kap Arkona fahren, aber dramatischer ist eine schottische Steilküste. Man steht 300 Meter über den Dingen und lauscht der Unverwüstlichkeit des Meeres. Tief unter einem erstreckt sich ein verlassener Strand, der Wind zerschneidet die Flugbahnen der Seevögel – wer will da im

Schattenwurf postsowjetischer Klinkerbauten das Zeitliche segnen? Außerdem liebe ich Möwen, leider verkennt die Allgemeinheit ihr romantisches Potential und steckt sie in eine Schublade mit Straßentauben. Auf dem perfekten Date kommen neben vielen anderen Pikanterien immer ein paar Möwen vor. Die Tatsache, dass sie sich sofort auf meinen aufgeplatzten Kadaver stürzen, ändert daran nichts. Irgendwann erfasst die Gischt meine Überreste, bis sie Teil dieses Plastikkontinents im Pazifik werden. Die eigene Beerdigung ist ein performativer Akt und der letzte künstlerische Beitrag, den man im Leben leisten kann. Seine Gebeine einem Strudel aus Müll zu übergeben, macht das Meergrab zum Statement. Aber es ist nicht nur der perfekte Ort für einen ersten Kuss oder die letzte Ruhestätte – es eignet sich auch für Unentschlossene, die sich nicht entscheiden können, welcher Tod das Sterben wert ist. Man könnte mit einem Kanu einfach losfahren und gucken, was passiert. Ertrinken, Verdursten, Gewitter – die letzten Sekunden seines Lebens in die Hände des Zufalls zu legen, garantiert zumindest den Überraschungseffekt. Man kann nicht sagen, wo einen die Strömung hintreibt oder ob einen das Schicksal am Ende nicht doch rettet. Spannung bis zum letzten Augenblick. Wer es lieber still mag, dem bleibt der Gletschertod. Ein letzter Spaziergang durch eine der Einöden dieser Welt. Auch hier weiß man nicht, welcher Tod einen erwartet: Gletscherspalten, Erfrieren oder Eisbären auf Zwangsdiät. Sich auf unbekanntem Terrain das Leben zu nehmen, impliziert den totalen Kontrollverlust. Das ist die Quintessenz dessen, wonach sich Liebende und Sterbende gleichermaßen sehnen. Wo die Liebe den Anfang sucht, verlangt der Tod ein Ende, doch beiden geht es um Erlösung und Transzendenz. Und weil man zum Schluss von ganzem Herzen kitschig sein darf, braucht jeder Tod einen Soundtrack:

Suicide Tracklist

Alkohol	Auf keinen Fall Strawinsky
Frostschutz	Franz Schubert – Winterreise
Tornado	Sergej Prokofjew – Tanz der Ritter
Vulkan	Muse – Bliss
Hochhaus	Aphex Twin – Polynomial C
Klippen	Traurige Folklore
Ozean	Kate Bush
Gletscher	Mozart – Requiem

Auch wenn es kaum einen Unterschied macht – ich würde mich für den Gletscher und gegen die Wüste entscheiden. Vielleicht, weil ich ein Wintertyp bin oder weil Erfrieren weder feige noch sonderlich qualvoll ist, wenn man an den Punkt gelangt ist, an dem der trippige Part einsetzt und die Schmerzen aufhören. Hauptsache dramatisch. Ich könnte auch spontan losfahren und den Bus zur Pfaueninsel nehmen, mich ans Ufer setzen und darauf warten, dass der Weltschmerz nachlässt. Leider ersetzt der Havelblick nicht die Weiten eines Gletschers und das damit verbundene Gefühl, von der Landkarte zu springen.

Sich in der Wanne der Ex zum Strawinsky-Shuffle das Leben zu nehmen und erst Tage später als aufgetriebene Schnapsleiche gefunden zu werden, ist nicht gerade stilvoll. Aber was tun Menschen in kaltem Badewasser, die in ihrer Grundzerrissenheit zu pleite, wählerisch und verkatert für einen unvergesslichen Selbstmord sind? Sie raffen sich irgendwann wieder auf, gehen ihrem Alltag nach und erzählen niemandem was davon. Sie halten an überholten Idealen fest und kämpfen um ihre alte Beziehung. Oder sie verlieben sich in den nächstbesten Passanten und suchen sich eine neue Muse, die irgendwo da draußen nur auf sie gewartet hat. Und so verbringe ich den restlichen Vormittag vor den Matches meiner Dating-App.

Während ich heißes Wasser nachlaufen lasse, gehe ich die neuesten Fickvorschläge durch, die dem Zynismus meines Mobiltelefons entsprungen sein dürften: ein Frischzuzug mit unterfränkischen Wurzeln, deren Oktoberfestdekolleté meine Tastatur blockiert *(Berlinlover25)*, eine kitschaffine Frankophile mit Audrey-Tautou-Frisur *(améliepoulin)* und *Irregrinsekatze*, die sich aufgrund ihrer Körperfülle eher Garfield nennen sollte. Alle drei völlig uninteressant. Getoppt wird die Auswahl nur von *AvocadaFY*, die eine Vorliebe für Nadine Angerer und Guacamole hat. Für ihr Profilbild hat sie sich am Strand mit einer Avocado auf dem Auge drapiert. Wen soll dieses Fruchtmonokel ansprechen und wofür steht das FY? Vielleicht für Fuck You oder Fuck Yourself, aber ich schätze, es bedeutet For You und einen mexikanischen Brotaufstrich zum Frühstück. Mögliche Synonyme für Avocado wären Butterfrucht oder Alligatorbirne. Beides keine schmeichelhaften Profilnamen, entsprächen aber der Realität ihres Äußeren. Ich selbst habe mich für einen Namen entschieden, der an einen russischen Diktator erinnert. Natürlich nicht Stalin. An diesem Vormittag fühlt sich *Juwel64* von meinem Bolschewismus angesprochen *(You have a great feminine look!)*.

Richtige Lesben, die auf eine Partnerin mit weiblicher Erscheinung spekulieren, gehören hier zur Minderheit und haben das mit Abstand tragischste Paarungsverhalten. In freier Wildbahn wäre ihre Art längst ausgestorben. Sie sind in der Regel unglücklich verliebt, weil sie sich grundsätzlich an neugierige Hetera ranmachen, denen nach ein, zwei Wochen Dildo-Action irgendwie doch der Schwanz und die ganze Angewichst-werden-Nummer fehlt. Das Sperma auf Bauch, Schenkel oder Laken im Rahmen von Coitus-interruptus-Verhütung hält ihnen vor Augen, dass der Zug noch nicht ganz abgefahren ist. Das muss nach eigeninitiierter Geschlechtsverirrung tröstlich sein und führt irgendwann zu erstklassigen Wehenschmerzen. Dann liegen sie im Blut ihres Dammschnitts und freuen sich darüber, dass sie sich wenigstens kurzzeitig irgendwie progressiv verhalten haben.

Eigentlich sind nur meine Gedanken unhöflich. Im echten Leben verhalte ich mich uninteressant. Weder unfreundlich noch sonderlich nett. Kein Wunder, dass mich Frauen wie Helene übergehen und ich stattdessen von ostalgischen Gestalten wie *Juwel64* aus Mahlsdorf angeschrieben werde. Sie sieht aus wie ein schwuler Hundefrisör und könnte in einer Klassenstufe mit meiner Mutter gewesen sein. Obwohl Alter nichts zu sagen hat, sollte für reife Frauen eine Kluft von zwölf Jahren die goldene Grenze sein. Und weil ich auf diesem Portal keinen Hehl aus meiner Mittelmäßigkeit mache und sämtlichen Sadismus auslebe, den mein zartes Wesen aufbringt, schreibe ich: Liebes *Juwel64*. Vielen Dank für das Kompliment, leider erinnerst du mich an meinen Vater während seiner Zeit bei der Marine. Hast du einen Tochterkomplex oder bist du einfach nur mutig?

Ein steiler Tag mit steilen Fragen. *Annablume*, blond, 32, Sternzeichen Fische, wird sentimental bei Hunden, die vor dem Supermarkt auf ihre Besitzer warten, ist omnivor und findet das Berghain überbewertet. Sie ist ziemlich hübsch und gehört vermutlich zu den Transitlesben. Das sind die, die so lange lesbisch sind, bis der richtige Typ aufkreuzt. Sie bekommt trotzdem gleich den Standardtext: Bock auf einen flotten Spaziergang am Kanal? Die Antwort kommt sofort. Allerdings von Romy per WhatsApp: Haha. Kanal klingt toll, ich warte aber schon seit zwei Stunden auf dich. Where are you??

Wenn man zu fertig ist, eine Single-App zu bedienen, sollte man in Betracht ziehen, sein Datenvolumen nicht zum Flirten zu verballern, sondern Google nach einer Suchtberatung befragen oder ein Online-Orakel konsultieren. Das moderne Delphi gegen den Absturz, das man so lange vollsülzt, bis es die Antwort ausspuckt, die man hören will. Anstatt in Anikas Wohnung im Selbstmitleid zu baden und mich mit dem Sinn des Sterbens zu beschäftigen, hätte ich längst in Friedenau bei Romy sein müssen, um parallel zu unserem Vortrag Sardellen mit Salz einzukochen. Schreibe Romy, dass ich mich gleich auf den Weg mache, obwohl ich nicht weiß, wie ich es anstellen soll. Kotze erst sämtliche Körpersäfte aus, die meine liebliche Seele aufbringt, und gehe dann duschen. Obwohl ich die ganze Nacht in Seifenlauge verbracht habe, rieche ich nach der Pissecke eines Straßenstrichs. Das erinnert mich an den traumatischen Partyfick mit einer hässlichen Italienerin, die zwar verdammt gut küssen konnte, aber deren Haare nach Wurstwasser rochen. Da ich sie aktuell überbiete, ist heute nicht der beste Tag für ein Treffen mit Romy.

Eigentlich hätte ich mir nicht die Mühe machen sollen, Anikas Wohnung aufzuräumen. Soll sie ruhig sehen, welches Chaos sie hinterlassen hat, nachdem sie ihren Zweitschlüssel aus dem Briefkasten gefischt hat. Das eigentliche Loch erwartet mich aber auf der Straße in der Seitenscheibe meines Wagens. Mein Blackout hat es dieses Mal in sich. Nicht nur, dass ich mich nicht mehr daran erinnern kann, wie ich den Wagen abgestellt habe. Am Scheibenwischer klebt ein Zettel, dass ein Herr Schmidt das Ordnungsamt eingeschaltet hat, um Salomé aus ihrem frostigen Grab zu befreien. Dazu gibt es eine Telefonnummer, die mir weiterhelfen soll, aber ich hänge fast 20 Minuten in der Warteschleife, bis ich herausfinde, dass man Salomé in einem sehr schlechten Zustand nach Lichtenberg in die Auffangstation des Tierheims gebracht hat. Das ist nicht nur unverantwortlich, sondern auch teuer, denn natürlich habe ich die Tierarztkosten zu tragen und muss mit einer Anzeige rechnen. Vielleicht hätte ich mich doch für das Frostschutzmittel entscheiden sollen.

#morteaequamur
#imtodewerdenwirgleich

Das Schlimme ist, dass ich meine Ausschweifungen immer überlebe, vor allem, weil meine Außenwelt sie abfedert. Romy versichert mir, dass alles halb so schlimm ist und sie später vorbeikommt, sollte ich etwas brauchen. Salomé wird sich vermutlich einfach nur freuen, mich zu sehen. Mein Selbsthass ist groß, aber leider bin ich immer noch das Beste, was dem Tier in den nächsten Tagen passieren kann.

19
Epiphanien

Grundsätzlich sind Kostümpartys eine von vielen Geschmacklosigkeiten unserer Zeit. Das einzig Gute an solchen Feiern ist, dass man intolerable Bekannte nicht gleich auf den ersten Blick erkennt. Unerträglich werden Anlässe wie diese, wenn sie sich zu ernst nehmen und Eintritt kosten. Haben sie ein Motto, arten sie in Verkleidungsfaschismen aus, die bereits greifen, als ich mich mit der Schlangengöttin Wadjet vor dem Tor von Baumanns Anwesen treffe. Vier Tage hat Romy an ihrem Sakraloutfit genäht und es tatsächlich geschafft, ihre Körpermassen irgendwie in dem goldenen Fummel unterzubringen, ohne wie ein schlecht verpacktes Weihnachtsgeschenk auszusehen, von dem man nicht weiß, wie man es nach Hause transportieren soll. Hatte ich mit einer rachsüchtigen Bonbonpraline gerechnet, ist es am Ende vielmehr Romy, die sich für meinen Auftritt als ihre Escortdame schämen müsste. In Patrizias Trobairitzgewand wirke ich eher wie ein schwindsüchtiges Bettelweib und nicht wie eine unterägyptische Schutzpatronin, die Romy sich als wirksames Gegengift zu Detlefs Ägyptologin erwählt hat. Wann immer ich heute Abend die Frage *Und wer bist du?* zu hören bekomme, werde ich *Jesus' Hure* antworten. In der Überzeugung, dass Maria Magdalena besser ankommt als griechische Mythologie, habe ich mich gegen Ikaros' Flügelaccessoire entschieden und stattdessen den ganzen Vormittag über die Ikonographie der Willenlosigkeit nachgedacht. Eigentlich sind gute Partys heilig. Sie stehen im Kontext des modernen Rituals und bedeuten den Höhepunkt agnostischer Spiritualität. Der Rausch schafft eine Verbindung zum Göttlichen und stellt die Art von Wahnsinn her, die uns Perfektion und Unantastbarkeit erleben lässt. Daran gemessen dürften nur altruistische Partys zu echter Verschmelzung führen – aber Menschen greifen tief in die Tasche, um sich für einige Stunden der Illusion hinzugeben, dass sie am Leben sind.

Die Zeitreise, zu der Helenes Geburtstag einlädt, fordert schon in der Einfahrt ihre Opfer: In einem Bretterverschlag unter einem Seidenbaldachin frieren zwei männliche Lakaien, um die Gäste abzukassieren. Für 15 Euro gibt es neben archaischem All-you-can-eat eine Raketenbatterie vor der Kolonialremise in Baumanns Garten und die Aussicht auf einen historischen Tanzkurs. Ein ziemlich fairer Preis, bedenkt man, dass Helenes Schönheit unbezahlbar ist und ich immer schon mal mit einem Stock im Arsch ins neue Jahr tanzen wollte. Romy war so mutig, das Garum per U-Bahn durch die Stadt zu kondolieren. Ob die ungeteilte Aufmerksamkeit, die ihr zukam, an ihrer altägyptischen Geierhaube oder den alles überlagernden Sardellendünsten lag, ist unklar. Weil ich das Gefühl habe, neben einer ungewaschenen Frau auf den Eintritt ins Paradies zu warten, tippe ich auf Letzteres.

Eigentlich hätte ich Helene mehr zugetraut. Zwanghafte Feierlichkeiten zu Geburtstagen verderben den Geschmack schon ausreichend, doch das Nonplusultra an Perversion sind Menschen, die am Jahrestag ihres Verfalls im Mittelpunkt stehen wollen und das Älterwerden über aufgesetzte Partyformate wie diese kanalisieren. Sie erwarten keine Geschenke, sind aber beleidigt, wenn Gäste mit leeren Händen kommen. Sie fluchen über die Unordnung, die ihre Feier hinterlassen hat, wenn sie am nächsten Morgen benebelt über leere Flaschen stolpern und Angst haben, sich auf die Klobrille zu setzen. Ich habe lange darüber nachgedacht, was für eine Frau wie

Helene ein adäquates Mitbringsel sein könnte, das sich dem Reigen ihres Gabentischs anpasst. Das perfekte Geschenk sollte sich von allen anderen unterscheiden, aber nicht zu aufdringlich sein. Ihr meine Louboutin-Highheels zu überlassen, ist zwar nicht sonderlich dezent, dafür ein Hingucker. Während die Mehrheit der Gäste Einfallslosigkeiten wie Wein und Sekt auftragen wird, wertet mein Präsent nicht nur mein Ego, sondern Helenes gesamte Garderobe auf. Da sie feine Kleidung zu schätzen weiß, werden die Schuhe alle Verlegenheitsgeschenke des Abends in den Schatten stellen und weil ich die Letzte bin, von der sie Aufmerksamkeiten dieser Art erwartet, steht zumindest keine Vernichtung durch Indifferenz in Aussicht. Natürlich erst in der Retrospektive, denn heute Abend wird sie keine Zeit für ausufernde Danksagungen haben. Es ist ein Fluch, sich den Geburtstag mit dem ersten Tag des Jahres zu teilen. Es bleibt einem gar nichts anderes übrig, als die Feierlichkeiten auf den Vorabend zu legen und das eigentliche Fest zu verschlafen. Lädt man am ersten Januar zu einem simplen Brunch, ist die Gefahr hoch, eine Handvoll Schnapsleichen zu bewirten und sich selbst den Kuchen backen zu müssen. Andererseits fällt die Geburt mit der größten Party des Jahres zusammen und es gibt jedes Mal ein Feuerwerk, das man auf sich beziehen kann.

Baumanns Zweietagenvilla mit ihren Unmengen verstuckter Erker macht auch von innen einen protzigen Eindruck. Das Rez-de-Chaussée ist nicht mehr als ein riesiger Salon, der zu 80 Prozent aus Prunkverglasung besteht und bei Tageslicht einen Rundumblick auf den Halensee bietet. Die Freifläche im Wohnzimmer bildet die eigentliche *area saltationis* und ist mit weiteren Lakaien bestückt, die bauchladenartig Empfangssekt verteilen oder stilecht mit Palmwedeln den Raum dekorieren. Bisher ist der goldene Kelch an mir vorübergegangen, doch sofern man andere für sich schuften lässt, kann einen selbst die Brotlosigkeit der Archäologie ins Walhall befördern. Ein Rundumblick genügt, um festzustellen: Authentizität ist erstrebenswert, aber manchmal wäre ihr Ausbleiben die eigentliche Wohltat. Jedenfalls trifft das auf das wilde Delikatessenarrangement zu, das sich quer durch die Heroenwohnung zieht und auf dem Romy das Garum neben Lasersoße und Honigsuppe auftafelt. Das Büffet scheint einen Bildungsauftrag zu verfolgen, denn jedes Gericht ist mit einem Schild versehen, das einem den Fraß erklärt. Eine eingängige Analyse macht klar, wie hinterher die Fürze riechen und dass ich später an der Bar eine halbe Flasche Gin brauche, damit Romys Küsse bei mir keinen Würgereiz verursachen: Puffbohneneintopf mit lukanischen Räucherwürsten, gefüllter Schafsmagen, Kachelsülze und würzige Gerstengrütze für die vegetarische Partyfraktion – die Liste an Laxativen ist lang und kennt kein Tabu. Mein persönliches Highlight ist die Gebärmutter einer Jungsau, die wie ein toter Säugling in einer gallfarbenen Flüssigkeit schwimmt und die sich niemand anzuschneiden traut. Mir ist nicht ganz klar, ob die Eimer neben den Tischen die Funktion haben, Knochen oder Kotze aufzufangen, aber zum Glück fehlen Hardcore-Exotika wie Flamingobraten, gekochter Papagei mit Minz-Dattel-Soße und gesottene Biberschwänze mit Lebkuchen. Ich versuche mich an der einzig genießbaren Variante (Wachteleierpastete) und hoffe, dass Romys Appetit sich im Zaum hält. Alles ist perfekt, nur von Helene fehlt jede Spur. Vielleicht ist sie im Wintergarten und schwingt das Tanzbein zur ersten Tarantella ihres Lebens. Dass auch Detlef sich im Gedränge nicht ausfindig machen lässt, scheint an der berührungsfreudigen Partylesbenlaune meiner Begleitung nichts zu ändern. Und so stehe ich im Glam-Zenit des Abends mit Romys Hand an meinem Arsch und warte auf die Epiphanie. Vielleicht sollte ich mir eine meiner Pillen einschmeißen und das Schicksal auf der Tanzfläche umarmen, doch anstatt zu zeitgenössischem *balistium* zu tanzen, wie es sich gehört, hänge ich zwischen den Gästen im Dunst leerer Konversation und fresse mich vollkostümiert durch das Antikbüffet. Es ist zu hoffen, dass es sich bei einigen Verkleidungen um Fehlgriffe handelt und ihre Besitzer nur heute Abend so beschissen aussehen.

Killerkostüme
Ötzi
Techno-Druide
Marie Antoinette
Asterix
Medusa
Jesus

Wie es scheint, habe ich mit Romy nicht das schlechteste Pendant erwischt. Medusa hätte sich gar nicht groß in Schale schmeißen müssen, um ihre Umwelt zu Stein erstarren zu lassen, und der an der Bar klebende Gallier sollte besser das Bier weglassen oder nächstes Mal gleich als Obelix kommen. Von allen Anwesenden besitzt Marie Antoinette das hübscheste Gesicht, hat aber ihren Ludwig gleich mitgebracht. Am besten passt mein Auftritt als Apostola apostolorum natürlich zum Jesusverschnitt, der das lästigerweise genauso sieht und mir in Schnürsandalen entgegenschlackst. Die Haarmasse, die er auf den Schienbeinen hat, scheint ihm im Gesicht zu fehlen. Der angeklebte Flaumlappen sieht eher nach Vaginalperücke als nach einem Heiligenbart aus und ich bin kurz davor, ihm das Teil von den Wangen zu reißen. Das Charisma einer ungarischen Ringerin wäre in solchen Momenten hilfreich, aber weil ich meine Sexualität nicht als Aushängeschild durch die Gegend wuchte, muss Romy herhalten. Ich greife nach ihrer Hüfte und küsse sie etwas zu innig, aber ihr Lächeln verrät, dass es ihr nicht so unangenehm ist wie mir.

Der Grund dafür ist Detlef, der im Schlepptau seiner schwangeren Expertin zeitgleich mit Jesus erfährt, dass ägyptische Göttinnen lesbenfreundlich und über ihn hinweg sind.

#jedefraudiesichmännlichmachtwirdindashimmelreichgelangen
#jesus

Professor Baumann oder besser DJ Augustus steht in Siegertoga an den Turntables und jongliert das Vinyl. Aus den Boxen dröhnt ein Sound, der wie seine Aufmachung aus der Kaiserzeit stammen dürfte und meine Drogensehnsucht verstärkt. Zeit, Romy sich selbst zu überlassen und an der Bar die Pille hinunterzuspülen, die mir quer im Hals hängt. Zum Glück gibt es nicht nur paradoxe Gewürzweine, die nach gepanschter Rentnerseife schmecken, sondern genau den Fusel, den ich brauche, um die Veranstaltung zu ertragen. Das letzte Jahresquartal dauert noch exakt drei Stunden, und ich bezweifle, dass sich das Vorhaben, in Helenes Gunst zumindest geringfügig aufzusteigen, heute noch bewerkstelligen lässt. Neben mir am Tresen hängt eine blondgefärbte Belgierin mit Pferdezähnen, die nach zwei, drei Gläsern mehr durchaus etwas hermachen könnte, hätte sie sich gegen das Sibyllenkleid entschieden und stattdessen ihr Stockmaß kaschiert. Sie heißt Marielle und findet die Party noch beschissener als ich, weshalb ihr Pegel schon jetzt gigantisch ausschlägt. Sie scheint wie ich zu den absoluten Gewinnern zu gehören, wenn es um Freigetränke geht. Ihrem Gelaber entnehme ich, dass sie schon vor ihrer Ankunft mit Synthetika vorgeglüht hat. Ich tippe auf etwas Psychogenes, denn sie beginnt unser Gespräch mit: Irgendwoher kenne ich dich – vielleicht aus einem anderen Leben? Na ja. Sollten die Themen noch abgedrehter werden, kann ich vorher mit meinen Französischkenntnissen prollen. Trotz Migrationshintergrund punktet sie nicht bei mir – entweder liegt das an ihrer Wiederkäueranmut oder den Reinkarnationsfantasien. Smalltalk geht immer dann in Ordnung, wenn man sich sonst nichts zu sagen hat, aber der Brüssel-ist-die-bessere-Hauptstadt-Exkurs mit dem Du-hast-mich-damals-entjungfert-Nachsatz ist sogar für mich etwas zu viel. Schon tragisch, wenn man sein Kostüm zu ernst nimmt und am Ende des Abends nicht feiert, sondern in drogeninduzierten Visionen vor einem halbvollen Glas festhängt. Als die Seherin die Augen schließt, um in der Zeit zurückzureisen, ist für mich der perfekte Augenblick gekommen weiterzuziehen. Auf der Tanzfläche vergnügt man sich inzwischen kaiserlich, und die Gintoleranz setzt langsam ein. Zu meinem Entzücken stelle ich fest, dass nicht nur Witzfiguren das Rennen machen: Die optimistischen Teile meines Fluchtmodus lassen mich 4/4-taktisch einer Najade in die Arme stolpern, die, wie sich herausstellt, für *das* Archäologie-Magazin überhaupt *(Germania)* den Überblick behauptet. Was für ein Glück, einer Quellnymphe zu begegnen, die der Poesie näher ist als ich. Sie heißt Anna, und ihr fehlt das Feuer, aber auf Abenden wie diesen muss man nicht interessanter sein, als der Grundtenor es einfordert. Außerdem geht von jedem Palyndrom etwas Faszinierendes aus. Alles an ihr könnte anbetungswürdig sein, wenn Gott nicht vergessen hätte, ihr ein Kinn zu formen. Ich vermute eine Kropfvorstufe, während sie von Bodenproben spricht und wie man sie zu einer Schlagzeile macht. Deshalb muss ich sofort an eine Litfaßsäule denken, gegen die man lieblos eine Ladung Torfschlamm geworfen hat. Pech für Poesiefreundinnen wie mich, die Pseudoschriftsteller vor allem dann lieben, wenn sie von ihren Ergüssen leben können. Bliebe da noch das Mädchen mit Bonnet und Schulterkragen, das den Pulk im Zentrum des Geschehens zur Ekstase animiert. Möglicherweise ist die mennonitische Camouflage das einzig Prüde an ihr, denn ihr ausgefeilter Hüftschwung lädt zu Highend-Projektionen ein.

Ich habe es bereits vor Augen: Wir tanzen uns Richtung Klo, wo sie mir gierig das Koks von den Lippen leckt, und weil wir es nicht schaffen werden, uns in angemessener Zeit die Gewänder von den Leibern zu reißen, fahren wir gepflegt per Droschke ins wohngemeinschaftliche Laufhaus, in dem sich mein Bett befindet. Sowieso ist es immer empfehlenswert, sich an die Leitfiguren einer Tanzfläche zu heften. Man hat erstens mehr Spaß, und der Zauber der Alphatänzer färbt auf einen selbst ab. Zurück ins 18. Jahrhundert: Nicht nur, dass der Bereich unterhalb eines amishen Rocksaums ganz oben auf der Liste meiner Sexfantasien steht – die Art und Weise, wie sich ihr Körper an meinem reibt, als ich sie dreist von der Seite antanze, lässt darauf schließen, dass wir nicht nur im Ausdruckstanz harmonieren würden. Ich lasse mich in der Flut elektronischer Klangwellen treiben, nur um nach ein paar Tracks festzustellen, dass die Dynamik ihrer Bewegungen offensichtlich über einen Gehfehler zustande kommt, den ich erst bemerke, als sie an die Bar humpelt. Das war es dann. Meine letzte Hoffnung auf einen guten Silvesterflirt erübrigt sich damit. Das arme Ding, denke ich, doch vermutlich ist sie die polnischen Abgänge ihrer Tanzpartner gewohnt. Ergo: Jede Party hat ihre Handicaps. Ob eine Ballnacht gut oder schlecht ist, misst sich immer an einem selbst. Je besser die eigenen Gastqualitäten, desto kolossaler verlaufen die Ausschläge nach oben.

Die eigentliche Feier findet im Dachgeschoss statt, das gleichzeitig das *conclave obscurum* der Location zu sein scheint. Alle Hemmnisse und Unsicherheiten nehmen im Dark Room ihr Ende. Ich habe heute entweder die Möglichkeit, klanglos zwischen Skylla und Charybdis zu ertrinken oder ein *ludus eroticus* mit Helene auszufechten. Das letzte Mal, als ich Flaschendrehen gespielt habe, gab es dazu Eistee und Engtanz via Kuschelrock-CDs, doch in dem Augenblick, als ich mich neben Romy setze, hängen sich gerade zwei Typen ungeniert an den Mandeln. Proportional zum Alter verändern sich offensichtlich Tabutoleranz und Spielregeln. Doch solche Vergnügungen machen sowieso nur Spaß, wenn man sich am nächsten Tag dafür schämt. Helene ist die Herrin der Flasche und trägt passend zu Baumann römische Textilien. Natürlich beachtet sie mich nicht, und es wird höchste Zeit für meinen Auftritt, den ich mir seit Wochen zurechtgelegt habe. Die Parzen meinen es gut, denn als Neuankömmling fällt die Wahl automatisch auf mich. In der Gruppe scheint das Bedürfnis nach Homosexualität relativ hoch zu sein, denn ich darf mir die Frau aussuchen, die meinen Kuss empfängt. Da Helene meine Willkür nicht verdient hat, entscheide ich mich, wie Ovid es vorgesehen hat, für meine Konkubine des Abends. Romy scheint der Maskenball ziemlich anzumachen, denn als meine Lippen ihre berühren, hängt mir ihr Stöhnen im Ohr, und sie tut nichts dafür, den Kuss enden zu lassen. Kann ich mich zwar von ihr losreißen, gilt das nicht für unsere Blicke, und ich vergesse beinahe, auf Helenes Reaktion zu achten. Auch wenn es sie nicht aus der Fassung gebracht hat – irgendwie berührt hat es sie schon, denn sie mustert ihre beste Freundin mit einem Gesichtsausdruck, der Skepsis oder Überraschung bedeuten könnte. Vielleicht ist ihre bisexuelle Seite jetzt ausreichend aktiviert, mir den Musenkuss zu gewähren, der mir zusteht. Es dauert acht Runden, drei Gruppenaktionen und fünf Zungenküsse, bis das Schicksal den Showdown einleitet. Helene ist nicht sonderlich begeistert, dass der Flaschenhals bei mir zum Stehen kommt, aber die Regeln stehen fest und es gibt kein Entrinnen. Weder für sie noch für mich. Ich spüre, wie sich meine Eingeweide verkrampfen, und merke erst jetzt, wie betrunken ich eigentlich bin. Mein Mund trifft ihren, doch genau in diesem Moment ist mir mehr danach, den Rest des Abends kotzend über dem Klo zu hängen und das neue Jahr mit einem Schwall aus Wachteleimasse und Gin zu begrüßen. Anders als Romy hat es Helene extrem eilig, die Sache hinter sich zu bringen, und zu meinem Leidwesen stelle ich fest, dass ihr die Leidenschaft fehlt, die ich ihr seit Monaten unterstellt habe. Ihre Zunge bohrt sich spitz zwischen meine Lippen. Es fühlt sich an, als würde ich auf einem Strohhalm kauen oder einen 60-jährigen Mann mit Magenproblemen küssen. Ihr Atem riecht sauer, und anstatt im Rausch der Ekstase zu schwelgen, muss ich irgendwie an die eingelegte Gebärmutter im Erdgeschoss denken. Ich habe immer geglaubt, je schöner eine Frau ist, desto eher trifft man auf eine Priesterin der Sinnlichkeit oder etwas Numinoses, das einen von den Ketten des Weltlichen befreit und zum Göttlichen führt. Doch Helenes Kusstechnik erinnert an ein defektes Rotorenblatt, das talentfrei in meiner Mundhöhle herumrudert, während sich ihre Spucke als schaumiger Pelz an meinen Zähnen ablegt. Zurück in der Wirklichkeit klammere ich mich an Romy und bin fassungslos. Wie kann es sein, dass sich ihr Kuss nicht nur unbedeutend, sondern noch dazu abstoßend anfühlt? Der Musenkuss sollte doch eigentlich Höhepunkt desjenigen sein, der voller Sehnsucht in Bewunderung harrt. Ist am Ende vielleicht die Fantasie die bessere Liebhaberin, und ich habe die ganze Zeit über eine falsche Göttin angebetet?

#nemoenimpotestpersonamdiuferre
#niemandkannaufdauereinemasketragen
#seneca

Kurz vor zwölf hängt mir Helenes Altherrenkuss noch immer wie Blei im Magen, als Romy und ich in Baumanns Hesperidengarten zum Feuerwerkspektakel wanken. Ich fühle mich plötzlich viel zu nüchtern für Silvester und stecke in der Kurzwelligkeit meines Gehirns fest. Weil es mir bis auf weiteres die Sprache verschlagen hat und ich zu klaren Gedanken unfähig bin, lasse ich mich von Romys Weintiraden berieseln, in denen es um ihren Triumph über Detlef geht. Ihr hat der Abend gezeigt, dass das Leben auch ohne Schwänze weitergeht, ich selbst fühle mich prometheisch bestraft und kann mich nicht gegen die imaginären Raubvögel wehren, die sich über mein Gekröse hermachen. Die Wiese ist voller Bacchanten, aber es ist nicht ihre verstrahlte Laune, die in mir Widerwillen aufkeimen lässt, sondern der Hass, der mich erfasst, als ich in der Menge neben Baumann Helene erspähe und ihr dabei zusehe, wie sie sich ihm für einen Neujahrskuss an den Hals wirft. Aber der Kosmos hat ein Herz für die Verschmähten, und weil auf keiner Party Überraschungsgäste fehlen dürfen, ist der Höhepunkt des Abends nicht mein emotionaler Absturz oder der Verfall der Poesie, sondern Baumanns Frau, mit der niemand gerechnet hat. Hätte ich vorher um ihren Glanz gewusst, hätte ich meine Sehnsucht diesem Augenblick gewidmet und mir die Irrwege der letzten Wochen gespart. Das wahre Numen trägt einen Zweireiher mit goldenen Knöpfen und nähert sich perfekt frisiert dem Verrat. Das von den Lakaien unterhaltene Feuerwerk macht es mir zwar nicht möglich, in Wonne dem Ehestreit zu lauschen, aber eine *pax augusta* sieht anders aus. Wenn auch Livia Drusilla ihrem Ehemann seinerzeit die Kurtisanen zugeteilt hat – Helene stand offensichtlich nicht auf der Liste. Überhaupt dürfte Baumann unter akuter Geschmacksverirrung leiden, denn ich kann mich nicht erinnern, jemals eine Frau gesehen zu haben, die zu derart viel Haltung und Würde fähig ist, wenn sie ihren Mann in flagranti mit einer Jüngeren ertappt. Wahre Schönheit ist bescheiden und macht auch keine Szene. Sie verliert nur wenig Worte und bestraft mit Anmut. Ich bin getroffen. So viel steht fest.

#mundusvultdecipi
#dieweltwillbetrogenwerden
#luther

Das Finale ist gelaufen. Alles endet auf den Behindertenplätzen eines Nachtbusses mit einer verheulten Helene, die mit jedem Taschentuch menschlicher wird. Für sie beginnt das neue Jahr als Trauerspiel, und auch mein Drama geht in den nächsten Akt. Der Reiz, mit Helene heute Nacht dieselbe Matratze zu teilen, ist verflogen. Dafür ist die Aussicht, neben ihrer besten Freundin einzuschlafen, sichtlich gehaltvoller. Was auch immer die nächsten Wochen mit Romy läuft – eins steht fest: Cupido gehört zu den großzügigen Göttern, denn hat mir das hässliche Wesen der Realität Amors Pfeil gerade noch brutal aus der Brust gerissen, stößt Frau Baumanns hübscher Anblick neue Pforten auf und befriedet die Uferlosigkeit meiner Odyssee.

20
Abgesang

Das neue Jahr ist jung und unverbraucht, aber der erste Unitag beginnt gewohnt ranzig: Auf der Tagesordnung stehen Holzfunde aus einer niedersächsischen Klärgrube und Charleens Todesfloskeln. Ihr Hamster hat die Feiertage nicht überlebt. Der hochdramatische Abstecher in die Tierklinik und *Drei Haselnüsse für Aschenbrödel* in Dauerschleife haben sie scheinbar so nachhaltig traumatisiert, dass sich ihre Monologdichte seit unserer letzten Begegnung vervielfacht hat. Insgesamt ist das Traumapotential hoch: Heute Morgen bin ich aus unerfindlichen Gründen in Romys Bett aufgewacht. Da ich weder verkatert bin noch in dem Alter, in dem man bei seiner besten Freundin übernachtet, generiert sich mein eigentliches Entsetzen durch die drei Gänge, die sie zum Frühstück extra für mich zusammengeschustert hat. Noch alarmierender waren die Baristaherzchen, die sie mit Milchschaum auf die Oberfläche meines Kaffees drapierte, und die Blickfrequenz unserer Kommilitonen, als wir gemeinsam auf dem Campus einrollten. Mir ist nicht klar, worauf ich mich einlasse, wenn ich das Angebot annehme, mit ihr die Mittagspause in der Mensa zu vertun, und die nächste Nacht wieder unter den Floralmustern ihrer frischbezogenen Bettwäsche verbringe. Ist mein Minne-Experiment gescheitert und beschränkt sich meine Heldenreise fortan auf die Weiten von Romys Schenkeln? Das parasitäre Wesen der Poesie wählt sich seinen Wirt selbst. Es scheint meine armselige Bestimmung zu sein, Holzkrusten zu beschriften, die nach Kleinstadtexkrementen stinken, anstatt mich vom Großmaul der Poesie zerreißen zu lassen. Meine Reichweite beschränkt sich auf die zaghaften Küsse von Zofen und Zugehdamen und nicht auf die Glut holder Edelfrauen. Ich gehöre zu den Rittern, die ihre Kriege nicht ausfechten, sondern das Interesse am Kampf verlieren, wenn der Feind an Größe einbüßt.

Seit der Silvestertragödie habe ich Helene nicht mehr gesehen. Perfide daran ist, dass es mich nicht stört und mein Blick heute nicht den Raum nach ihr absuchte, sondern gedanklich über Frau Professor Baumanns perfekt sitzende Wickelbluse glitt. Seit ihr imposanter Auftritt klargemacht hat, dass Helene an diesem Institut niemals die Frau mit der gnadenlosesten Magie sein wird, reißen meine Gedanken das Ruder herum. Jetzt, wo die Baumann als neue Dozentin in der Institutshierarchie Welten über Helene thront, sind die Karten neu gemischt: Warum sich weiter an der verklemmten Prinzessin abarbeiten, wenn der eigentliche Reiz von dem Glanz einer Königin ausgeht? Alles, was ich mir in den letzten Monaten ersehnt habe, hat sich mit Frau Baumanns Ankunft selbst entwertet. Eine emotionale Inflation, die mich dazu trieb, ihr aus einem entlegenen Winkel des Uniflurs voller Wonne dabei zuzusehen, wie sie das Büro neben unserem Archiv einräumte. Als sie mich entdeckte, schenkte sie mir ein derart überzeugendes Lächeln, dass ich diejenige war, die irritiert auf den Boden starrte. Dass die Jugend der Inbegriff von Anmut und etwas Erstrebenswertes sein soll, halte ich für einen Denkfehler des westlichen Kollektivethos, denn der Stimulus liegt in ihrer Reife. Im Gegensatz zur Flatterhaftigkeit der Jugend haben es ihre Bewegungen nicht mehr nötig, sich einen Platz in dieser Welt zu erkämpfen. Jedes Wort dient der Information und nicht der Selbstsuche. Frau Baumann ergänzt mein Frauenbild um eine wichtige Komponente: Wo Helene den Dolch zieht, erwartet mich bei ihr die Erhabenheit einer Frau Mitte 40, die, anders als Helene, keine Angst vor menschlichen Zügen hat. Aber Frau Baumann ist nicht nur offiziell in den Reigen meiner Lieblingsdozenten aufgestiegen, sondern wird sogar die Karpatenexpedition im Sommer leiten, auf deren Teilnahmeliste ich dank Anikas Sanktionen an allererster Stelle stehe. Apropos Abstellgleis: Seit ich ihr die kalte Schulter zeige, rühren sich in ihr Reuegefühle. Oder ist es nur das kümmerliche Bedürfnis, einen sauberen Abschluss zu finden? Mir egal. Ich habe es ihr noch nie leicht gemacht, das wird sich auf den letzten Metern nicht ändern. Vermutlich denkt sie, ich habe seit ihrer pietätlosen Offenbarung nichts Besseres zu tun, als in schwülstigem Liebestran und Selbstvorwürfen zu baden. Oder es geht um ihre Sachen, die bei mir rumliegen. Hauptsächlich Selbstfindungsbücher, die gelangweilte New-Age-Pisser für Frauen wie Anika schreiben, deren Inhalte aber nichts am Ende ihrer beruflichen Karriere ändern können. Neben dem Traumjob wird sie ihre Nerven und die Konturen ihrer Figur verlieren, noch bevor das Wunschkind auf dieser Erde seinen ersten Atemzug tut. Und wenn sie sich völlig übermüdet um Kindergeld und ayurvedischen Rückbildungskurs kümmert, werde ich mich in den Transsilvanischen Alpen unter der Schirmherrschaft von Professor Baumanns besserer Hälfte amüsieren und mich dem Minnedienst per Spaten hingeben. Das klingt gehässig, ist aber realistisch. Ich bezweifle, dass für Anika und mich in Zukunft mehr ansteht. Wir werden uns vielleicht in ein paar Jahren zufällig auf der Straße begegnen, nur um festzustellen, dass ich mich kein Stück verändert habe. Darüber werden wir lachen und uns gegenseitig zum Kaffee einladen, wir werden froh sein, dass alles genau so und nicht anders abgelaufen ist. Mit etwas Glück habe ich eine Freundin, mit der ich protzen kann, und sie ein hochtalentiertes Kind, das im Alter von vier bereits drei Sprachen spricht. Und sollte ich in ein paar Monaten doch das Gefühl haben, dass mir das Entscheidendste im Leben abhandengekommen ist, dann gehöre ich trotzdem noch zu den Privilegierten, die zumindest der Liebe fähig sind.

In der WG ist der Alltag zurückgekehrt. Julek hängt rund um die Uhr in meinem Zimmer und schwärmt von den Liebeskünsten des Schweizers. Obwohl er seine Rolle als Ersatzherrchen ernst nimmt, kann er Salomé nicht davon überzeugen, die Nächte in seinem Bett zu verbringen. Bis Urs wiederkommt, bin ich ihr Sugar Daddy, und natürlich bleiben die dreiwöchige Fleischkur und ihr Ausflug ins Tierheim unser sündiges Geheimnis. Überhaupt ist unser Wohnraum erfüllt von den Vorzügen masochistischer Lebensideale. Wie zu erwarten war, gab es zwischen Julie und dem australischen Musiker mehr Dissonanzen als harmonische Verknüpfungen. Ihre kurze Ouvertüre hat sich mit Carstens Revival so klanglos erledigt, wie sie angefangen hat. Dafür haben wir jetzt einen WG-Stalker mit Taktgefühl, der täglich bei uns nach dem Rechten sieht und Blumenbouquets als Stolperfallen quer im Treppenhaus verteilt.

Gesunde Menschen haben Pläne oder schmieden welche. Zwar ist die Gesamtbilanz des letzten Jahres erschreckend, doch Melancholie führt nie zu eleganten Denkanstößen. Der einzige Weg, der Mühsal des Lebens zu begegnen, ist Hedonismus, der von Herzen kommt. Nur echte Sinnlichkeit schafft Freude und diejenigen, die wissen, wo sie zu finden ist, haben eine Chance auf Glück, auch wenn es so flüchtig ist wie die Zeilen eines Gebets.

Top-Erkenntnisse des Vorjahres

Echte Romantik ist tot

Liebe ist eitel

Fette Frauen küssen besser

Der gesündere Exzess liegt im Mittelmaß der Dinge

In dem Moment, als Charleens Monolog in die zweite Runde geht, steckt Romy ihren Kopf durch die Tür und sagt meinen Namen. Ich weiß nicht, ob ihre gute Laune durch mich oder das Schnitzel zustande kommt, das jeden Montag das Menü der Mensa anführt. Das einzig Absehbare sind die nächsten Minuten des Tages: Romy wird meine Hand nehmen, und auf dem Weg ins Untergeschoss werde ich im Vorbeigehen an Frau Baumanns offener Bürotür versuchen, ein Lächeln zu erhaschen. Zwischen den Phrasen des Studentenradios und Romys Abendplänen wird mein Blick durch den Speisesaal wandern, während ich der Poesie eine letzte Chance gebe, sich für mich zu entscheiden.

Die Schönheit des Körpers besteht allein in der Haut.
Denn wenn die Menschen sähen, was unter der Haut ist,
wenn sie […] das Inwendige sehen könnten,
würden sie sich vor dem Anblick der Frauen ekeln.

Ihre Anmut besteht aus Schleim und Blut,
aus Feuchtigkeit und Galle.
Wenn jemand überdenkt, was in den Nasenlöchern,
was in der Kehle
und was im Bauch alles verborgen ist,
dann wird er stets Unrat finden.

Und wenn wir nicht einmal mit den Fingerspitzen
Schleim und Dreck anrühren können,
wie können wir dann begehren,
den Dreckbeutel selbst zu umarmen?

Odo von Cluny

Mein petrarkischer Dank gilt
Nadia Wolf, Katrin Zimmermann, Hanns-Josef Ortheil, Corinna Kroker, Sirka Elspaß, Moritz Benjamin Neeltje Pfaff, Armin Wühle, Astrid Ebner, Josef, Ovid, dem Hildesheimer Tacheles-Kollektiv und meinen Eltern.

Textnachweise

Anonymus: »Na Bieris de Roman. Na Maria, pretz e fina valors III-IV.« In: Rieger, Angelica: *Trobairitz: Der Beitrag der Frau in der altokzitanischen höfischen Lyrik.* Beihefte zur Zeitschrift für romanische Philologie, Band 233. Niemeyer, Tübingen 1991. (→S. 5, S. 133)

Anonymus: »Prägung einer Gedenkmünze.« Geschaffen von Hohenreuter in Joachimstal 1573/78. In: Hans-Georg Hofacker (Hrsg.) und Thomas Schuler (Hrsg.): *Geschichtsbuch. Die Menschen und ihre Geschichte in Darstellungen und Dokumenten.* Band 2. Cornelsen, Berlin 1986. (→S. 186)

Anonymus: »Thomas-Evangelium.« Zitiert nach: Otto Betz, Timm Schramm: *Perlenlied und Thomas-Evangelium. Texte aus der Frühzeit des Christentums.* Benziger, Zürich 1993. (→ S. 192)

Beckby, Hermann (Hrsg.): *Die Sprüche des Publilius Syrus.* Lateinisch/ Deutsch. Heimeran, München 1969. (→ S. 132)

Catull: »Carmina 62, 16.« In: Michael von Albrecht (Hrsg., Übers.): *C. Valerius Catullus. Sämtliche Gedichte.* Lateinisch/Deutsch. Reclam, Stuttgart 1995. (→ S. 122)

Cicero: *An seine Freunde / Ad familiares.* Lateinisch/Deutsch. Hrsg. und übers. von Helmut Kasten. Artemis und Winkler, München/Zürich 1989. (→ S. 123)

Cluny, Odo v.: »Collationum libri tres.« Anmerkung: Das Motiv und seine Ausarbeitung geht schon auf Johannes Crysostomos' *Über die Frauen und die Schönheit* zurück. Zitiert nach: J. Huizinga: *Der Herbst des Mittelalters.* Hrsg. von Kurt Köster unter Benutzung der Übersetzung von T. Wolff-Mönckeberg. Kröner, Stuttgart 1987. (→ S. 203)

Der Mönch von Salzburg: »Das Nachthorn.« In: Spechtler, Franz V., und

Korth, Michael: *Ich bin du und du bist ich. Lieder des Mittelalters.* Heimeran, München 1980. (→ S. 72, S. 74, S. 79)

Horaz: »Carmina Liber IV, 12« In: Horaz: *Sämtliche Werke.* Lateinisch-deutsch. Teil I: Carmina, Oden und Epoden nach Kayser, Nordenflycht und Burger, hrsg. von Hans Färber. Heimeran, München 1949. (→ S. 27)

Luther, Martin: *D. Martin Luthers Werke.* Abteilung 4, Werke. Weimar 1883-1929. (→ S. 197)

Ovid und Michael von Albrecht (Hrsg.): *Ars amatoria / Liebeskunst.* Lateinisch/Deutsch. Reclam, Stuttgart 1992. (→ S. 33, S. 90, S. 109, S. 170, S. 172)

Petrarca, Francesco: *Sonette an Madonna Laura.* Italienisch/Deutsch. Nachdichtung von Leo Graf Lanckoronski. Reclam, Stuttgart 1956. (→ S. 126)

Petrarca, Francesco: *Liebesgedichte an Laura.* 80 Gedichte aus dem Canzionere. Übers., erl. u. mit e. Nachw. vers. von Jürgen von Stackelberg. Insel, Frankfurt a. M. 2004. (→ S. 144)

Plautus: *Truculentus.* Hrsg., übers. und komm. von Walter Hofmann. WBG, Darmstadt 2011. (→ S. 63)

Sappho: »Der Strophen und Verse erstes Buch.« In: Schickel, Joachim (Hrsg.): *Sappho. Strophen und Verse.* Insel-Verlag, Frankfurt a. M. 1978. (→ S. 94)

Seneca: *Medea.* Lateinisch/Deutsch. In der Übersetzung von Bruno W. Häuptli. Reclam, Stuttgart 1993. (→ S. 46)

Seneca: *Epistulae morales ad Lucilium. Liber V / Briefe an Lucilius über Ethik. 5. Buch.* Lateinisch/Deutsch. Hrsg. und übers. von Franz Loretto. Reclam, Stuttgart 1988. (→ S. 166)

Seneca: *De clementia / Über die Güte.* Lateinisch/Deutsch. Hrsg., übers. u. mit e. Nachw. vers. v. Karl Büchner. Reclam, Stuttgart 1992. (→ S. 196)

The Kinks: »Lola.« In: ders.: *Lola versus Powerman and the Moneygoround, Part One.* Pye Records 1970. (→ S. 19)